Mord mit Buttercreme

AF197176

Jutta Mehler, Jahrgang 1949, hängte frühzeitig das Jurastudium an den Nagel und zog wieder aufs Land, nach Niederbayern, wo sie während ihrer Kindheit gelebt hatte. Seit die beiden Töchter und der Sohn erwachsen sind, schreibt Jutta Mehler Romane und Erzählungen, die vorwiegend auf authentischen Lebensgeschichten basieren, sowie Kriminalromane.

JUTTA MEHLER

Mord mit Buttercreme

KRIMINALROMAN

emons:

Bibliografische Information der Deutschen Nationalbibliothek
Die Deutsche Nationalbibliothek verzeichnet diese Publikation
in der Deutschen Nationalbibliografie; detaillierte bibliografische
Daten sind im Internet über http://dnb.d-nb.de abrufbar.

© Emons Verlag GmbH
Alle Rechte vorbehalten
Umschlagmotiv: iStockphoto.com/vvvita
Umschlaggestaltung: Nina Schäfer, Tobias Doetsch
Gestaltung Innenteil: César Satz & Grafik GmbH, Köln
Druck und Bindung: CPI – Clausen & Bosse, Leck
Printed in Germany 2017
ISBN 978-3-7408-0195-3
Originalausgabe

Unser Newsletter informiert Sie
regelmäßig über Neues von emons:
Kostenlos bestellen unter
www.emons-verlag.de

Dieser Roman wurde vermittelt durch die Aulo Literaturagentur.

Ich habe das wilde Pferd eingefangen und festgehalten, den Sattel aufgelegt und mich auf seinen Rücken geschwungen.

Wild Bronc Peeler

1

Mittwoch, der 10. August, am frühen Nachmittag bei Thekla zu Hause

»Die Buttercreme ist grieselig.« Thekla war den Tränen nahe. Heinrich trat neben sie und warf einen Blick in die Schüssel, in der sie verzweifelt rührte. »Stimmt.« Er tauchte einen Finger hinein und leckte ihn ab. »Schmeckt aber gut.«

»Kann ich unmöglich verwenden.«

»Warum denn nicht?«, fragte er erstaunt. »Schokopudding mit winzigen Butterklümpchen drin. Schmeckt lecker und sieht originell aus.«

Thekla warf den Rührlöffel ins Spülbecken. »Damit würde ich mich vor Hilde, ganz besonders aber vor Wally bis auf die Knochen blamieren und auf ewig zum Gespött machen. Ich muss auf der Stelle zum Bäcker.« Sie sah auf das Display am Herd, das 11:51 Uhr anzeigte. »Noch eine gute Stunde, bis sie da sind.«

Heinrich verfolgte die Schüssel, die im Kühlschrank verschwand, mit begehrlichen Blicken. »Und was wird aus der Torte, die du —«

Thekla schob ihn aus dem Weg. »Überleg ich mir – aber nicht jetzt.«

Heinrich und sie hatten vor wenigen Monaten ihren Neubau in Eging am See bezogen. Hell, modern, funktionell. Schon seit einiger Zeit waren sie fertig eingerichtet, und Thekla hatte endlich Hildes und Wallys Drängen nachgegeben. Statt im Krönner würde das wöchentliche Kaffeekränzchen der drei Damen heute in ihrem neuen Heim stattfinden.

Nachdem sie mit etlichen Tüten vom Bäcker zurückgekehrt war, machte sie sich ans Tischdecken.

»Soll ich die Kaffeemaschine anwerfen?«, fragte Heinrich, als sie fertig war.

Thekla verdrehte die Augen. Als ob sie nicht selbst in der Lage wäre, auf den Startknopf zu drücken. »Lass lieber die Gäste herein«, rief sie, denn in diesem Augenblick klingelte es an der Tür.

Heinrich klappte seinen Laptop zu, erhob sich, ging hinaus und öffnete.

Thekla hörte ihn all die freundlichen Worte sagen, mit denen man Besucher üblicherweise willkommen heißt, bemerkte in seinem Ton jedoch eine plötzliche Anspannung, die sie verblüffte.

Als sie in den Flur trat, um ihrerseits die Gäste zu begrüßen, wurde ihr klar, was ihren Mann irritierte.

Ohne ihr Vorhaben in irgendeiner Weise anzukündigen, hatten Hilde und Wally den Kreisbrandrat mitgebracht – und das verhieß garantiert nichts Gutes.

»Rote Feder ist verschwunden«, sagte Ali mit bebender Stimme. Er stützte sich mit der Hand am Türrahmen ab, als fürchte er, die Beine könnten ihm einknicken. Seine Augen waren geweitet, sein Blick wirkte gehetzt, verstört, entgeistert.

In Theklas Kopf blitzten mehrere Szenarien auf, die ihn in einen derartig beängstigenden Zustand versetzt haben konnten: ein Sturz von der Feuerwehrleiter, ein traumatischer Rettungseinsatz, ein Großbrand, dem nicht beizukommen war ...

Oder war Ali einfach verrückt geworden?

Thekla sah Hilde fragend an, was mit einem ungeduldigen Hochziehen der Augenbrauen beantwortet wurde. Als sie den Blick zu Wally weitergleiten ließ, fand er Tränen.

»Kommt erst mal rein«, sagte sie seufzend.

Sie führte die drei in den L-förmigen Raum im Erdgeschoss, in dem Küche, Essecke und Wohnzimmer untergebracht waren und dessen Südseite fast nur aus Glas bestand. Breite Fenstertüren öffneten sich zur Terrasse und zum Garten hin.

Hilde, Wally und Ali trotteten geistesabwesend hinter ihr her, und Thekla seufzte erneut.

Dass sie zu dritt hier auftauchten, mit Gesichtern wie aus

»Armageddon« – wie kam sie jetzt bloß auf den längst verblassten Kinohit? –, ließ definitiv Unheil ahnen.

Ging es um Ali? War er tatsächlich von Sinnen oder stand unter Schock? Aber warum brachten Hilde und Wally ihn dann hierher? Gehörte er nicht eher in ärztliche Behandlung? Heinrich rückte für die Gäste drei Stühle am Esstisch zurecht. »Kaffee? Tee? Wasser?«, fragte er beflissen.

Hilde wedelte gereizt mit der Hand. »Stell eine Flasche Wasser auf den Tisch und dann setz dich her. Wir haben was Ernstes zu besprechen. Dringend.«

Heinrich machte eine knappe Verbeugung, wie ein Butler in einem alten englischen Film, dann wandte er sich dem Küchenblock zu, um Gläser aus einem Hängeschrank zu holen. Als er an Thekla vorbeiging, berührte er ihren Arm und rollte die Augen.

Sie folgte ihm und brachte die Gläser an den Tisch, während Heinrich in den kleinen Raum neben der Haustür eilte, wo sich ein Getränkekühlschrank befand.

Als schließlich jeder ein gefülltes Glas vor sich stehen hatte, sagte Hilde in dem Kommandoton, den Thekla so an ihr hasste: »Setz dich endlich, Heinrich, damit wir mal zur Sache kommen können.«

Er gehorchte eilig.

Wenn Hilde in die Kasernenhof-Rolle schlüpfte, tat man gut daran, ihr zu Willen zu sein, bis wieder vernünftig mit ihr zu reden war. Damit konnte man normalerweise rechnen, sobald höflichen Umgangsformen Genüge getan war.

Kaum hatte Heinrich Platz genommen, schenkte Hilde ihm keine Beachtung mehr. Stattdessen fixierte sie Ali. »Erzähl es ihnen, los.«

Ali holte Luft, versuchte zu sprechen, brachte jedoch nur ein Krächzen heraus. Er griff nach seinem Wasserglas.

Theklas Befürchtungen erklommen neue Höhen. Der sonst so besonnene Alois Schraufstetter war zum Spielball rätselhafter Emotionen geworden. Seit sie ihn kannte, hatte sie ihn – auch in noch so brenzligen Situationen – nie anders als abgeklärt erlebt.

Als früherer Feuerwehrkommandant und jetziger Kreisbrandrat hatte er sich in jeder Lage letzten Endes so unerschütterlich zu zeigen wie ein sibirischer Leitwolf. Überlegenheit, Haltung, Selbstkontrolle. Diese Befähigungen sollte man wohl von ihm erwarten können.

Und jetzt das.

»Ich hätte die Sache nicht hinausschieben dürfen.« Ali hatte seine Stimme wiedergefunden. »Es war ihm wichtig, das ist mir schon klar gewesen. Aber ich hatte gerade keine Zeit. Ich bin schuld, wenn ...« Er ließ offen, woran er sich schuldig glaubte.

»Ali fühlt sich persönlich dafür verantwortlich, dass Rote Feder verschwunden ist«, sagte Hilde in einem Tonfall, als wäre damit alles erklärt.

»Ach, Ali«, begann Wally zu schluchzen. »Du darfst dich nicht so damit quälen, dass Rote Feder nicht aufzufinden ist. Hilde und Thekla und Heinrich und ich, wir werden –«

In diesem Moment platzte Thekla der Kragen. »Kann mir einer von euch dreien endlich mal erklären, worum es eigentlich geht? Sitzt ihr hier und führt eine Tragödie auf, weil Ali eine rote Feder verloren hat? Seid ihr plemplem, oder gibt es einen vernünftigen Grund, eine Katastrophe daraus zu machen?«

»Rote Feder heißt mit richtigem Namen Manuel Kramer, ist neunundzwanzig Jahre alt und seit seiner Jugend Feuerwehrmann«, antwortete Hilde schnell.

»Seit vier Tagen hat ihn niemand mehr gesehen«, fügte Wally tränenreich hinzu.

Heller Ärger ließ die Haut in Theklas Nacken kribbeln. Rote Feder war ein Mensch und hieß Manuel Kramer. Was sollte die Charade? »Hättet ihr doch gleich sagen können, dass es um einen jungen Mann geht. Was quatscht ihr dauernd von *Rote Feder*?« Sie gab ihren Gästen keine Gelegenheit, die Frage zu beantworten. »Dieser Kramer ist also seit vier Tagen von niemandem gesehen worden. Woher wisst ihr das denn so genau? Wen habt ihr denn nach ihm gefragt? Habt ihr alle seine Bekannten abgeklopft? Unmöglich. Wie denn? Woher solltet ihr die alle kennen?« Sie verstummte, weil sich ein Gedanke meldete, der eine Erklärung für das alles vorbrachte: Wenn sich Manuel Kramer »Rote Feder« nennt, kann er nicht ganz dicht sein.

Natürlich. Der Kerl war aus der Psychiatrie entlaufen. Aber hatte Hilde nicht soeben gesagt, er sei Feuerwehrmann? Es wurde wirklich Zeit, dass Ali Tacheles redete.

Thekla warf ihm einen scharfen Blick zu, und endlich gewann er seine Haltung zurück.

»Manuel stellt in seiner Freizeit den Prärie-Indianer ›Rote Feder‹ vom Stamm der Pawnee dar, den es tatsächlich gegeben haben soll.« Alis Stimme nahm einen dozierenden Ton an. »Der Vater von Rote Feder war Häuptling ›Einsamer Wolf‹, der um 1790 mit den Comanchen einen legendären Frieden schloss und eine Comanchin zur Frau nahm. Sie hieß ›Weiße Blume‹ und wurde die Mutter von Rote Feder. Ihr Tipi stand am Smoky Hill River. Rote Feder galt als tapferer Krieger und als gewandter Büffeljäger.«

Thekla blinzelte, als hätte ihr eine Bö Sand in die Augen geblasen. Dann sah sie hilfesuchend zu Heinrich hinüber.

Ali hat tatsächlich den Verstand verloren, sagte ihr Blick. Was sollen wir bloß tun? Und wieso sitzen Hilde und Wally mit einer Miene da, als merkten sie nicht, was für einen Schwachsinn er quatscht?

Sie blinzelte erneut, als sie Heinrich verständnissinnig lächeln sah.

Großer Gott. Heinrich …

Er nickte ihr schmunzelnd zu. »Wir sind doch neulich erst dort gewesen.«

»Am Smoky Hill River?« Aus Theklas Stimme war tiefes Entsetzen zu hören.

Heinrich gluckste. »In der Westernstadt, in Pullman City.«

Thekla brauchte eine Weile, bis ihr der Zusammenhang klar wurde.

Die Westernstadt. Ja, Heinrich und sie waren neulich dort gewesen. Sie erinnerte sich an die Werbebroschüre aus der Touristeninformation, die sie hingeführt hatte. »Pullman City, Home of Country and Cowboys« hatte der Aufdruck auf dem

Deckblatt gelautet. Dem weiteren Text konnte man entnehmen, dass Pullman City sich mitnichten nur als Wildwestkulisse sah, sondern als »Lebende Stadt«. Unter anderem bot sie Hobbyisten eine Plattform, sich als Siedler oder Trapper darzustellen, als Marshal oder Deputy, als Viehzüchter oder eben als Indianer. Diese »lebende Wildweststadt« lag ungefähr fünfunddreißig Gehminuten von ihrem neuen Heim entfernt, und vor etwa zwei Wochen hatten Thekla und Heinrich den ganzen Samstagnachmittag und sogar den Abend dort verbracht. Sie hatten sich die American History Show angesehen, waren über die Mainstreet spaziert und hatten einen Blick in die St. Josephs Church geworfen, wo der Friedensrichter soeben ein Paar traute, das »Vom Winde verweht« entsprungen schien. Die Braut trug ein Krinolinenkleid in Weiß mit rosa Bordüren, der Bräutigam eine Art Gehrock mit Weste und dazu schmale Hosen. Es ging sehr festlich zu. Der Friedensrichter hielt eine lange Ansprache, Lady Jill sang »Forever and Ever«, zwei Marshals bewachten das Kirchenportal.

Thekla fand die Feier schön und sagte sich, dass es schließlich egal sei, ob man sich von einem selbst ernannten Friedensrichter in einer künstlich geschaffenen Westernstadt oder vom Pfarrer in der Dorfkirche trauen ließ, Hauptsache, man meinte es ernst und ehrlich miteinander.

Bevor sie den Tag mit einem Abendessen bei Country-Musik im »Black Bison Saloon« beschlossen, waren Heinrich und sie noch durch den Authentikbereich geschlendert und hatten sich die Behausungen der Hobbyisten angesehen.

»Rote Feder hat sich am Rand der Westernstadt ein Erdhaus gebaut«, sagte Heinrich gerade in so überzeugtem Ton, als wäre er zu Feuerwasser und Pemmikan dort eingeladen gewesen.

Thekla fragte sich, woher Heinrich von diesem Erdhaus wusste. Hatte in der Broschüre etwas darüber gestanden? Hatte ihm jemand davon erzählt? Vage erinnerte sie sich, dass er irgendwann erwähnt hatte, er habe sich einige Zeit mit einem der Hobbyisten unterhalten, während sie auf der Suche nach den Toiletten gewesen war.

Ali nickte. »Und er hat es erstklassig hingekriegt.«

Wallys Mund formte ein »Aber«, doch Ali kam ihr zuvor. »Die Prärie-Indianer haben nicht nur Tipis benutzt. Einige Stämme wohnten – besonders in der kalten Jahreszeit – in Wigwams, andere in Erdhütten. Rote Feder hat sich für ein Erdhaus entschieden, weil Erde und Grassoden gut isolieren und für kalte, schneereiche Winter wohl am besten geeignet sind ...« Seine Stimme versandete, ein träumerischer Ausdruck trat in seine Augen. Wünschte er sich ab und zu in ein Erdhaus weit draußen in der Prärie?

Nach einer kleinen Pause fuhr er fort: »Ihr solltet mal sehen, wie gemütlich das Erdhaus von Rote Feder ist. Silberquell hat es innen wunderschön ausgestattet.«

»Silberquell«, wiederholte Thekla resigniert und unterdrückte einen weiteren Seufzer, den sie gern ausgestoßen hätte. Was würde als Nächstes kommen?

»Silberquell ist die Partnerin von Rote Feder«, sagte Wally neunmalklug.

Theklas Brauen zogen sich bedrohlich zusammen, was Ali veranlasste, schleunigst zu erklären: »Silberquell heißt mit wirklichem Namen Ina West und arbeitet in der Westernstadt für den Pullman Kids Club.« Er warf ihr einen fast erschrockenen Blick zu. »Der Name ›West‹ ist original echt. Einer dieser seltsamen Zufälle halt.« Er räusperte sich. »Sie und Rote Feder haben sich voriges Jahr am Tag der Hochzeit von Marshal Sam Goodwater und einer Südstaatenschönheit namens Harriet Rutherford verlobt.«

»Herrgott noch mal«, stieß Thekla aus. Ein bisschen Maskerade war ja gut und schön. Aber tatsächlich eine Parallelwelt zu kreieren ...

Wally ließ einen leisen Schmerzlaut hören, als hätte man sie in den Magen geknufft, aber Thekla achtete nicht auf sie. Wenn das so weiterging, würde sie Hilde mit gotteslästerlichen Flüchen sogar noch übertreffen, mochte Wally darüber klagen, so viel sie wollte. Für den Augenblick begnügte sie sich mit: »Das ist doch alles komplett überstiegen.«

13

»Es ist ein Rollenspiel wie ›Elvenar‹ oder ›Legends of Honor‹. Millionen Menschen identifizieren sich mit Figuren aus solchen Rollen- und Strategiespielen«, belehrte Ali sie.

Virtuell, dachte Thekla. Sie tauchen in eine virtuelle Welt ein. Aber sobald der Computer ausgeschaltet ist, steigen sie in einem gekachelten Badezimmer unter die Dusche und kriechen dann in einem gemauerten Zimmer in ihr Bett. Computerspieler quartieren sich nicht in einem Erdhaus ein, einem Wigwam, einem Iglu oder sonst was.

Sie verzichtete jedoch auf eine Entgegnung, weil sie einsah, dass es keinen Sinn hatte, eine Diskussion darüber anzufangen. Und überdies wäre sowieso keine Zeit dafür gewesen.

Ein junger Feuerwehrmann, Manuel Kramer – alias Rote Feder, Herrgott noch mal –, war also verschwunden, und Ali befürchtete … Ja was befürchtete er eigentlich? Sie fragte ihn danach.

»Dass was Schlimmes mit ihm passiert sein könnte«, antwortete Ali gepresst.

Mord? Das war Alis Spezialität. Er roch Tötungsdelikte wie Grizzlybären Honig.

Deshalb war er heute mitgekommen: um sie, Hilde und Wally dazu zu überreden, in Sachen Mord an Rote Feder zu ermitteln. Aus welchem anderen Grund hätte er an diesem Wochentag ohne Ankündigung hier auftauchen sollen?

Sie zog hastig Bilanz. Vieles war nun geklärt, vieles beantwortet. Aber längst nicht alles. Vor allem nicht das Wichtigste.

»Gibt es denn irgendwelche Hinweise auf ein Verbrechen?«, fragte sie. »Wenn ein junger Mann von der Bildfläche verschwindet, kann es doch alle möglichen Gründe dafür geben. Schlimmstenfalls hat er einen Unfall gehabt und liegt in einem Krankenhaus; bestenfalls ist er mit einer neuen Freundin auf die Bahamas geflogen.«

Bevor Ali darauf antworten konnte, brauste Hilde auf. »Hältst du uns für bescheuert? Natürlich haben wir einen Unfall in Betracht gezogen. Ali hat alle Hebel in Bewegung gesetzt und wäre informiert worden, wenn –«

»Manuels weißer Golf steht seit vier Tagen auf dem Parkplatz von Pullman City«, warf Ali mit dumpfer Stimme ein.

»Er könnte mit jemandem –«, begann Thekla. Aber Hilde ließ sie nicht ausreden. »Er könnte auch entführt worden sein.«

»Rote Feder muss entführt worden sein«, ließ Wally sich hören. »Ali kennt den jungen Mann so gut, dass er es beschwören kann: Rote Feder würde Silberquell nicht ohne ein Wort zurücklassen.«

Das konnte Ali beschwören? Seit wann beeidete ein Kreisbrandrat Mutmaßungen?

Wie auch immer, offenbar war er sich sicher, dass der junge Mann nicht einfach abgetaucht war. Und offenbar hatte sich das Pärchen in der Westernstadt aufgehalten, als er verschwand.

Thekla wandte sich an Ali. »Was sagt denn Silberquell zu der ganzen Geschichte?«

»Sie macht sich wahnsinnige Sorgen«, antwortete er. »Natürlich hat sie Rote Feder als vermisst gemeldet. Aber was tut die Polizei schon groß in so einem Fall außer ein paar Routineanfragen hinausschicken?«

Vernünftigerweise abwarten, dachte Thekla.

»Gestern ist Ina zu mir gekommen«, fuhr Ali fort.

Warum ausgerechnet zum Kreisbrandrat?, fragte sich Thekla, als Ali schon erklärend hinzufügte: »Sie ist Feuerwehrfrau.«

Na und?, wollte Thekla sagen. Macht sie das zu deinem Mündel? Aber Ali sprach bereits weiter: »Ich kenne Ina und Manuel schon sehr lange. Seit sie in die Jugendfeuerwehr eingetreten sind, genau gesagt. Beide waren damals recht schüchtern. Ich habe sie unter meine Fittiche genommen, und mit der Zeit bin ich wohl so etwas wie eine Vaterfigur für sie geworden.«

Dass Ali das Mädchen »Ina« und den jungen Mann »Manuel« genannt hatte, besänftigte Thekla in gewisser Weise, denn es verschaffte dem Ganzen einen realen Anstrich.

Sie schrak auf, als Hilde ihr Glas, das sie gerade ausgetrunken hatte, mit einem Knall zurück auf den Tisch stellte. »Genug palavert. Höchste Zeit, etwas zu tun.«

»Nämlich?«, fragte Thekla trocken.

»Aber Thekla«, mischte sich Wally ein, »wir müssen doch Rote Feder schnellstens finden.« Eine Träne rollte über ihre Wange. »Vielleicht hat man ihn in eine Höhle gesperrt. Ohne Wasser. Ohne Essen. In Dunkelheit und Kälte.« Diesmal unterdrückte Thekla den Seufzer nicht. Musste Wally unbedingt so theatralisch … Das Wort gab ihr einen Gedanken ein, der Aufmerksamkeit verlangte. Sie wendete ihn ein paarmal hin und her, dann entschloss sie sich, den Vorstoß zu wagen. »Könnte es sich nicht einfach um eine Inszenierung handeln?«

Drei Augenpaare sahen sie verständnislos an.

Sie richtete den Blick auf Heinrich und erkannte, dass er begriffen hatte. Sein melancholisches Lächeln zeigte ihr jedoch, was er von der Idee hielt.

»Erklärst du uns, was das heißen soll?«, fragte Hilde scharf.

Thekla überlegte, wie sie ihre Überlegung am anschaulichsten formulieren könnte. Schließlich sagte sie: »Ist Pullman City nicht eine riesige Bühne inmitten von täuschend echten Kulissen? Geht es nicht um Schauspielerei, um Spektakel?«

Ali schüttelte unwillig den Kopf. »Ina und Manuel würden mich niemals so zum Narren halten. Auf keinen Fall. Sie sind grundanständig und zuverlässig und –«

Bevor er weitere Attribute aufführen konnte, sagte Hilde barsch: »Du hast überhaupt nichts kapiert, Thekla.«

Selbst Wally klang brüsk. »Wie kannst du bloß denken, Rote Feder würde sich absichtlich verstecken und uns nach ihm suchen lassen? Das ist gemein von dir, Thekla.« Sie schaute hilfesuchend zu Heinrich, als erwarte sie, dass er Thekla den Kopf zurechtsetzte.

Heinrich wirkte nachdenklich. Ein unangenehmes Schweigen entstand, in das er schließlich sagte: »Es lässt sich wohl nicht abstreiten, dass wir es bei dieser ›lebenden Westernstadt‹ mit einer Inszenierung zu tun haben. Einem groß angelegten Rollenspiel, das aber nicht ohne ständigen Bezug zur Realität auskommt. Da könnte schon mal was aus dem Ruder laufen.«

Daraufhin war es lange Zeit still.

Ali griff nach seinem Glas, ließ den Rest des Wassers darin kreisen und starrte hinein, als erwarte er, Bilder daraus auftauchen zu sehen.

Wally schnäuzte sich in ihr Taschentuch, tupfte sich die Augen und machte ein betretenes Krötengesicht.

Hilde hatte zwei steile Falten auf der Stirn. Sie schaute durch Thekla hindurch auf einen Punkt, der gar nicht existierte.

Thekla straffte sich. Sie wusste, was als Nächstes kommen würde, und schon kam es.

Hildes Blick war von seiner Reise nach Nirgendwo zurückgekehrt und bohrte sich in Theklas Augen. »Genau deswegen sind wir hier. Wir müssen herausfinden, was tatsächlich geschehen ist. Und der Schlüssel dazu liegt in der Westernstadt.«

Damit war jedem weiteren Widerspruch der Krieg erklärt. Hilde würde keinen Einwand mehr gelten lassen. An die Gewehre, Marsch.

Sie machte bereits Anstalten, aufzustehen, aber Thekla hielt sie zurück. »Warte. Ich finde, Ali sollte uns erst einmal mit Informationen über Manuel Kramer und Ina West versorgen, bevor wir loslegen.«

»Hat er doch schon«, gab Hilde zurück.

»Was möchtest du noch wissen?«, fragte Ali.

»Wo wohnt der junge Mann, wenn er nicht Indianer spielt?«, begann Thekla. »Was macht er beruflich, wenn er nicht mit der Feuerwehr ausrücken muss? Hat er auch Freunde, die …«, sie schluckte »normal sind« hinunter und sagte stattdessen, »… nichts mit Rollenspielen am Hut haben? Was ist mit seinen Eltern? Wohnt er bei ihnen? Wie alt, hast du gesagt, ist er?«

Ali hielt beide Hände vor die Brust, als müsse er sich vor einem Pfeilhagel schützen. »So viele Fragen auf einmal. Wie soll ich denn die alle −«

»Am besten der Reihe nach«, unterbrach ihn Thekla.

Ali zuckte kurz zusammen, dann konzentrierte er sich und gab sich sichtlich Mühe, die gewünschten Antworten vorbildlich zu liefern. »Manuel ist Mechatroniker für Elektromaschinenbau und Automatisierung. Das macht ihn für die Feuerwehr besonders wertvoll. Er versteht eine Menge von Steuersystemen – elektrischen, pneumatischen, hydraulischen …« Ein Schnauben aus Hildes Richtung ließ ihn wieder zu Theklas Fragenkatalog zurückkehren. »Er arbeitet in einem großen Betrieb in Plattling, wo er eine Wohnung gemietet hat. Seine Eltern sind vor ein paar Jahren in die Nähe von Freiburg gezogen, weil das Klima da milder ist als bei uns in Niederbayern.«

Heinrich meldete sich per Handzeichen zu Wort.

Ali nickte, als hätte Heinrich seine Frage bereits ausgesprochen. »Ja, Ina hat sie angerufen. Sie haben nichts von ihm gehört.« Er machte eine kurze Pause. »Dabei hatte Manuel für vorigen Sonntag einen Besuch bei ihnen angekündigt.«

»Das wäre vor drei Tagen gewesen«, konkretisierte Hilde.

Damit brachte sie Ali aus dem Konzept. Er rieb sich mit den Fingerspitzen über die Stirn, wie um sich auf Weiteres zu besinnen. »Manuel ist neunundzwanzig«, sagte er dann lahm und verstummte wieder.

»Freunde«, half ihm Thekla auf die Sprünge.

Ali zögerte kurz. »Bei seinen Kameraden von der Feuerwehr ist Manuel durchweg beliebt. Aber mir kam es nicht so vor, als ob er besonders enge Freundschaften geschlossen hätte. Allerdings habe ich zur Mannschaft jetzt viel weniger Kontakt als früher.«

So gut wie keinen wohl, dachte Thekla. Als Kreisbrandrat hatte Ali sicherlich andere Aufgaben, als sich um die Truppe zu kümmern.

»Aber ich habe natürlich herumgefragt«, fuhr er fort. »Am Montag ist Manuel nicht zum Kameradschaftsabend gekommen. Zwei oder drei Leute haben versucht, ihn anzurufen, aber sein Handy war abgeschaltet.«

Thekla konnte geradezu hören, was er dachte, jedoch nicht aussprach: abgeschaltet oder zerstört.

»Am Dienstag in der Früh«, berichtete Ali weiter, »hat die Einsatzleitung versucht, Manuel aufzutreiben, weil die Hydraulik am Spritzwagen nicht funktioniert hat. Gegen Mittag haben sie es aufgegeben und einen Spezialisten aus Straubing kommen lassen. Und gestern …« Er brach ab. »Spielt ja eigentlich keine Rolle.«

»Was war denn gestern?«, fragte Heinrich sanft.

»Daniel und Helmut haben seinen Spind aufgebrochen.« Die Antwort war Ali sichtlich peinlich. »Sie wollten schauen, ob der Inhalt irgendeine Information hergibt. Fehlanzeige.«

»Arbeitsstelle?«, fragte Thekla knapp.

»Dasselbe«, antwortete Ali. »Ich habe selbst noch mal nachgefragt. Manuel ist seit Montag nicht mehr erschienen und nicht zu erreichen gewesen.«

Erneut herrschte Schweigen, bis Hilde kategorisch verkündete: »Das reicht jetzt. Mehr kann uns Ali nicht sagen. Wir werden uns schon selbst bemühen müssen.«

Thekla hätte ihn noch gern über Ina West ausgefragt, aber Hilde war bereits auf dem Weg zur Tür. »Auf was warten wir noch? Wenn wir Rote Feder finden wollen, haben wir keine Zeit zu verlieren.«

Ali hatte sich ebenfalls erhoben, aber eine Frage wollte ihm Thekla doch noch stellen. »Wieso kommst du darauf, der junge Mann könnte entführt worden sein?«

Über Alis Miene legte sich wieder der Weltuntergangsschatten. »Weil er mich so dringend sprechen wollte. Er muss irgendetwas befürchtet haben.«

Thekla wandte sich resigniert ab. Es konnte tausend Gründe dafür geben, dass Manuel Kramer das Gespräch mit dem Kreisbrandrat gesucht hatte. Technische Probleme, die er allein nicht lösen konnte, Unregelmäßigkeiten auf der Feuerwache, die ihm aufgefallen waren – ein Diebstahl vielleicht …

Ali schaute auf seine Armbanduhr. »Silberquell erwartet euch in einer halben Stunde im ›Black Bison Saloon‹. Sie kann euch mehr Antworten liefern als ich.«

Eine würde bereits reichen, dachte Thekla sarkastisch, nämlich die auf die Frage: Wohin hat der Präriewind Rote Feder geweht?

2

Am späten Nachmittag desselben Tages in der Westernstadt

Thekla kannte den »Black Bison Saloon« bereits von ihrem ersten Besuch in Pullman City. Das Restaurant lag am oberen Ende der Mainstreet und besaß eine L-förmige Veranda im Westernstil, die sich, obwohl Werktag war, als voll besetzt erwies.

Ferienzeit, dachte Thekla und fragte sich angesichts der vielen Kinder, die herumwuselten, wie viele Zentner Pommes, Ketchup und Eiscreme an einem Tag wie diesem in Pullman City wohl verzehrt wurden.

Hilde schien ähnliche Überlegungen angestellt zu haben. Mit einem grimmigen Blick auf die Bedienung, die einen riesigen Hamburger, in dem ein Zahnstocher mit dem Sternenbanner steckte, vor einen kleinen, deutlich übergewichtigen Jungen hinstellte, sagte sie: »Wie kann sie das bloß tun?«

»Sie macht halt ihren Job«, entgegnete Heinrich darauf trocken.

Hilde bedachte die Eltern des Jungen mit einem missbilligenden Blick, überquerte die Veranda und steuerte auf den Eingang zum Saloon zu, weil Ali ihnen aufgetragen hatte, sich an den Tisch unterm Büffelkopf zu setzen. Silberquell, hatte er angekündigt, würde sich gegen vierzehn Uhr bei ihnen einfinden.

Thekla merkte, dass Wally ein Stück zurückgeblieben war, und schaute sich nach ihr um.

Als sie Wallys glänzende Augen sah, musste sie wider Willen lachen. Sie hätte es sich denken können.

»Wie in meinen Lieblingsfilmen«, flüsterte Wally verträumt. »›Der Schatz im Silbersee‹, ›Weites Land‹. Aber nicht bloß auf der Leinwand, sondern wirklich und wahrhaftig – und ich mittendrin.«

Thekla verstand, was Wally damit sagen wollte, und stimmte ihr zu. Die Mainstreet, die durchaus authentisch wirkenden Gebäude, die sie säumten, die beiden Typen, die gerade aus dem Marshal Office kamen, ja, alles wirkte so, als wäre ein Westernklassiker Wirklichkeit geworden.

Sie nahm Wallys Arm und zog sie zum Saloon. »Auf John Wayne, Gregory Peck oder einen andern der großen Kinohelden wirst du allerdings vergeblich warten.«

Es war offensichtlich, dass Wally Theklas Bemerkung gar nicht mitbekam. Sie schien wie betäubt.

Am Eingang blieb sie wieder staunend stehen, sodass Thekla sie vorwärtsschieben musste, um Platz für nachdrängende Gäste zu schaffen. Behutsam bugsierte sie Wally zu dem Tisch, den Ali bezeichnet hatte. Der Stützbalken, der dahinter aufragte, trug einen riesigen Büffelkopf.

Wally stieß einen spitzen Schrei aus und weigerte sich, darunter Platz zu nehmen. »Das Ding erschlägt mich, wenn es runterfällt.«

»Würde dir recht geschehen, weil du dich so kindisch anstellst«, sagte Hilde grob und schob sie auf die andere Seite des Tisches.

Als Wally daraufhin noch immer keine Anstalten machte, sich niederzulassen, und stattdessen in die Betrachtung der Kronleuchter versank, legte ihr Hilde beide Hände auf die Schultern und drückte sie auf einen Stuhl.

»Krieg dich mal wieder ein, Wally. Lass dich nicht von diesem Larifari ablenken. Wir haben zu tun. Verdammt und zugenäht, das ist doch alles bloß Kulisse.«

Hildes Worte, selbst der Fluch prallten von Wally ab, als befände sie sich unter einer Glasglocke.

»Wie hübsch sie angezogen sind«, rief sie begeistert und meinte die Mädchen, die im Saloon servierten.

Der Ausruf brachte ihr von Hilde sofort erneut einen Rüffel ein.

Thekla seufzte wieder einmal, warf Heinrich einen entnervten Blick zu, den er mit einem Achselzucken und einem Augenverdrehen beantwortete.

Sie erriet, was er ihr damit sagen wollte: *Du weißt doch, wie die beiden sind. Feuer und Wasser, Himmel und Hölle. Ist es nicht rätselhaft, wie sie sich je anfreunden konnten? Und noch rätselhafter ist, wie diese Freundschaft ein halbes Jahrhundert überdauern konnte.*

»Da kommt Silberquell«, sagte Hilde in nüchternem Ton. »Jedenfalls gehe ich davon aus, dass sie es ist.«

Thekla hörte, wie Wally ein überwältigtes »Ooooh« ausstieß, und hätte es ihr beinahe gleichgetan.

Silberquell sah wunderschön aus. Schlank und geschmeidig, mit klaren, ebenmäßigen Gesichtszügen, rehbraunen Augen und glänzenden schwarzen Haaren, die sie zu zwei dicken Zöpfen geflochten trug. Um die Stirn hatte sie ein Perlenband gewunden. Ihre Bekleidung bestand aus einem kurzen beigen Gewand, dessen Oberteil auf der Vorderseite einen hellblauen Besatz hatte und in Weiß, Rot und Blau üppig bestickt war. Über die bloßen Arme spielten breite Fransen.

»Nscho-tschi«, hauchte Wally beseligt.

Erneut fand sie damit Theklas Zustimmung.

Thekla erinnerte sich gut genug an den ersten Winnetou-Streifen, der in den Sechzigern in die Kinos kam, um Marie Versini in der Rolle von Winnetous Schwester Nscho-tschi vor sich zu sehen. Die Ähnlichkeit war frappierend. Ein Blick auf Heinrich zeigte ihr, dass auch er verblüfft und fast gerührt war.

Nur Hilde zeigte sich völlig unbeeindruckt.

Sie streckte Silberquell die Hand entgegen. »Westhöll. Das sind Frau Maibier, Frau Stein und Herr Held.«

Silberquell ergriff Hildes Rechte mit beiden Händen. »Danke. Ich danke Ihnen sehr, dass Sie hergekommen sind und mir bei der Suche nach Rote Feder helfen wollen.«

Hilde schüttelte sie ab. »Quatsch keine Opern, Mädel. Setz dich her und sag, was Sache ist.«

Silberquell wirkte einen Moment lang erschrocken, dann lächelte sie verstehend und glitt auf den letzten freien Stuhl am Tisch.

Ali muss sie vorgewarnt haben, ging es Thekla durch den Sinn.

»Mit was soll ich denn anfangen?«, fragte Silberquell.

Der niederbayrische Dialekt irritierte Thekla einige Augenblicke lang, bis ihr zu Bewusstsein kam, dass sie nicht wirklich einer Indianerin gegenübersaß. Erschreckend, wie schnell man sich in so einer Scheinwelt verlor. Was hast du eigentlich erwartet?, fragte sie sich. Dass Silberquell sagt: Bleichgesichter kennen Hauptsache bereits, mögen ihre Fragen dazu stellen.

»Wann haben Sie Rote Feder zum letzten Mal gesehen?«, fragte Hilde im Verhörton.

Bevor Silberquell darauf antworten konnte, trat eine attraktive Blondine an ihren Tisch und fragte nach ihren Wünschen.

Thekla und Heinrich bestellten Bitter Lemon, Hilde und Silberquell wollten Tee.

Wally sagte: »Wunderschön.«

»Was bitte?«

»Ihr Kleid ist so wunderschön«, erklärte Wally.

Thekla hatte bereits bei ihrem ersten Besuch die Garderobe der Mädchen im Service gebührend bewundert, sodass sie schon vertraut damit war.

Die durchweg sehr schlanken jungen Damen trugen schwarze Korsagen mit am Rücken gekreuzten Bändern. Üppige rote Rüschen liefen von einer Schulter schräg über die Brust und auf der Vorderseite des schmalen schwarzen Rockes gerade hinunter bis zum Saum, der sich etwa auf Wadenhöhe befand.

»Aber bestimmt nichts für dich«, kam es kalt von Hilde. »Und jetzt sag endlich, was du bestellen willst.«

Thekla fragte sich, warum Hilde sich heute so besonders garstig verhielt, und kam nach kurzem Überlegen zu dem Schluss, dass sie ausnehmend ungeduldig sein musste.

Offenbar fieberte sie darauf, sich Hals über Kopf in Ermittlungen zu stürzen, die Westernstadt samt ihren Bewohnern auf den Kopf zu stellen, nichts und niemanden ungeschoren davonkommen zu lassen. Hilde verabscheute alles, was ihr dabei in die Quere zu kommen drohte – selbst wenn es sich bloß um eine Bemerkung oder eine Geste handelte –, und reagierte auf Ablenkungen wie eine in die Enge getriebene Wildkatze.

Kaum hatte Wally ihre Bestellung aufgegeben (»Kaffee. Nein,

lieber Tee. Oder doch Kaffee …«–»Wally, Kruzitürken!« Der Anschnauzer kam natürlich von Hilde, woraufhin Wally ein strenges Krötengesicht machte und trotzig sagte: »Ich glaube, ich nehme einen Whisky on the Rocks«), wandte sich Hilde wieder an Silberquell.

»Also wann?«

Silberquells Mundwinkel hatten sich belustigt gehoben, nun senkten sie sich schmerzlich. »Am vergangenen Samstag um siebzehn Uhr.« Als sie daraufhin in vier verdatterte Gesichter sah, beeilte sie sich zu erklären: »Rote Feder und ich haben uns um halb vier in der Mainstreet getroffen, um bei der American History Show mitzumachen. Das ist Pflicht für alle, die hier angestellt sind, aber auch für diejenigen, die im Authentikbereich eine Parzelle besitzen. Ich bin direkt aus dem Big Tipi gekommen, wo ich seit Mittag für den Pullman Kids Club beschäftigt war. Was Rote Feder vor der Show gemacht hat, weiß ich leider nicht. Ist das wichtig für Sie? Vielleicht schon«, gab sie sich selbst zur Antwort.

Daraufhin überlegte sie kurz und runzelte dabei die Stirn. »Ich erinnere mich, dass er ein bisschen gereizt wirkte, als wäre ihm gerade was über die Leber gelaufen. Aber schon bei der Lewis-und-Clark-Expedition …« Sie unterbrach sich und erklärte dann: »Meriwether Lewis und William Clark sind 1804 von Präsident Jefferson beauftragt worden, das Land bis zur Westküste zu erkunden. Die Expedition ist von Indianern geführt worden. So stellen wir sie in der Show auch dar. Rote Feder war bei seinem Auftritt wieder ganz normal, hat sogar rumgealbert.«

Silberquell tippte mit der Fingerspitze auf das Zifferblatt ihrer Armbanduhr, die nicht recht zu ihrer Kostümierung passen wollte. »Um fünf war die Szene dran, die der berühmten Schlacht am Little Bighorn gedenkt. Rote Feder schlüpft dabei in die Rolle von Crazy Horse, ich spiele einen jungen Krieger. Nach dieser Szene muss ich mich ganz schnell umziehen, weil ich in der Schlussparade wieder als Frau auftrete. Ich bin deshalb in eins der Zimmer gelaufen, die uns dafür zur Verfügung stehen. Als ich zum Sammelplatz gekommen bin, waren die Reiter schon zur Mainstreet unterwegs. Nach der Parade bin ich gleich zu den Ställen gegangen. Da hätte Rote Feder nämlich sein müssen, um das Pferd zu versorgen.« Sie wischte sich die Augen.

»Musste er sich nicht auch umziehen?«, fragte Wally einfühlsam.

Silberquell schüttelte den Kopf. »Er reitet bei der Schlussparade einfach als Crazy Horse mit.«

»Und hat er das auch am Samstag getan?« Wally hatte Silberquells Hand genommen und drückte sie sanft.

»Ich nehme es an«, antwortete Silberquell. »Aber beschwören könnte ich es nicht. Die Reiter sind den Frauen ja weit voraus.«

»Mal abgesehen davon, ob Rote Feder bei der Schlussparade noch dabei war oder nicht, wo könnte er denn nach der Little-Bighorn-Szene hingegangen sein?«, fragte Hilde, wobei sie versuchte, Wallys warmherzigen Ton nachzuahmen, was ihr gründlich misslang.

In Silberquells Miene zeichnete sich Furcht ab. »Das ist es doch. Er konnte nicht einfach irgendwohin gegangen sein. Die Reiter müssen sich ja die ganze Zeit um ihre Pferde kümmern.«

Rote Feder war also nicht nur beim Finale zu Pferd. Offenbar zog Crazy Horse in der American History Show beritten zum Little Bighorn.

Thekla fragte sich, wie sich die Schlacht damals wirklich abgespielt hatte. Soweit sie wusste, waren im amerikanischen Westen keine Schlachten geschlagen, sondern Massaker an halb verhungerten Indianern angerichtet worden. Nicht einmal Frauen und Kinder hatte man verschont. Zuvor hatte man den Präriestämmen die Lebensgrundlage entzogen, indem man gnadenlos die Büffel abschoss und letztendlich ausrottete. Little Bighorn war zwar als Ort eines großen Sieges der Indianer in die Geschichte eingegangen, was allerdings mehr als akademische Beschreibung eines verzweifelten Aufstandes betrachtet werden musste.

»Und wo werden die Pferde zwischen ihren Auftritten in der Show hingebracht?«, fragte Hilde soeben.

»Das kommt darauf an, wie viel Zeit bleibt«, antwortete Silberquell. »In etwas längeren Pausen stehen sie in der Nähe der Ställe.«

»Müsste Rote Feder sein Pferd nach der Wir-ziehen-in-die-Schlacht-am-Little-Bighorn-Szene dorthin gebracht haben?«, hakte Hilde nach.

Silberquell schien sich darüber bereits Gedanken gemacht zu haben. »Eigentlich schon.«

»Dann werden wir mit den Darstellern reden, die ebenfalls bei den Ställen gewesen sein müssten«, verkündete Hilde. »Wer käme da in Frage?«

»Ich habe in den vergangenen Tagen alle Hobbyisten und alle Angestellten in der Westernstadt nach Rote Feder gefragt«, sagte Silberquell. »Nach der Little-Bighorn-Szene hat ihn keiner mehr bewusst wahrgenommen.«

Hilde schnaubte ärgerlich.

»Aber«, fuhr Silberquell fort, »das bedeutet doch auch, dass er bei der Schlussparade noch mitgeritten sein muss.«

Thekla begriff, was sie damit sagen wollte. Ein gewohntes Bild beachtete man nicht weiter. Erst wenn es sich veränderte, rückte es in den Fokus.

Sie kniff die Augen zu und stellte sich vor, wie Crazy Horse alias Rote Feder (alias Manuel Kramer) in einer Gruppe von Indianern durch die Mainstreet ritt, die links und rechts dicht von Zuschauern gesäumt war.

Wäre er zu Fuß gewesen, hätte er sich – freiwillig oder unfreiwillig – unter die Zuschauer mischen und untertauchen können. Aber er saß zu Pferd. Ein reiterloses Tier wäre aufgefallen. Demnach musste Rote Feder auf alle Fälle bis zum Ende der Mainstreet geritten sein. Und dann?

Hildes Gedankengang schien ähnlich verlaufen zu sein, denn sie fragte: »Wo war sein Pferd?«

»In der Box«, antwortete Silberquell matt. »Abgehalftert.«

»Von wem?«

Silberquell kämpfte mit den Tränen. »Ich weiß es nicht.«

Thekla sandte einen flehentlichen Blick an Wally. Greif ein, bitte, wollte sie ihr damit sagen. Wenn Hilde so weitermacht, ist

Silberquell bald in Tränen aufgelöst, und das hilft uns ganz gewiss nicht weiter.

Wally hatte ohnehin schon damit angefangen, Silberquell beruhigend über den Rücken zu streichen. »Wer kümmert sich denn um das Pferd von Rote Feder, wenn er nicht in der Westernstadt ist? Das muss doch ziemlich oft der Fall sein. Er hat ja schließlich einen Beruf.«

»Ausschließlich Schlauer Biber oder Marshall Otis«, gab ihr Silberquell Auskunft.

»Warum nur die beiden?«, wollte Hilde wissen.

Silberquell lächelte unter Tränen. »Ebana ist ein bisschen störrisch. Sie ist eine wunderschöne rassige Stute, aber einer ihrer Vorbesitzer hat sie schlecht behandelt. Sie galt als verkorkst, als sie zum Verkauf stand. Für Rote Feder war das allerdings ein Vorteil, weil Ebanas schlechter Ruf den Preis für sie derartig in den Keller getrieben hat, dass er sie sich leisten konnte.«

Sie musste sich die Nase putzen und die Tränen trocknen, bevor sie weitersprechen konnte. »Natürlich ist es ein Wagnis gewesen, das Tier zu übernehmen, aber Rote Feder hat ein gutes Händchen für Pferde, und er hat Erfolg gehabt mit Ebana. Inzwischen hat sie das Schlimmste überwunden.«

Erneut erschien ein kleines Lächeln auf ihrem Gesicht. »Marshal Otis sagt, sie macht sich so gut, dass sie in ein paar Jahren das Zehnfache von dem wert sein könnte, was Rote Feder für sie bezahlt hat.« Sie verstummte, doch dann schien ihr Hildes Frage wieder einzufallen, und sie fügte hinzu: »Aber man muss immer noch recht vorsichtig mit ihr umgehen. Ein Gespür für sie haben. Schlauer Biber und Marshall Otis sind außer Rote Feder die Einzigen, zu denen sie echtes Zutrauen hat.«

»Ich will mit den beiden reden«, verkündete Hilde entschieden und stand auf.

Silberquell nickte. »Natürlich habe ich Otis und Schlauer Biber längst gefragt, ob einer von ihnen Ebana am Samstag nach der Show versorgt hat. Aber sie waren beide nicht mal in der Nähe der Ställe.«

»Trotzdem will ich mit ihnen reden«, insistierte Hilde.

Silberquell stand auf. »Otis finden Sie höchstwahrscheinlich im Marshal Office, besser gesagt auf dem Plätzchen davor. Er sitzt da oft in seinem Schaukelstuhl. Ich kann Sie leider nicht begleiten, weil ich wieder zurück an die Arbeit muss.« »Zu den Kindern«, spezifizierte Wally. Silberquell bejahte. »Heute steht Indianerschmuck basteln auf dem Programm.« Sie sah in die Runde, ihr Blick trübte sich vor Traurigkeit. »Ich danke Ihnen noch einmal sehr für Ihre Unterstützung. Ich weiß wirklich nicht mehr, was ich tun soll.« Sie straffte sich. »Bis achtzehn Uhr bin ich im Big Tipi, falls sich noch Fragen ergeben. Ab zwanzig Uhr wäre ich dann bei meinen Eltern in Eging-Sommerau zu erreichen und selbstverständlich laufend über Handy.« Sie händigte Hilde ein Kärtchen aus. »Hier stehen die beiden Telefonnummern und die Adresse meiner Eltern drauf.« Daraufhin winkte sie kurz und eilte auf den Ausgang zu, blieb allerdings wenige Schritte davor wieder stehen, weil eine hochgewachsene blonde Frau ihren Weg kreuzte.

Die beiden wechselten ein paar Worte, dann führte Silberquell die Blonde zurück an den Tisch. »Ich möchte Sie noch mit Lady Sue bekannt machen. Sie ist die Eventmanagerin hier. Lady Sue wird sich Zeit nehmen, Sie ein bisschen herumzuführen und Ihnen einen Überblick über die Stadt zu verschaffen. Damit ersparen Sie sich, einen Ortsplan studieren zu müssen.«

Thekla spürte, wie Wally die Luft anhielt. Ihr selbst hatte kurz der Atem gestockt, und nun musste sie sich zwingen, Lady Sue nicht allzu aufdringlich anzustarren. Sogar von Heinrich kam ein Ton, der sich wie ein Nach-Luft-Schnappen anhörte.

Nur Hilde gab sich wieder gänzlich ungerührt. Statt sich von Lady Sues Erscheinung beeindruckt zu zeigen, fragte sie mit hörbar spöttischem Unterton, welche Rolle sie sich denn auf den Leib geschneidert hätte.

Thekla fand Hildes Frage so unpassend wie überflüssig. Die Fernsehserie »Fackeln im Sturm« drängte sich bei ihrem Anblick geradezu auf.

Lady Sues gewiss schlanke Beine wurden von einem langen Rock aus bräunlichem Tweedstoff umschmeichelt, der – schmal um die Hüften – unten glockig fiel. Dazu trug sie eine champagnerfarbene Bluse mit Spitzeneinsatz und Dutzenden von Biesen. Bauschige Ärmel erhöhten die Eleganz des Kleidungsstücks.

Die schweren silberblonden Haare hatte Lady Sue am Hinterkopf zu einem Knoten gewunden und hochgesteckt. Ihr Gesicht zeigte sich klar und faltenlos. Mund und Augen waren dezent geschminkt.

Wäre Thekla dazu aufgefordert worden, ihr Alter zu schätzen, dann hätte sie auf Mitte bis Ende dreißig getippt.

Lady Sue lächelte gewinnend.»Ich bin als Tochter eines Arztes in den amerikanischen Südstaaten aufgewachsen und habe im Jahre 1861 – mit siebzehn – einen Advokaten geheiratet.« Sie erweckte dabei den Eindruck, als redete sie von Tatsachen.

»Wollen Sie etwa sagen, dass Sie an so was wie Wiedergeburt glauben?«, fragte Hilde.

Lady Sues Miene ließ keine Verstimmung erkennen.»In gewisser Weise.«

Heinrich hatte sich erhoben und Silberquells frei gewordenen Stuhl zurechtgerückt.»Nehmen Sie doch Platz, Lady Sue.«

Thekla musste grinsen, was ihr schnell verging, als ihr Blick zu Hilde schweifte.

Hilde wirkte zornig und gleichzeitig wie vor den Kopf geschlagen. Offensichtlich tat sie sich von ihnen allen am schwersten damit, sich in dieser Scheinwelt zurechtzufinden. Mit der blanken Realität hatte sie immer gut umgehen können, aber mit einer Verflechtung von Illusion und Wirklichkeit schien sie restlos überfordert.

Wally dagegen sah aus, als wäre sie da angekommen, wo sie immer hinwollte.

Und Thekla selbst?

Noch bis vor wenigen Minuten hätte sie die ganze Sache am liebsten ad acta gelegt. Aber Silberquells traurige Augen ließen sie nicht los. Das Mädchen zählte auf ihre Hilfe und hatte ihnen bereits gezeigt, welcher Schritt als Erstes zu tun war. Sobald feststand, wer Rote Feders Stute in den Stall geführt hatte, würde man weitersehen.

Und weitermachen, dachte sie einsichtig. Wann hätten wir je einen Fall aufgegeben, nur weil er vertrackt zu sein schien und uns im Grunde gar nichts anging? Diese Ermittlung könnte sich als extrem kompliziert erweisen, überlegte sie weiter. Ohne vernünftige Strategie werden wir uns nicht zurechtfinden. Wir brauchen einen Leitfaden, an den wir uns halten können.

Als guter Start schien ihr, jeden einzelnen der Hobbyisten, mit denen sie es hier zu tun hatten und noch zu tun bekommen würden, so aufzuspalten, wie er es wohl selbst musste: in zwei verschiedene Personen. Manuel Kramer/Rote Feder, Silberquell/Ina West und so weiter und so fort.

Jeder von ihnen besitzt eine doppelte Identität, dachte Thekla und merkte nicht, dass sie es laut ausgesprochen hatte.

»Das haben Sie sehr treffend ausgedrückt«, sagte Lady Sue, die Heinrich gedankt und sich anmutig niedergelassen hatte.

»Das fehlt uns noch«, stöhnte Hilde und wandte sich dem Ausgang zu, »dass wir einem Gestaltwandler hinterherjagen müssen.«

3

Wenig später bei den Pferdeställen

Hilde steckte ihre Nase in den Pferdestall, blickte die Boxen hinauf und hinunter, schnupperte, schnitt eine Grimasse und zog sich wieder zurück.

Pferdeärsche, Pferdeköpfe. Scharren. Stampfen. Schnaufen. Sie fragte sich, weshalb sie überhaupt hergekommen war. Selbst wenn sie unter all diesen Gäulen Ebana ausfindig machen könnte, was würde ihr das nützen? Das Pferd konnte ihr ja nicht mitteilen, wer es vergangenen Samstag abgehalftert und in die Box geführt hatte.

Falls sie gehofft hatte, einen der anderen Pferdebesitzer anzutreffen oder wenigstens einen Stalljungen, dem sie diesbezügliche Fragen stellen konnte, war sie enttäuscht worden.

Hilde warf die Stalltür mit einem Knall zu, der, als hätte er ein Echo, ein leises Wiehern auslöste.

Eigentlich war ihr von vornherein klar gewesen, dass eine Inspektion der Ställe zu nichts führen würde. Aber in diesem »Black Bison Saloon« mit seiner Wildwestkulisse und all den verkleideten Menschen hatte sie es einfach nicht mehr ausgehalten. Was dachten sich diese Leute eigentlich dabei, die Zeit um hundertfünfzig Jahre zurückzudrehen, Charleston und Denver ins Dreiburgenland zu verlegen?

Sie lehnte sich an das Geländer, das entlang der Stallungen verlief und, wie sie vermutete, zum Anbinden der Pferde diente. Müßig grollte sie dort eine Weile vor sich hin.

Schließlich riss sie sich zusammen.

Wenn du dich nicht schleunigst mit den gegebenen Verhältnissen abfindest, sagte sie sich streng, kannst du die gesamte Ermittlung vergessen.

Nichts hätte sie mehr geschmerzt.

Seit sie gemeinsam mit Thekla und Wally den Holzer-Blasen-

Fall gelöst und dabei einen Mörder überführt hatte, war sie süchtig nach Kriminalfällen.

Um diesen Fall zu lösen, musste sie lernen zu akzeptieren, dass ein junger Feuerwehrmann tat, als wäre er ein Prärie-Indianer; dass eine hübsche, ganz bestimmt nicht dumme junge Frau aus dem Nachbardorf der Westernstadt seine Partnerin verkörperte; und dass eine umwerfende (hatte nicht sogar Theklas sonst so beherrschtem Heinrich der Atem gestockt?) Mittdreißigerin von wer weiß woher allen Ernstes behauptete, sie hätte mal als Südstaaten-Lady gelebt.

Mach mit oder lass es, resümierte Hilde.

Es zu lassen bedeutete, nach Granzbach zurückzukehren und bei ihrem Neffen zu Kreuze zu kriechen. Denn dann wäre sie wieder darauf angewiesen, dass er sie im Bestattungsinstitut aushelfen ließ, damit ihr in ihrer Wohnung die Decke nicht auf den Kopf fiel.

Bloß nicht. Lieber die Leute hier so nehmen, wie sie waren.

Missmutig fragte sie sich, ob sie das konnte.

»Fühlen Sie sich nicht wohl?«

Erschrocken sah Hilde auf und erblickte einen knochigen Kerl um die fünfzig mit kantigem Gesicht, Hakennase und buschigen Augenbrauen. Er trug einen schwarzen Texashut und ein weißes Hemd mit einer Lederweste darüber, auf der ein Sheriffstern prangte. Um seinen rechten Oberarm wand sich ein hellblaues Bändchen, das Hilde, wäre ihr der Gedanke nicht absurd erschienen, für ein Strumpfband gehalten hätte. Aus dem Pistolenholster an seinem breiten Gürtel ragte tatsächlich ein Schießeisen. Die Beine steckten in engen schwarzen Hosen, die Füße in Westernstiefeln mit Prägung und Silberbeschlag. Als er sich horchend ein wenig zur Seite wandte, weil vom Big Tipi her auf einmal lautes Kindergeschrei zu hören war, stellte Hilde fest, dass über seiner rechten Pobacke Handschellen vom Gürtel hingen.

Der Gesetzeshüter von Pullman City, schloss sie aus dem Aufzug des Mannes.

Nun gut, jetzt musste sie zeigen, wie ernst es ihr damit war, mitzuspielen und sich anzupassen.

Dass ihr Ton despektierlich klang, konnte sie trotz allen Bestrebens nicht verhindern. »Sie sorgen wohl für Ordnung hier?«

»Marshal Otis.« Er machte eine Verbeugung. »Kann ich helfen?«

Marshal Otis. Einer der Männer, die sich um das Pferd von Rote Feder kümmerten, wenn der junge Pawnee-Krieger gezwungen war, sich in einen niederbayrischen Mechatroniker zurückzuverwandeln.

Er würde ihr also womöglich helfen können. Aber wie konnte sie aus ihm herausholen, was sie wissen wollte?

Mit ganz vernünftigen, direkten Fragen, entschied sie nach kurzem Überlegen.

Der Kerl mochte ja in gewisser Weise einen an der Waffel haben, so wie er rumlief und auf Gary Cooper im Westernklassiker »High Noon« machte, aber war das ein Grund, ihn sofort als komplett plemplem abzustempeln und wie einen Geistesgestörten zu behandeln?

Nein!

»Marshal«, sagte sie also höflich. »Ich bin hier, um Nachforschungen wegen des Verschwindens von Rote Feder anzustellen. Silberquell macht sich große Sorgen. Meine beiden Freundinnen und ich haben ihr versprochen, herauszufinden, was geschehen ist. Dazu müssen wir als Erstes wissen, wer ihn zuletzt gesehen hat und wann.«

Marshal Otis nickte verständig. »Ich habe natürlich von der Sache gehört. Dazu sagen kann ich wenig. Ich bin zuletzt am Samstagmittag mit Rote Feder zusammengetroffen. Danach bin ich weggefahren.«

»Wohin?«, fragte Hilde ohne Umschweife.

Otis zuckte mit keiner Wimper. »Zu einem Kunden der Firma Ludwig und Alfons Hallhover. Ich habe ihm ein Angebot für ein Garagentor mit elektrischem Antrieb gebracht. Erst am Abend, so gegen acht, bin ich nach Pullman zurückgekommen.«

Es hörte sich fast so an, fand Hilde, als ob Marshal Otis einer von diesen Hallhovers wäre. Was allerdings keine Rolle spielte.

Bedeutsam an seiner Mitteilung – falls er nicht log – war nur, dass er Ebana nach der Show nicht abgehalftert haben konnte.

Sie fragte sich, inwieweit ihm zu trauen war, und gab sich Mühe, einen vorlauten Gedanken zum Schweigen zu bringen, der ihr einzureden versuchte, der Marshal sei sympathisch, umgänglich, gut aussehend ...

Jetzt aber Schluss.

Otis ließ den Blick über die Front des lang gestreckten Gebäudes schweifen, vor dem sie standen. »Was hat Sie zu den Ställen getrieben?«

Hilde zögerte kurz. Sollte sie ihn einweihen? Sie hatte wohl keine andere Wahl.

»Richtig«, erklärte Otis daraufhin nachdenklich. »Wenn Rote Feder sich nicht selbst um Ebana kümmern kann, tu ich das für ihn oder Schlauer Biber macht es. Aber ich bin ja nicht da gewesen, und Schlauer Biber wird nach der Show eigentlich immer am Pferch gebraucht, weil die Rinder, die beim Finale mitlaufen, wieder hineingetrieben werden müssen.«

»Dann hat Rote Feder sein Pferd also selbst versorgt«, stellte Hilde fest.

Otis lüftete den Hut und kratzte sich am Kopf. »Das kann ich mir, ehrlich gesagt, nicht mehr vorstellen, seit ich ...«

Hilde sah ihn abwartend an, doch statt weitere Erklärungen abzugeben, sagte er: »Kommen Sie mit. Ich werde es Ihnen zeigen.«

Er führte sie durch die linke Stallgasse bis ganz ans Ende, wo er vor der letzten Pferdebox stehen blieb. Sie war mit einem Gatter verschlossen, das unten aus einer massiven Wand dicker Bretter bestand, ab Brusthöhe jedoch aus senkrechten Streben, die in Abständen von etwa zehn Zentimetern zu einem Querbalken führten.

»Auf dieser Seite der Gasse befinden sich die Paddockboxen.« Marshal Otis merkte, dass Hilde mit dem Ausdruck nichts anzufangen wusste, und ergänzte: »Das sind Boxen mit einer Art Veranda auf einer Seite, sodass das Pferd ins Freie hinauslaufen und sich ein bisschen Bewegung verschaffen kann.«

Anscheinend war Ebana draußen gewesen, denn nach kurzem Hufgetrappel tauchte ein Pferdekopf hinter dem Gatter auf.

Hatte Marshal Otis' Stimme die Stute angelockt? Er strich ihr sanft über den weißen Fleck oberhalb der Nüstern. »Sie ist das edelste Tier im Stall.«

»Aber störrisch, heißt es«, sagte Hilde trocken.

Otis lachte verhalten. »Sie ist auf einem sehr guten Weg. Rote Feder ist nämlich ein Pferdeflüsterer. Es gibt sie. Oh ja, es gibt sie, die Pferdeflüsterer –«

»Was wollten Sie mir denn zeigen?«, unterbrach Hilde ihn knapp, weil sie keine Lust hatte, sich wieder irgendeine verdrehte Geschichte anzuhören.

Verständnis, Toleranz und Anpassung gut und schön, aber man musste es ja nicht übertreiben. Indianer-Storys, die Legende einer Südstaatenschönheit und jetzt Pferdegeschichten, was denn noch alles?

»Sehen Sie dort.« Marshal Otis deutete auf einen Haken an der Innenwand der Box, an dem Zaumzeug hing. »Da gehört das Halfter hin.«

»Da hängt es ja anscheinend auch.« Hilde fragte sich, worauf er hinauswollte.

Sie sollte es gleich erfahren.

»Am Sonntag bin ich in den Stall gegangen, weil ich nach Ebana sehen wollte. Das tue ich oft, auch wenn Rote Feder mich nicht ausdrücklich darum gebeten hat. Mir liegt einfach was an dem Tier.« Seine Augen wurden schmal. »Aber am Sonntag hing nicht nur das Halfter da, sondern auch die Trense.«

Ja und?, hätte Hilde am liebsten geblafft, schluckte es jedoch hinunter und wartete ab.

»Die Trense gehört da nicht hin«, fuhr Otis ohnehin bereits fort. »Sie gehört in den abschließbaren Schrank, wo auch der Sattel aufbewahrt wird, und die Putzkis…« Er stockte mitten im Wort, weil es im Stall auf einmal unruhig wurde.

Ebana schnaubte, eines der anderen Pferde wieherte, etliche scharrten mit den Hufen.

Hilde rechnete damit, dass jemand den Stall betreten würde, aber nichts geschah. Nach einer Weile flaute die Erregung wieder ab.

Otis schüttelte verwundert den Kopf, besann sich und sagte: »Und sie war noch ganz klebrig.«

»Die Trense?«, vergewisserte sich Hilde.

»Ja, sie ist nicht abgewaschen worden.«

Was absolut nichts heißen muss, dachte Hilde. Rote Feder könnte es eilig gehabt und deswegen mal geschlampt haben.

Otis schien zu ahnen, was ihr durch den Kopf ging, denn er sagte: »Rote Feder würde die Trense niemals dorthin hängen, ungewaschen schon gar nicht. Und unter keinen Umständen würde er Ebana mit einem Stein im Huf in der Box stehen lassen.«

»Was bedeutet, jemand anderes muss Ebana in den Stall geführt haben.«

Marshal Otis nickte. »Jemand, der nicht weiß, wo die Trense hingehört. Jemand, der entweder nicht viel Ahnung hat, wie ein Pferd versorgt werden muss, oder jemand, der schnell wieder abhauen wollte, damit niemand auf ihn aufmerksam wird.«

Was Otis da sagte, erschien Hilde durchaus einleuchtend.

»Was war mit dem Sattel?«, fragte sie nach kurzem Überlegen.

»Der ist im Schrank gewesen«, antwortete Otis.

»War der Schrank abgeschlossen?«

»Ja, wie immer. Teure Westernsättel werden gern mal geklaut.«

»Wer hat einen Schlüssel dazu?« Hildes Fragen kamen nun wie Gewehrfeuer.

»Nur ich, Schlauer Biber und Rote Feder natürlich«, antwortete Otis.

»Woraus wir schließen?«, schnappte Hilde.

Erneut nahm Otis seinen Texashut ab, fuhr sich mit der Hand durch das ein wenig schüttere Haar und setzte ihn wieder auf. »Dass irgendwie etwas nicht stimmen kann. Aber was bloß?«

Hilde schenkte sich eine Antwort darauf. Zum einen, weil sie es für sinnlos hielt, an einem Sachverhalt herumzurätseln, der sein Geheimnis – zu diesem Zeitpunkt jedenfalls – nicht preisgeben wollte, zum andern, weil sie sich fragte, warum Silberquell nichts von der Sache erwähnt hatte. Wusste sie gar nichts davon?

Schließlich sagte sie: »Ein Fremder im Stall, vor allem einer, der sich an Ebana zu schaffen macht, müsste doch wohl den anderen Pferdbetreuern sofort aufgefallen sein.«

Marshal Otis kraulte Ebana an den Ohren. »Es ist zwar nicht erlaubt, aber viele Besucher wollen einen Blick in die Horse Stables werfen, und wenn sie keiner daran hindert, dann tun sie es auch. Die meisten von uns sehen darüber hinweg, solange solche Zaungäste niemanden stören.«

»Aber man wäre doch aufmerksam geworden, wenn sich so ein Zaungast an einem der Pferde zu schaffen —«, begann Hilde.

Otis hob die Hand, um sie zu stoppen. »Nach der Show ist natürlich Hochbetrieb bei den Ställen. Die Reiter führen ihre Pferde draußen auf und ab, lassen sie trinken, bringen sie in den Stall. Wer sein Tier schon in der Box hat, rennt zum Sattelschrank oder von da zurück zur Box …« Er verstummte und sinnierte eine Weile vor sich hin. »Es ist absolut denkbar, dass ein Fremder die Stute hereingeführt und versorgt hat, ohne Aufsehen zu erregen – vorausgesetzt, Ebana hat sich halbwegs ruhig verhalten.«

»Bei einem Fremden hätte sie das doch nicht getan«, wandte Hilde ein.

Marshal Otis zuckte die Schultern. »Wenn er sie zu nehmen wusste …«

Hilde fing seinen Blick ein, hielt ihn fest. »Ist Ihnen eigentlich klar, wonach das ausschaut?«

Auf Otis' Miene spiegelte sich Unbehagen, er antwortete jedoch nicht.

»Muss man nach all dem nicht davon ausgehen, dass Rote Feder nach der Show überfallen und gewaltsam fortgeschafft worden ist?«, hakte Hilde nach.

»Aber wie …«, setzte Marshal Otis an, stutzte, griff in die Brusttasche seiner Lederweste und zog ein Handy heraus.

Das zu Prärieromantik und Achtzehntes-Jahrhundert-Südstaatenflair, dachte Hilde grimmig.

Otis warf einen Blick aufs Display. »Bitte entschuldigen Sie mich kurz.« Er drehte sich um und eilte die Stallgasse hinunter. Auf halbem Weg zum Ausgang drehte er sich noch einmal um. »Sie müssen das Gatter von Ebanas Box wieder zumachen.«

»Was glauben Sie, was ich gerade vorhatte?«, rief ihm Hilde nach, bezweifelte jedoch, dass er es noch hörte. »Verdammt«, murmelte sie dann. »Als ob ich vorgehabt hätte, mit dem Vieh fangen zu spielen.«

Keine Sekunde wollte sie diesem unberechenbaren Tier allein und ohne eine Barriere zwischen sich und ihm gegenüberstehen. Hastig trat sie ein paar Schritte zurück, griff nach dem Gatter, löste es von der Stallwand und schwenkte es auf den Eingang der Box zu.

Es hatte sich schon fast geschlossen – nur ein schmaler Spalt klaffte noch –, als von draußen ein peitschender Knall zu vernehmen war.

Hilde schrak zusammen.

Das Gatter entglitt ihren Händen.

Ebana stieg.

Die Pferdehufe trafen zwei der senkrechten Streben mit voller Wucht.

Das Gatter flog mit Schwung auf.

Da sich Ebanas Box ganz am Ende der Stallgasse befand, wurde Hilde gegen die Rückwand des Stallgebäudes geschleudert.

Sie schlug sich den Kopf an, prellte sich die Schulter und schürfte sich den Unterarm auf.

Die paar Blessuren sollten jedoch ihre geringste Sorge sein. Viel schlimmer war, dass sie eingeklemmt zwischen Gatter und Stallwand steckte. Falls Ebana noch mal stieg und ihre Hufe ein zweites Mal zutraten, würde sie zerquetscht werden.

Sie musste versuchen, das Gatter so weit von sich wegzuschieben, dass sie dahinter hervorschlüpfen konnte.

Argwöhnisch wagte sie einen Blick durch die Streben. Im Moment befanden sich Ebanas vier Hufe auf dem Boden, doch das Pferd stampfte und schnaubte.

Jetzt.

Hilde warf sich gegen das Gatter.

Im selben Moment tänzelte Ebana vorwärts. Ihr linker Vorderhuf erschien außerhalb der Box, dann der rechte, wieder der linke.

Schlingernd brachte Hilde das Gatter zum Stillstand.

Das Pferd blockierte ihren Fluchtweg.

Hilde wagte nicht mehr, sich zu rühren. Die Hände um je eine Strebe gekrallt, stand sie wie erstarrt.

Was würde das Tier als Nächstes tun? Wieder ein Stück zurückweichen? Erneut steigen und sie an die Stallwand nageln? Die Stallgasse hinunter und hinaus ins Freie galoppieren? Hilde bohrte ihren Blick in den des Pferdes. Mach schon. Hau ab. Renn hinaus aus dem Stall. Zieh Leine, verdammt noch mal.

Ebana schien unschlüssig, und Hilde wusste nicht, was sie machen sollte.

Warum kam dieser Marshal nicht zurück? Warum kam auch sonst niemand herein, der ihr helfen konnte?

Von draußen erklang auf einmal ein schrilles Pfeifen, und sofort stieg Ebana wieder.

Diesmal schrappte ihr rechter Vorderhuf nur leicht am Gatter entlang, aber der Tritt reichte aus, Hildes Schulter erneut gegen die Stallwand prallen zu lassen.

Beide Vorderhufe des Pferdes landeten nun weit außerhalb der Box. Das Gatter war bis zum Anschlag offen. Hilde konnte nicht riskieren, es auch nur ein paar Zentimeter von sich wegzuschieben, denn dann hätte es Ebana berührt und die Stute wäre womöglich erneut gestiegen.

Womit beim nächsten scharfen Laut sowieso zu rechnen ist, dachte Hilde. Dann wäre es aus und vorbei mit mir.

Wo trieb sich bloß dieser Marshal rum, der ihrer Not ein Ende machen konnte?

Vergiss ihn, befahl sie sich. Auf ihn kannst du nicht zählen. Womöglich hat er dich mit purer Absicht in diese Situation gebracht, und die ganze Ebana-nicht-einwandfrei-abgehalftert-Geschichte war erstunken und erlogen. Du kannst auch sonst auf niemanden zählen. Also hilf dir selbst.

Ebana schnaubte, scharrte mit den Hufen, tänzelte hin und her, vor und zurück. Der Pferdekörper drückte mal mehr, mal weniger gegen das Gatter.

Irgendetwas bohrte sich immer schmerzhafter in Hildes Rücken, aber sie hatte nicht genug Platz, sich umzudrehen und nachzusehen, was es war. Es gelang ihr jedoch, den rechten Arm nach hinten zu schieben und die Stallwand abzutasten.

Sie fand eine Holzsprosse und darüber noch eine, was nur bedeuten konnte, dass da eine Leiter hing.

Hilde meinte sich sogar zu erinnern, dass sie eine gesehen hatte, als sie mit Otis auf Ebanas Box zugegangen war. Vermutlich hing das Ding an einem Haken an der Stallwand. Die Befestigung war wahrscheinlich nicht besonders stabil, aber sie musste genügen. Entscheidend war, dass die Leiter bis hinauf zur Decke reichte.

Hilde verdrehte den Kopf so weit wie möglich und schielte nach oben, musste jedoch einsehen, dass ihr Blickwinkel viel zu steil war, um das Ende der Leiter ausmachen zu können.

Wie auch immer, sie hatte keine andere Wahl, als hinaufzuklettern. Rückwärts. Denn zum Umdrehen war kein Platz. Der kleinste Schubs ans Gatter konnte Ebana aufschrecken.

Was, wenn das Vieh noch einmal stieg? Dann farewell, old Hilde Westhöll.

Also rückwärts die Leiter hoch.

Beherzt streckte Hilde beide Arme nach oben und bekam die Sprosse über ihrem Kopf zu fassen. Dann hob sie ganz vorsichtig und angestrengt darauf bedacht, weder ein Geräusch noch eine Bewegung des Gatters zu verursachen, das rechte Bein, setzte die Ferse auf die unterste Sprosse und zog das linke nach.

Könnte funktionieren, dachte sie optimistisch, obwohl sie an der Leiter hing wie ans Kreuz geschlagen. Ihre Bauch- und Brustpartie wölbte sich mit einem unangenehmen Ziehen in der Lendengegend wie ein Halbmond nach vorn.

Hilde tastete nach der nächsten Sprosse, griff danach und kletterte weiter. Fünf Sprossen höher begannen ihre Oberarme zu brennen, verlangten dringendst, entlastet zu werden, was sie ihnen jedoch nicht zugestehen konnte.

Drei noch, redete sie sich selbst zu. Dann bist du weit genug oben und kannst dich umdrehen.

Als sie höherstieg, begann die Leiter zu schwanken, und Hilde spürte, dass ihre Arme nicht mehr lange durchhalten würden.

Ihre Hände würden loslassen, ohne dass sie etwas dagegen zu tun vermochte, und sie würde wie ein voller Futtersack auf den Boden plumpsen.

Dann schon lieber ein Risiko eingehen.

Entschlossen gab sie dem Gatter einen Tritt, ließ mit der linken Hand die Sprosse los und schwang sich herum. Sie bekam die Leiter am Seitenholm wieder zu fassen und zog sich mit aller Kraft eine weitere Sprosse hoch, was sie über den obersten Querbalken des Gatters hinausbrachte.

Und Ebana stieg.

Das Gatter knallte mit voller Wucht gegen die Wand, Holz splitterte, die Leiter hüpfte, aber Hilde hatte sich aus der Gefahrenzone retten können.

Als die Hufe der Stute wieder den Boden berührten, schwang das Gatter ein kleines Stück zurück, dann knallte es erneut gegen die Wand. Doch diesmal war es nicht von Ebanas Hufen getroffen worden, sondern vom Pferdehintern, dem Hilde nun verblüfft nachsah. Wenige Augenblicke später war er verschwunden.

Die Stute hatte sich ins Freie geflüchtet.

Hilde atmete ein paarmal tief durch.

Sie wollte sich gerade an den Abstieg machen, da brach der Haken aus der Wand und die Leiter begann zur Seite zu kippen.

Hilde ruderte mit den Armen, spürte, wie ihre Füße den Stand verloren. Im letzten Moment konnte sie nach dem oberen Querbalken des Gatters greifen, krallte sich daran fest, hatte jedoch nicht mehr genug Kraft, um sich zu halten.

Sie schlug am Boden auf, wenn auch – dank des kurzen Zwischenstopps am Querbalken – nicht allzu hart.

Dennoch blieb sie eine Weile zusammengekauert liegen, bewegte die Zehen, die Knöchel, schob die Hüften nach links und rechts. Befühlte die Beule an ihrem Kopf.

»Glimpflich davongekommen«, flüsterte sie schließlich.

Und jetzt nichts wie raus hier.

Sie erhob sich mit einem Ächzen und tappte die Stallgasse hinunter. Ihre Gelenke fühlten sich steif an, und ihre Schultern schmerzten.

Während sie dem Ausgang zuhumpelte, fiel ihr auf, dass sich die anderen Pferde im Stall relativ ruhig verhielten. Manche scharrten und schnaubten ein bisschen, auch ein Wiehern war zu hören, aber keines der Tiere schien derart aus dem Häuschen geraten zu sein wie Ebana. Warum musste ausgerechnet Rote Feder so ein dämonisches Vieh besitzen?

Als Hilde aus dem Stall trat, bot sich ihr ein merkwürdiger Anblick. Ebana stand einige Meter entfernt und rupfte seelenruhig an einem Grasbüschel, das ihr ein kräftiger Indianer in voller Kriegsbemalung vors Maul hielt. Otis saß mit dem Hut in der Hand auf einer Planke und rieb sich ein ums andere Mal übers Gesicht.

Hilde starrte ihn böse an und fragte sich erneut, ob er sie absichtlich in die Falle gelockt hatte oder ob alles ein unglücklicher Zufall gewesen war.

Hatte es tatsächlich einen Anruf gegeben? Ein Klingelton war jedenfalls nicht zu hören gewesen; Otis' Handy mochte vibriert haben oder auch nicht.

Der Marshal schien ihren Blick zu spüren, denn plötzlich sah er auf, sprang von der Planke und kam drohend auf sie zu. »Warum haben Sie nicht getan, was ich Ihnen gesagt habe? Ist Ihnen eigentlich klar, was hätte passieren können?«

Völlig klar, dachte Hilde. Ich könnte jetzt platt sein wie ein Hacksteak.

»Wenn Schlauer Biber nicht zufällig in der Nähe gewesen wäre«, grollte Marshal Otis, »dann wäre Ebana —«

Mit einer schroffen Handbewegung unterbrach Hilde ihn. Sie hatte nicht die geringste Lust, sich auch noch Vorwürfe anzuhören.

»Wo sind *Sie* denn die ganze Zeit gewesen?«, fragte sie ihn scharf.

»Ich musste Rodeo Jim einlochen«, erwiderte er knapp.

4

Zur selben Zeit in der Mainstreet

Lady Sue hatte angeboten, mit Wally, Thekla und Heinrich eine Runde durch Pullman City zu drehen, und hatte sie hinaus auf die Mainstreet geführt.

Von Anfang an legte sie ein strammes Tempo vor, das bewirkte, dass Wally bereits nach wenigen Schritten den Anschluss verlor, weil an diesem Ort alles viel zu faszinierend war, um einfach nur daran vorbeizurennen.

Als ob sie uns die Stadt im Zeitraffer vorführen wollte, beschwerte sich Wally stumm bei einem Lasso werfenden Cowboy aus Pappmaché, der unbewegt vor dem Town Office stand und ihr natürlich keine Antwort gab.

Sie sah ja ein, dass Lady Sue noch viele andere Verpflichtungen hatte und ein schneller Rundgang genügen musste, um ihnen den nötigen Überblick zu verschaffen. Aber sie konnte sich einfach nicht dazu überwinden, wie ein Marathonläufer über diesen wundervollen Schauplatz zu hetzen.

Ihr Blick blieb an diesem und jenem hängen, und deshalb mussten ihre Füße ständig innehalten.

Bei einem Geschäft, in dem Traumfänger und indianischer Schmuck angeboten wurden, verlor sie die anderen endgültig aus den Augen.

Wally sah noch, wie Lady Sue mit Thekla und Heinrich auf »Scarlett's Restaurant« zusteuerte, aber ihre Füße klebten bereits fest. Doch nicht nur das. Unvermittelt setzten sie sich wieder in Bewegung und trugen sie eigenmächtig in den Laden.

Der eigentliche Verkaufsraum zeigte sich derartig überladen, dass Wally überwältigt stehen bleiben musste. Weiteres Vorwärtskommen wäre ohnehin schwierig geworden, weil Tische und Ständer von Menschentrauben umgeben waren, die sich mal hierhin, mal dorthin verlagerten.

Die Flut spülte sie kreuz und quer und schließlich wieder auf die Mainstreet hinaus.

Die anderen jetzt noch einholen zu wollen schien aussichtslos. Wally vermochte sie nirgends zu entdecken, obwohl sie gründlich Umschau hielt. Weder Lady Sues Haarknoten noch Heinrichs graue Locken oder Theklas silberweiße Kurzhaarfrisur tauchten irgendwo auf.

Einen Augenblick lang fühlte Wally sich verwaist, sagte sich jedoch dann, dass es unnötig war, sich Sorgen zu machen. Pullman City war schließlich keine Großstadt, wahrscheinlich sogar kleiner als ihr Heimatort Scheuerbach. In Scheuerbach hatte sie sich noch nie verlaufen. Außerdem durfte man in Scheuerbach sicher sein, innerhalb kürzester Zeit mehrmals den Weg derselben Person zu kreuzen.

Genauso würde es auch hier sein. Bestimmt konnte sie sich darauf verlassen, über kurz oder lang wieder mit den anderen zusammenzutreffen.

Derart mit sich ins Reine gekommen und zunehmend entzückt von all den interessanten Dingen ringsum, spazierte Wally die Mainstreet entlang weiter bis zum »Toys & Candys Shop«.

Dort verweigerten ihre Füße erneut den Befehl, machten sich selbstständig und passierten den Eingang.

Drinnen gingen Wally die Augen über, und ein klangvolles Wort sollte sich in ihr Gedächtnis prägen: »Candy Bar«.

Es gab Candy Bars mit Nüssen, mit Krokant, mit Früchten, mit Puffreis, fein in Riegel gepresst und mit Schokolade überzogen.

Tief aufseufzend wandte Wally sich ab. Sie würde nicht schwach werden. Auf keinen Fall.

Widerstrebend machte sie ein paar Schritte vom Candy-Bar-Angebot weg und fand sich unvermutet vor einem Verkaufsstand mit kunterbunten Kügelchen wieder. Wie Murmeln lagen sie nach Farben sortiert in gläsernen Fächern. Kleine Schaufeln luden dazu ein, sich nach Herzenslust zu bedienen.

Wally studierte die Beschriftungen an den Fächern. »Jelly Belly Tutti Frutti«, »Jelly Belly Green Apple«, »Jelly Belly Watermelon« … Es gab Dutzende Sorten Jelly-Belly-Böhnchen.

Solches Naschwerk hatte sie noch nie probiert. Ja, sie hatte noch nicht einmal davon gehört.

Sollte sie?

Sie musste geradezu. Das war sie der Entwicklung ihrer Sachkenntnis schuldig.

Wally pflückte eine Klarsichttüte von einem Ständer und begann zu schaufeln. Sie ließ keine einzige Sorte aus. Auf dem Weg zur Kasse hielt sie plötzlich inne, drehte sich um und ging zu den Candy Bars zurück. Wenn sie schon Süßigkeiten einkaufte, dann würde sie nichts auslassen.

Nachdem sie bezahlt und eine mit Luftballons bedruckte Tüte entgegengenommen hatte, kehrte sie auf die Mainstreet zurück, wo sie sich nach einer Sitzgelegenheit umsah.

Schräg gegenüber dem »Toys & Candys Shop« entdeckte sie ein niedriges Bänkchen, das von niemandem beansprucht zu werden schien, und eilte darauf zu.

Sie wollte gerade Platz nehmen, da näherte sich von der anderen Seite ein Mann, der sich darauf niederließ.

Wally zuckte zurück, wollte weitergehen, als ihr auffiel, dass er sich ganz ans Ende gesetzt hatte, weshalb mehr als drei Viertel der Sitzfläche frei geblieben waren.

Eben, sagte sie sich forsch, die Bank ist ja nicht bloß für eine Person gedacht. Resolut ließ auch sie sich nieder.

Dann öffnete sie die Tüte und steckte sich ein knallrotes Jelly Belly »Very Cherry« in den Mund. Lustvoll biss sie durch die Zuckerkruste, bis ihre Zähne in einer geleeartigen Masse stecken blieben, die nach Kirsche schmeckte. Sie kaute eine Weile darauf herum, behielt Kruste und Gelee im Mund, bis beides flüssig war, und schluckte dann alles hinunter. Als Nächstes probierte sie »Coconut«.

»Sie sind wohl eine Naschkatze?«

Die Stimme klang amüsiert, aber keineswegs spöttisch und kam von Wallys Banknachbar.

Sie hielt ihm die Tüte hin. »Möchten Sie?«

Er lachte. »Shoot me. Warum nicht?«

Während er ein Jelly Belly »Banana« auswählte, sah sich Wally den Mann an, dem sie bisher noch keinen einzigen Blick gegönnt hatte.

Er trug ein grobes Hemd und eine schlecht sitzende Hose aus schwerem Stoff, die von breiten Hosenträgern gehalten wurde. Seine Haare waren von einem um den Kopf geschlungenen Tuch verdeckt. Ein rötlich brauner Vollbart überwucherte den unteren Teil seines Gesichts, aber seine Augen lächelten sie schalkhaft an. Wally schätzte ihn auf Anfang dreißig.

Er klemmte das Jelly Belly zwischen Daumen und Zeigefinger und machte eine kleine Verbeugung. »Trapper Joe. Besten Dank, sweet Lady.«

Damit brachte er Wally zum Kichern.

Auf einmal fühlte sie sich frei und unbeschwert.

War es nicht nett, hier auf diesem Bänkchen zu sitzen, mit der Kulisse dieser bezaubernden Westernstadt vor Augen und einem liebenswürdigen jungen Mann an der Seite?

Dessen Gesellschaft wollte Wally gern noch eine Weile genießen, also bot sie ihm ein weiteres Jelly Belly an. »Sie müssen eines von den marmorierten versuchen. Kokos, sehr lecker.«

Er rückte näher an sie heran und bediente sich.

So kamen Wally und Trapper Joe ins Gespräch.

Wie seine Kleidung und der Name vermuten ließen, war Trapper Joe einer der Hobbyisten aus dem Authentikbereich. Er besitze eine Blockhütte, ließ er Wally wissen, und sei eigentlich Zimmermann von Beruf. Dann fragte er sie, was sie nach Pullman City geführt habe – so ganz ohne Begleitung.

»Oh nein«, rief Wally. »Ich bin nicht allein hier. Ich bin mit zwei Freundinnen hergekommen und mit Heinrich, ja, Heinrich ist auch dabei. Wir müssen in einer wichtigen Sache ermitteln ...« Sie unterbrach sich erschrocken. Durfte sie mit einem Wildfremden über ihren Auftrag reden?

Joe schwieg abwartend.

Wally nahm sich schnell ein Jelly Belly »Cappuccino« und zerbiss es nachdenklich.

Was würde Hilde an ihrer Stelle tun? Den Fremden über ihre Mission aufklären oder ihm etwas vorschwindeln?

Die Cappuccino-Bohne hatte sich längst aufgelöst, war hinuntergeschluckt, und Wally wusste immer noch nicht, wie sie sich verhalten sollte.

Hastig fischte sie nach einem Jelly Belly »Green Tea« und ließ es in ihrem Mund verschwinden.

Neben sich hörte sie Joe belustigt glucksen.

Sie musste eine Entscheidung treffen. Aber welche?

Ein Jelly Belly »Mango« musste dran glauben.

»Sie müssen in einer wichtigen Sache ermitteln …?«, wiederholte Trapper Joe ihre Worte fragend.

Ja, dachte Wally. Deshalb sind wir hier.

Und Hilde war auf nichts schärfer als auf schnelle Ergebnisse. Die man wie erzielte? Indem man mit möglichst vielen Leuten redete.

Also gut.

Wally schluckte die Mangomasse. »Kennen Sie einen jungen Indianer, der sich Rote Feder nennt?«

Joe hob die Brauen. »Den, der sich das Erdhaus gebaut hat?«

Wally nickte. »Er ist natürlich genauso wenig ein richtiger Indianer, wie Sie ein richtiger Trapper sind.«

Joes Brauen wanderten ein gutes Stück höher. »Sind Sie etwa verwandt mit ihm?«

Wally schüttelte den Kopf. »Wir müssen ihn nur finden.«

Falls Trapper Joe ihre Antwort irritierend fand, ließ er es sich nicht anmerken. Erneut schwieg er und wartete ab.

»Rote Feder ist verschwunden«, erklärte Wally schließlich.

Joe streckte seine langen Beine aus. »Davon habe ich gehört. Seine Freundin macht sich anscheinend große Sorgen. Aber ich denke mir, das muss sie nicht.«

Seine Ansicht erstaunte Wally. Woher wollte Joe denn wissen, ob Rote Feders Verschwinden besorgniserregend war oder nicht?

Sie fragte ihn danach.

»Soweit ich weiß, soll bald Hochzeit gefeiert werden«, antwortete er. »Big Al, unser Friedensrichter, schreibt schon an seiner Rede. Lady Jill ist für die Songs gebucht. Die Sache wird langsam ernst. Shoot me, da kann man als junger Bursche schon mal Bammel kriegen. Ich wette, Rote Feder ist klammheimlich abgetaucht, um es vorher noch mal richtig krachen zu lassen.«

Shoot me, ging es Wally durch den Sinn, so wird es wohl sein. Rasch rief sie sich zur Ordnung. Wie kam sie dazu, sich Trapper Joes Sprüche und seinen Standpunkt anzueignen?

Annahmen – plausibel oder nicht – waren eben einfach nur Annahmen. Sie, Hilde und Thekla aber mussten Gewissheit haben.

Dabei fiel ihr wieder ein, wie Hilde bei Ermittlungen vorging, und das brachte sie darauf, Joe zu fragen: »Wann sind Sie Rote Feder denn zuletzt begegnet? Haben Sie ihn vergangenen Samstag nach der American History Show noch gesehen?«

Joe schob das Tuch auf seinem Kopf zurecht, zog den Knoten fester, kratzte sich den Bart und dachte nach.

»Ich bin Rote Feder am Samstag so oft über den Weg gelaufen, dass ich beim besten Willen nicht sagen kann, ob ich ihn vor, während oder nach der Show zuletzt gesehen habe. Was ich ganz sicher weiß, ist, dass am Abend kein Lagerfeuer vor seinem Erdhaus gebrannt hat.«

Wally wollte schon nachfragen, woher er das wusste, aber Trapper Joe sagte bereits: »Meine Hütte steht fast gegenüber.« Nach einer kurzen Pause fügte er hinzu: »Wenn Rote Feder in seinem Erdhaus übernachtet, dann macht er immer ein Lagerfeuer, kocht Teewasser in einem Kessel, und meistens röstet er auch Maiskolben.«

Rote Feder hat also von Samstag auf Sonntag nicht im Erdhaus übernachtet, überlegte Wally. Aber eigentlich wissen wir das ja schon. Wäre er dort gewesen, hätte Ina ihn angetroffen.

Joes Auskunft war nicht viel wert.

Gar nichts.

Dabei hatte Wally sich bereits vorgestellt, wie sie Hilde und Thekla mit einer bahnbrechenden Information überraschen würde. Wie verblüfft und beeindruckt wären die beiden gewesen, hätte Wally beispielsweise mit der Nachricht aufwarten können, Trapper Joe habe Rote Feder exakt um siebzehn Uhr drei mit einem Fremden über die Felder davonreiten oder ihn die Ohe hinunterpaddeln sehen?

Ja, da hätten sie Augen gemacht.

Wallys Enttäuschung war anscheinend so deutlich sichtbar, dass Joe sich bewogen fühlte zu sagen: »Sie sollten mal mit Frank und Betty Kidney reden. Frank stellt einen Farmer aus Kansas dar und hat seine Parzelle neben der von Rote Feder. Die Kidneys kriegen alles mit, was sich rund ums Erdhaus tut. Wenn Sie wollen, bringe ich Sie zu ihrer Hütte.«

Eigentlich wollte Wally nirgendwohin. Die pappsüßen Jelly Bellys hatten sie durstig gemacht, zudem fühlte sie sich müde und schlaff, was wohl dem Whisky zu verdanken war, den sie sich im »Black Bison Saloon« genehmigt hatte.

Aber sie war ja nicht zum Faulenzen hier. Und Hilde würde es ihr – falls sie je davon erfuhr, was natürlich zu befürchten war – nie verzeihen, wenn sie eine Gelegenheit, an Informationen zu kommen, ungenutzt ließ.

Eine abschlägige Antwort kam also nicht in Frage. Und vielleicht hatten die Kidneys ja tatsächlich genau die Auskunft zu bieten, die Wally sich wünschte.

Ein wenig schwankend erhob sie sich.

Galant bot ihr Trapper Joe den Arm.

Und so setzten sie sich langsam in Bewegung, stiegen gemächlich die kleine Anhöhe zu einer kleinen Kirche namens St. Josephs Church hinauf. Wally war sehr dankbar dafür, dass Joe sie stützte, denn mit Ausnahme der Mainstreet waren die Wege in Pullman City uneben und steinig.

»Ich sollte Sie wohl vorwarnen«, sagte Joe, als sie oben am Boot Hill ankamen. »Frank Kidney und Rote Feder liegen miteinander im Clinch.«

»Weil sich das für Farmer und Indianer so gehört?«, fragte Wally.

Trapper Joe warf ihr einen erheiterten Blick zu. »Sollte man meinen. Aber es gibt einen recht handfesten Grund für den Krach, den die zwei miteinander haben, shoot me.«

Da Joe nicht weitersprach, sagte Wally: »Und der ist geheim?«

Joe schüttelte den Kopf. »Nein, aber ziemlich peinlich.«

War nicht jeder Streit irgendwie peinlich?

Wally blieb stehen, weil sie ohnehin verschnaufen musste und weil sie Joe Gelegenheit geben wollte, sich zu sammeln, um für das, was er ihr mitteilen wollte, die richtigen Worte zu finden.

Er räusperte sich. »Wir Hobbyisten sind natürlich sehr darauf bedacht, die Personen, die wir darstellen, möglichst original-getreu nachzuleben. Das bedeutet, dass wir in unseren Hütten keinen Strom haben und kein fließendes Wasser. Wir kochen und heizen mit Holz und Reiser, holen unser Wasser in Kübeln und stellen Öllampen auf, wenn es dunkel wird.« Er zog Wally sanft weiter. »Einige von uns, diejenigen, die sich als Pioniere der Trapper und Pelzhändler sehen, wie mein Freund Mac Holly zum Beispiel – er lebt übrigens mit einer Blackfoot-Indianerin zusammen ...« Joe unterbrach sich, machte wieder halt und horchte.

Irgendwo in der Nähe wieherte ein Pferd. Wally glaubte, auch Hufgetrappel zu hören, und es roch eindeutig nach Pferdemist. Sie mussten sich in der Nähe eines Stalls befinden.

Sie schaute sich um und entdeckte auf halber Höhe des kleinen Hügels, den sie erklommen hatten, ein lang gestrecktes Gebäude, in dem sich Pferdeställe befinden mochten. Ein großer, kräftiger Indianer in voller Kriegsbemalung kam gerade heraus und schlug den Weg zum Big Tipi ein. Wallys Blick folgte ihm ein Stück, kehrte dann aber zu Trapper Joe zurück. Sie machte eine unwillige Bewegung, die er offenbar als Zeichen zum Aufbruch interpretierte. Umsichtig führte er sie zur Abzweigung eines schmalen Weges, der auf der anderen Seite des Hügels talwärts lief und sich hinter Bäumen verlor.

Als das Gelände flacher wurde, rieb Joe sich das Kinn. »Habe ich nicht gerade was erzählen wollen? Wovon haben wir denn geredet?«

»Von einem Streit zwischen Rote Feder und den Kidneys«, erinnerte ihn Wally. »Und von Ihrem Freund Mac Sowieso.«

Trapper Joe schenkte ihr ein erfreutes Lächeln. »Mac Holly. Fallensteller und Pelzhändler wie gesagt. Hat sich am Muddy

Creek, Colorado, ein Holzhaus gebaut und ist in den Sommern 1790 bis 1795 mit seinen Fallen die kleinen Flüsse in der Gegend hinauf- und hinuntergezogen.« Er kratzte sich am Ohr. »Was hat mich bloß auf Mac Holly gebracht?«

»Die Öllampen«, sagte Wally.

Joe drückte ihren Arm. »Was sind Sie für eine aufmerksame Zuhörerin.«

»Was ist denn mit den Öllampen?«, fragte Wally.

»Ja, richtig, die gab es damals noch nicht. Die sind erst später aufgekommen. Nach der Jahrhundertwende. Und das bedeutet, dass Mac Holly nur Kerzen benützen kann.«

Joes Schilderung ernüchterte Wally gründlich. Sie liebte Winnetou und Old Shatterhand, John Wayne und Lagerfeuerromantik. Aber wie jemand darauf kommen konnte, in seiner Freizeit das karge Leben der Prärie-Indianer, der Trapper und Farmer auf sich zu nehmen, ging ihr nicht in den Kopf. In einer Holzhütte hausen zu müssen, ohne fließendes Wasser, ohne elektrisches Licht, ohne Zentralheizung, ohne ... Wally schauderte es.

Wie konnte man seine freien Tage derart kümmerlich verbringen? Warum legten sich diese Leute nicht zu Hause auf der Terrasse in einen Liegestuhl und holten sich von Zeit zu Zeit ein kühles Getränk aus dem Kühlschrank? Warum fläzten sie sich nicht aufs Sofa und guckten »Der Mann aus Laramie« auf DVD?

Mit aller Schärfe ging Wally auf, dass es den Hobbyisten ernst war. Was sie hier machten, hatte nichts mit romantischer Spielerei zu tun, mit Klamauk und seichtem Abenteuer. Sie wollten leben, wie ihre Vorbilder gelebt hatten: primitiv, bodenständig, genügsam – authentisch eben.

Den Hobbyisten war die Sache Ernst. Blutiger Ernst.

Wally fragte sich, wie blutig.

Dabei fiel ihr wieder ein, dass Trapper Joe erwähnt hatte, Rote Feder habe mit seinem Nachbarn, diesem Farmer – wie war sein Name noch gewesen? Kidney. Baute er etwa Bohnen an? –, im Clinch gelegen.

Hatte Joe ihr nicht längst sagen wollen, wieso?

Wally beschloss, ihn daran zu erinnern.

Joe schlug sich an den Kopf. »Vergesslich wie eine Streichholzflamme.« Er gab ein leises Glucksen von sich. »Also, der Streit ist deswegen entstanden, weil Frank Kidneys Frau eine Blasenschwäche hat.«

Wally glaubte, sich verhört zu haben.

Joe fuhr jedoch fort: »Frank sagt, sie muss an einem einzigen Tag so oft zum Pieseln wie er in einer Woche. Nachts muss sie vier- oder fünfmal raus.«

Das musste Wally auch, und sie hatte sich längst daran gewöhnt. Ihr Mann Sepp hatte im Flur ein kleines LED-Lämpchen installiert, das Tag und Nacht brennen konnte, ohne viel Strom zu verbrauchen, sodass Wally zum einen nicht jedes Mal extra Licht machen musste, zum andern nicht Gefahr lief, zu stolpern oder sich irgendwo zu stoßen, bevor sie den Lichtschalter fand. Abgesehen davon befand sich das Badezimmer der Maibiers gleich neben dem Schlafzimmer.

Wo befand es sich bei den Kidneys?

»Sie können sich sicher denken«, sagte Joe, »dass es in den Authentikhütten keine Toiletten gibt. Kannte man ja zu damaligen Zeiten nicht. Die Prärie war groß genug. Unser Authentikbereich aber ist klitzeklein und unterliegt außerdem der Abwasserverordnung. Deshalb müssen wir Hobbyisten das Badhaus benutzen.« Er deutete auf ein längliches Gebäude rechter Hand am Fuß des Hügels. Drum herum gruppierten sich etwa zwei Dutzend völlig gleichartige Blockhütten. Sie bildeten eine ovale Ansiedlung mit dem Badhaus in einem der Brennpunkte.

»Ich hätte nicht gedacht, dass alle Authentikhütten gleich aussehen«, sagte Wally überrascht.

»Shoot me, das tun sie auch nicht.« Joe sah Wally verblüfft an, bis ihm aufging, was sie meinte. »Ach das. Das ist das Blockhütten-Camp. Die Unterkünfte haben mit unserem Authentikbereich nichts zu tun. Sie sind, je nach Komfort, in verschiedene Kategorien eingeteilt und werden an Urlaubsgäste vermietet. Jedes Häuschen hat einen Namen: ›Buffalo Bill‹, ›Jesse James‹, ›Sitting Bull‹ …« Er lachte spöttisch auf. »Und wie die Typen, die gemeinhin für den Wilden Westen stehen, alle heißen.« Nachdenklich rieb er sich die Nase. »Was habe ich gerade erzählen wollen?«

»Dass die Hobbyisten das Badhaus im Blockhütten-Camp der Urlaubsgäste benutzen«, sagte Wally. Sie hatte sich überraschend schnell in die Rolle einer Souffleuse gefunden. Es fiel ihr nicht schwer, ihm diese Art Hilfestellung zu leisten, denn ihre Nachbarin, die alte Friedel, litt an demselben Defizit, das der Trapper erkennen ließ. Friedel konnte keinen Bericht zu Ende bringen, ohne ein Dutzend Mal den Faden zu verlieren.

»Richtig, das Badhaus«, sagte Joe. »Wir benützen es, damit die Gegend nicht verseucht wird. Authentik hin oder her, Fäkalien und Schmutzwasser gehören in den Kanal. Alles andere ist nicht gerechtfertigt und strikt verboten.«

Obwohl sie inzwischen ein gutes Stück abgestiegen waren, ließ sich das Blockhütten-Camp rechts des Weges gut überblicken.

Trapper Joe zeigte auf die linke Seite. »Hier drüben liegt der Authentikbereich.«

Wally staunte, wie groß die Entfernung zwischen beiden Bezirken war, und fragte sich, wie lange man wohl von der Kidney-Hütte zum Badhaus unterwegs war. Zehn Minuten? Vielleicht sogar fünfzehn, falls die Behausung der Kidneys ungünstig weit abseits lag.

Es überlief sie kalt, als sie sich ausmalte, wie es sich anfühlen würde, in stockfinsterer Nacht mit einer flackernden Kerze in der Hand, die beim geringsten Windhauch zu erlöschen drohte, hier draußen herumzustolpern.

»Frank Kidney hat gedacht, er könnte sich eine Extrawurst braten«, fuhr Joe fort. »Er hat auf seinem Grundstück ein Plumpsklo gebaut. Loch in den Boden, Bretterverschlag drüber und fertig.«

Aber Frank hatte die Rechnung ohne Rote Feder gemacht. Der suchte die Kidneys auf und sagte ungefähr Folgendes: ›Frank, das geht nicht. Stell dir vor, jeder macht das. Dann sitzen wir nach zwei Wochen mitten in einer Kloake, und es stinkt bis zur Mainstreet rüber. Die Restaurants dort müssen zusperren, weil niemandem mehr das Essen schmeckt. Aber wovon, glaubst du, lebt Pullman City? Von der Gastronomie, mein Bester.‹

Trapper Joe berichtete ausführlich von dem darauf folgenden Streit zwischen Rote Feder und den Kidneys. Er verlor dabei des Öfteren den Faden, den Wally geduldig wieder aufnahm, und irgendwann war sie genau im Bilde: Die beiden hatten sich am Ende so in den Haaren, dass es zu Handgreiflichkeiten gekommen wäre, wenn sich Otis nicht zufällig in der Nähe aufgehalten und entschlossen eingegriffen hätte.

Doch damit war der Streit noch lange nicht beigelegt, sondern schwelte weiter. Rote Feder legte die Sache ganz offiziell dem Bürgermeister vor und beantragte eine Abstimmung, wobei er das Ziel verfolgte, die Kidneys auszuschließen.

»Von was?«, fragte Wally.

»Von allem.«

Wally musste noch ein paarmal nachhaken, bis sie begriff, dass sich die Hobbyisten im Authentikbereich eine demokratische Regierung unter der Leitung eines Bürgermeisters geschaffen hatten. Gab es Entschlüsse zu fassen, dann stimmten sie ab. Kam es vor, dass jemand seine Hütte aufgab, dann stand eine der wichtigsten Entscheidungen überhaupt an. Wem aus der langen Liste von Bewerbern sollte sie zugesprochen werden?

Rote Feder war der Ansicht, dass die Kidneys die Aufnahmekriterien nicht mehr erfüllten, was logischerweise zu einem Ausschluss führen musste. Allerdings war keiner der anderen Hobbyisten länger hier als die Kidneys. Von Aufnahmekriterien konnte da wohl keine Rede mehr sein.

Aber Rote Feder gab nicht nach. Ein Plumpsklo mitten zwischen den Hütten war nicht tragbar.

»Da sind wir«, sagte Trapper Joe.

5

Zur selben Zeit am Big Tipi

»Damit ist unser kleiner Rundgang zu Ende.« Lady Sue reichte zuerst Thekla, dann Heinrich die Hand und lächelte entschuldigend. »Ich muss Sie fast fluchtartig verlassen, weil in einer halben Stunde unsere American History Show anfängt. Da bin ich vom ersten Augenblick an gefragt.« Und schon war sie weg.

»Die Show sollten wir uns eigentlich noch mal ansehen«, sagte Thekla zu Heinrich. »Sie könnte uns von dem, was Silberquell berichtet hat, eine bessere Vorstellung geben. Zugleich können wir auskundschaften, in welchen Szenen Rote Feder mitgewirkt haben müsste und wer dabei in seiner Nähe gewesen sein dürfte. Und an der Szenenfolge können wir wie an einem Stundenplan ablesen, wann er noch am Platz war und wann nicht mehr.«

Heinrich nickte, warf einen Blick auf seine Armbanduhr, schüttelte den Kopf. »Leider bleibt uns keine Zeit dafür. Wir müssen schleunigst nach Hause. Um sechzehn Uhr wird der Sichtschutz für die Terrasse geliefert und hoffentlich auch aufgestellt.«

Daran hatte Thekla nicht mehr gedacht. Wenn sie nicht riskieren wollten, dass die Handwerker unverrichteter Dinge wieder abzogen, mussten sie sich umgehend auf den Heimweg machen. Andererseits.

Hilde würde es ihr wohl kaum verzeihen, wenn sie sich davonschlich und sie mit Wally allein ...

Wo waren die beiden überhaupt?

Hastig angelte Thekla nach ihrem Handy. »Ich muss zumindest ...«

Heinrich legte ihr die Hand auf den Arm. »Schon gut. Bleib hier. Komm später nach. Seht euch die Show an.« Er nahm sie in die Arme. »Aber bitte pass auf dich auf. Keine gewagten Sachen. Keine Alleingänge. Versprochen?«

»Versprochen.«

Dann war auch Heinrich fort.

Thekla ließ den Blick über die Besucher wandern, die von der Mainstreet zum Boot Hill strömten, vom Big Tipi zum Goldwash Camp, von den Ställen zum Tiergehege, vom Kinderspielplatz zum Zeltcamp. Es waren wohl Hunderte. Und irgendwo zwischen ihnen befanden sich Hilde und Wally.

Eilig scrollte sie im Adressbuch ihres Mobiltelefons zu Hildes Nummer und rief sie an.

»... Teilnehmer nicht erreichbar ...«

Dasselbe bei Wally.

Sie starrte aufs Display, als dort etwas aufblinkte. »Akku 10%«.

Herrgott noch mal. Sie musste ihr Handy ausmachen, um wenigstens noch für den Notfall gerüstet zu sein.

Aber warum hatten Hilde und Wally ihre Handys nicht an?

Und wo sollte sie anfangen, nach den beiden zu suchen?

So übersichtlich sich die schnurgerade Mainstreet zeigte, so unüberschaubar und weitläufig schien Thekla das Gelände drum herum. Falls Hilde und Wally den Stadtkern verlassen hatten, konnte sie stundenlang herumlaufen, ohne sie zu entdecken. Wally steckte höchstwahrscheinlich in einem der Geschäfte. Und Hilde? Sie hatte mit Marshal Otis und mit Schlauer Biber sprechen wollen. Vielleicht hatte sie einen von ihnen inzwischen gefunden. Vielleicht auch nicht.

Wo auch immer Hilde und Wally sich im Moment aufhielten, irgendwann würden sie in die Mainstreet zurückkehren müssen.

Thekla beschloss, sich auf die Terrasse von »Scarlett's Restaurant« zu setzen, von wo man einen guten Überblick über die belebte Straße hatte.

Sie wollte gerade losmarschieren, als sie aus dem Big Tipi Silberquells Stimme vernahm. »Wollen wir noch mal das Heyanana-Lied singen?«

Kinderstimmen riefen »Ja. Heyanana, Heyanana.«

Thekla erinnerte sich, dass Silberquell dem Animationsteam angehörte und für den Pullman Kids Club arbeitete.

Soeben stimmte sie eine Melodie an und schlug mit einer

Trommel den Takt dazu. Kinderstimmen griffen Melodie und Text auf.

Kurz entschlossen betrat Thekla das geräumige Indianerzelt, in dem mehrere große Tische Platz hatten. Der vorderste war mit Schalen voll bunter Perlen bedeckt. Zwei Mädchen, jedes hatte eine Auswahl von Perlen vor sich liegen, waren eifrig damit beschäftigt, Armbänder daraus zu fertigen.

An einem Tisch in der Mitte wurden offenbar Traumfänger gebastelt. Er war dicht umlagert. Eins der Kinder protestierte lauthals, weil die Eltern es abholen wollten, obwohl sein Traumfänger noch nicht ganz fertig war.

Auf einem Tisch weiter hinten lagen reihenweise Federn. Wozu sie dienten, war nicht schwer zu erraten. Ein Junge probierte gerade den Kopfschmuck an, den er aus blauen und roten Federn gemacht hatte. Ganz hinten in der Ecke gab es das Angebot, eigenhändig Pfeil und Bogen herzustellen.

Thekla schlenderte in einem Halbkreis um die Tische herum bis zur Rückwand des Tipis. Dort wollte sie sich zu der Sängergruppe um Silberquell gesellen, blieb aber unversehens am Pfeil-und-Bogen-Tisch hängen.

Ein etwa zwölfjähriger Junge hatte einen hübschen gelb gefiederten Pfeil eingelegt und spannte fachmännisch den Bogen.

Thekla wäre achtlos an ihm vorbeigegangen, hätte er nicht im selben Augenblick Pfeil und Bogen sinken lassen und sich an einen großen, kräftigen Indianer in voller Kriegsbemalung gewandt.

»Wann ist denn Rote Feder wieder hier? Er hat mir versprochen, dass er mir zeigt, wie man eine Angel auswirft. Vor ein paar Tagen schon. Wir wollten uns am Bach treffen. Aber er ist nicht gekommen, und heute ist er auch nicht da. Kommt er morgen? Wir fahren doch übermorgen schon heim, weil meine Mom wieder arbeiten muss.« In der Stimme des Jungen schwang bittere Enttäuschung mit.

Der Indianer – offenbar gehörte auch er dem Animationsteam an – schien nicht recht zu wissen, was er antworten sollte. Während er verlegen eine Schnur aufrollte, zupfte ihn ein anderer

Junge am Ärmel – genauer gesagt an den Fransen, die von seinem Ärmel hinunterhingen.

»Wie kann ich denn die Bogensehne richtig festmachen? Sie hält einfach nicht in der Kerbe, die ich ins Holz geschnitzt hab.« Das ersparte ihm die Antwort. Sichtlich erleichtert drehte er sich um und begann dem anderen Jungen zu erklären, dass man zuerst eine Schlaufe binden müsse. »Dann ...«

Thekla hörte nicht mehr hin. Sie musterte den Jungen, der nach Rote Feder gefragt hatte. Er war dünn und drahtig, hatte einen braunen Haarschopf und intelligente Augen. Und er war mit Rote Feder an einem Bach verabredet gewesen. »Vor ein paar Tagen«, hatte er gesagt.

Wann genau?, fragte sich Thekla und entschloss sich, der Sache nachzugehen.

»Der Pfeil ist wirklich hübsch«, sagte sie zu dem Jungen.

Er sah sie abschätzig an. »Wichtig ist, dass er eine gute Beschleunigung und eine saubere Flugbahn hat. Das ist nur dann der Fall, wenn er ganz glatt und gerade ist.« Er hielt den Pfeil zwischen Daumen und Zeigefinger waagrecht in die Luft, kniff ein Auge zu und schaute mit Kennerblick daran entlang.

»Ein gelungenes Stück«, bestätigte Thekla und legte maximale Bewunderung in ihre Stimme.

Der Junge nickte ernsthaft, weil es tatsächlich so war, weswegen es nichts mehr hinzuzufügen gab.

»Hast du den Pfeil ganz allein so toll hingekriegt?«, fragte Thekla.

»Rote Feder hat mir gezeigt, wie's geht.«

Thekla lächelte befriedigt. Damit hatte er ihr das passende Stichwort geliefert. »Und Rote Feder wollte dir auch das Angeln beibringen?«

»Da ist bloß nix draus geworden«, erwiderte der Junge traurig. »Nach der Show habe ich eine ganze Stunde lang auf ihn gewartet, aber er ist nicht gekommen.«

»Am Samstag nach der Show?«, fragte Thekla schnell. Dann fügte sie gemessen hinzu: »Oder war's am Sonntag? Oder am Freitag schon?«

»Samstag«, antwortete der Junge entschieden. »Am Freitag habe ich beim Pow-Wow mitgemacht. Am Sonntag bin ich mit meiner Mom zum Baden am Eginger See gewesen.« Er sah Thekla mit gerunzelter Stirn an. »Warum wollen Sie das so genau wissen?« Thekla hätte jetzt die Schultern zucken, »Servus« murmeln und davongehen können. Aber irgendetwas sagte ihr, dass der Junge ein guter Beobachter war, dass er einiges mitgekriegt haben könnte, was sich herauszufinden lohnte.

Um ihn zum Reden zu bringen, musste sie allerdings sein Vertrauen gewinnen. Was von vornherein zum Scheitern verurteilt war, wenn sie seine Frage nicht beantwortete. Ehrlich. Ausflüchte und Vorwände würde er schnell durchschauen. Der Junge war nicht dumm.

»Ich bin auf der Suche nach ihm«, sagte Thekla.

Der Junge sah sie erstaunt an. »Sie suchen Rote Feder?« Sein Blick wurde kritisch. »Sind Sie seine Mutter?«

Erst als er sie ansprach, merkte Thekla, dass der Indianer sich ihnen zugewandt hatte.

Wie lange hörte er ihrem Gespräch mit dem Jungen bereits zu?

»Um sechzehn Uhr fängt in der Mainstreet die American History Show an«, sagte er streng. »Alle Mitarbeiter und alle Hobbyisten wirken mit, deswegen wird das Big Tipi in wenigen Minuten geschlossen.

Thekla warf einen Blick in die Runde und stellte fest, dass die meisten Tische inzwischen verlassen waren.

Der Indianer griff nach dem gelb gefiederten Pfeil, wog ihn in der Hand und sagte zu dem Jungen: »Für heute ist Schluss, aber morgen früh kannst du wiederkommen und noch mehr Pfeile schnitzen – auch einen Köcher kannst du bauen, wenn du magst.«

»Okay.« Der Junge blickte von ihm zu Thekla und wieder zurück. »Aber Rote Feder wird auch morgen nicht da sein, oder?«

Aus der Miene des Indianers war nichts zu lesen. »Wir werden sehen.«

Thekla legte ihre Hand sanft auf die Schulter des Jungen. »Komm, wir unterhalten uns draußen noch ein bisschen.«

Fügsam hängte er sich den Bogen über die Schulter, steckte den Pfeil, den der Indianer ihm reichte, in die Gesäßtasche seiner Jeans und trottete hinter Thekla her ins Freie.

Ein paar Schritte neben dem Big Tipi blieb Thekla stehen und lehnte sich an eine der Planken, die zum Anbinden der Pferde dienten. Solche Holzplanken waren hier überall zu finden, schienen die Westernstadt kreuz und quer zu durchziehen. Der Junge schwang sich auf die Planke und ließ die Füße baumeln.

»Niemand weiß, wo Rote Feder ist«, ließ ihn Thekla wissen. »Seit Samstag ist er nicht mehr gesehen worden.« Nach einer kurzen Pause fügte sie hinzu: »Ich bin übrigens nicht seine Mutter. Ich heiße Thekla und will seinen Freunden helfen, ihn zu finden.«

Auf dem Weg nach draußen hatte sie sich entschlossen, dem Jungen nichts vorzumachen. Die meisten der hier Beschäftigten wussten ja über Rote Feders Verschwinden Bescheid. Früher oder später würde er sowieso etwas darüber aufschnappen.

Und das passiert eben jetzt, hatte Thekla gedacht. Weil ich den Burschen nämlich einiges zu fragen habe.

»Ich will auch dabei helfen, Rote Feder zu finden«, sagte der Junge. »Ich bin der Egon.«

Der Name überraschte Thekla. Hießen die Jungen heutzutage nicht alle Fabian, Timo oder Luca?

»Give me five«, sagte Egon.

Thekla registrierte, dass er ihr die Handfläche hinstreckte. Sie klatschte ihre dagegen.

Egon schien zufriedengestellt. »Wie gehen wir vor?«

»Wir müssen denjenigen finden, der Rote Feder als Letzter gesehen hat«, erklärte Thekla.

»Und du hast geglaubt, das könnte ich gewesen sein«, sagte Egon. »Aber ich hab dir ja schon gesagt, dass er nicht zum Treffpunkt gekommen ist.«

Großer Gott, der Bub war wirklich schlau.

»Wir müssen rauskriegen, wohin er stattdessen gegangen ist«, erklärte Thekla.

»Wie denn?«

Thekla seufzte. »Ja, wie?«

Daraufhin war es eine Weile still, bis Egon sagte: »Soll ich dir die Stelle am Bach zeigen, wo ich mit Rote Feder zum Angeln verabredet gewesen bin?«

Thekla dachte, dass eine Aktion so gut war wie die andere, wenn man nicht weiterwusste, und nickte.

Egon machte ein hartgesottenes Gesicht. »Gebongt. Komm mit.«

Es war nicht gerade einfach, mit Egon Schritt zu halten, obwohl Thekla definitiv längere Beine hatte. Er merkte allerdings schnell, dass ihr der immer steiniger werdende Pfad Schwierigkeiten bereitete, und blieb ab und zu stehen, um auf sie zu warten. Diese Pausen vertrieb er sich damit, im Zickzack über eine imaginäre Linie zu hüpfen oder von Stein zu Stein zu springen.

Thekla hatte genug damit zu tun, ihm hinterherzueilen, sodass sie nicht darauf achten konnte, wohin sie eigentlich gingen. Nach einiger Zeit fiel ihr allerdings auf, wie still es ringsherum geworden war.

Sie hatten Pullman City hinter sich gelassen und befanden sich auf einem Waldweg. Die Bäume zu beiden Seiten standen nicht besonders dicht, dennoch war es kühl und schattig. Nach dem regen Treiben in der Stadt wirkte die Stille fast unheimlich.

»Gleich sind wir da«, sagte Egon.

Kurz darauf konnte Thekla in einiger Entfernung eine Brücke erkennen, die über einen Bach führte, der ihren Weg fast rechtwinklig kreuzte. Vor der Brücke bog Egon nach links ab und führte Thekla ans Bachufer hinunter, dem er eine Weile folgte. Hier war das Vorwärtskommen noch bedeutend schwieriger als oben auf dem Weg.

Grasiger Bewuchs verbarg die Beschaffenheit des Bodens, was dazu führte, dass Thekla immer wieder in Löcher stolperte oder an Hindernissen hängen blieb. Sie musste ihre ganze Konzentration aufbieten, um einen womöglich folgenschweren Sturz zu verhüten.

Ein Ast muss her, dachte sie, den ich als Stock verwenden kann, sonst breche ich mir noch die Knochen.

»Du hast es gleich geschafft, Thekla«, hörte sie im selben Augenblick Egons Stimme. »Wir sind jetzt da.«

Er wartete hinter einer Biegung und hielt den Daumen hoch. Erstaunt sah Thekla, dass Egon in einer kleinen sandigen Bucht stand, die der Bach ausgeschwemmt hatte. Er war an dieser Stelle viel breiter und floss entsprechend langsamer.

»Rote Feder hat gesagt, das ist seine Lieblingsstelle«, erklärte Egon. »Er hat mir genau beschrieben, wie man herkommt. Hier wollte er sich mit mir treffen.«

»Wann genau?«, fragte Thekla.

»Das hab ich dir doch eh schon gesagt«, beschwerte sich Egon. »Am Samstag *nach* der Show. Er hat ja dabei mitmachen müssen.«

»Und du, was hast du während der Show getan?«, fragte Thekla.

Egon wirkte verwundert. »Ich hab sie mir angesehen. Ist doch klar.«

Thekla setzte sich auf ein dickes Stück Treibholz, das geradezu einladend im Sand lag. »Hast du gesehen, wie Rote Feder als Crazy Horse zum Little Bighorn geritten ist?«

»Sagenhaft!«, antwortete Egon schwärmerisch.

»Und beim Finale? Hast du ihn da auch wieder als Crazy Horse gesehen?«

Egon biss auf seinen Daumen, so intensiv dachte er nach. Plötzlich riss er die Augen ganz weit auf. »Crazy Horse war beim Finale dabei. Aber Crazy Horse war nicht Rote Feder.« Er blinzelte verwirrt. »Beim Finale ist ein anderer als Crazy Horse mitgeritten.«

»Wer?« Das Wort klang wie ein kurzer Trommelschlag.

Egon begann wieder auf dem Daumen zu kauen. Nach einer Weile ließ er die Hand sinken und sagte mutlos: »Ich weiß es nicht.«

»Wie hat er denn ausgesehen?«, fragte Thekla, ohne darüber nachzudenken, wie töricht diese Frage war.

Sie erkannte es an Egons Miene. »Rate mal.«

Natürlich, der Kerl war zurechtgemacht wie Crazy Horse.

Trotzdem musste ein Unterschied zu Rote Feder erkennbar gewesen sein, sonst hätte sich Egon nicht daran erinnert.

Thekla wies den Jungen darauf hin. »War er größer, kleiner, dicker, dünner?«

Egon seufzte. »Ich weiß es doch nicht. So deutlich ist der Unterschied nicht gewesen.«

Ein undeutlicher Unterschied. Nun seufzte auch Thekla. Vielleicht aber auch gar keiner?

»Es war die Art, wie er auf dem Pferd saß«, sagte Egon unvermittelt. »Rote Feder reitet ganz locker, sogar ohne Sattel. Der andere war ganz verkrampft, als hätte er Schiss.«

Das klang plausibel. Der Junge war nicht nur aufgeweckt, sondern wirklich ein guter Beobachter. Seine nächsten Worte sollten das erneut unter Beweis stellen.

»Du glaubst, Rote Feder ist entführt worden? Wirklich entführt. Nicht bloß als Gag.«

»Zumindest müssen wir das in Betracht ziehen«, antwortete ihm Thekla offen.

Daraufhin starrten sie eine Zeit lang ins Wasser und hingen ihren Gedanken nach.

Falls es sich um eine Entführung handelte, war sie also nach der Little-Bighorn-Szene, aber vor dem Finale bewerkstelligt worden. Wie viele und welche Darbietungen lagen dazwischen?

Obwohl sich Thekla zusammen mit Heinrich die Show schon einmal angesehen hatte, konnte sie sich nicht mehr an den Ablauf erinnern.

Sie fragte Egon danach.

»Eine ganze Menge«, erklärte der. »Hunting Wolfe kommt mit seinen Bisons. Die Postkutsche fährt durch die Mainstreet, und man kann zuschauen, wie die Bewohner in der Stadt herumgehen. Revolvermänner kommen angeritten und überfallen die Postkutsche, aber da taucht Doc Holliday mit zwei Freunden auf und erschießt die Gangster. Kopfgeldjäger holen sich im Sheriffbüro Steckbriefe ab und reiten wieder davon. Dann kommen die Cowboys mit den Rindern und am Schluss der Rinderbaron auf dem Pferdewagen.«

»Dann das Finale«, ergänzte Thekla. »Alle Beteiligten ziehen noch mal durch die Mainstreet.«

»Und das Pullman-City-Lied wird gespielt«, fügte Egon hinzu und begann leise zu singen: »Pullman City, you are so pretty, make me happy, mmm, mmm, mmm, my hometown.«

Thekla musste lachen. Den kompletten Text hatte er wohl doch nicht mitbekommen, obwohl er das Lied bestimmt schon ein paarmal gehört hatte.

Das brachte sie darauf zu fragen: »Am vergangenen Samstag, als du dich mit Rote Feder hier treffen wolltest, hast du dir also die Show noch komplett angesehen. Aber danach hast du dich ja ziemlich beeilen müssen.«

Egon hatte ein paar flache Steine aufgehoben und ließ sie im Bach springen. »Nein, gar nicht. Ich hab ja gewusst, dass Rote Feder noch sein Pferd versorgen ...« Er hielt inne.

Thekla konnte sich denken, was ihm zu schaffen machte, wollte aber jetzt nicht darauf eingehen. Stattdessen sagte sie: »Du bist also nach der Show hierherspaziert und hast auf Rote Feder gewartet. Wie lange denn?«

Egon schmiss die restlichen Steine wieder in den Sand. »Fast eine Stunde.«

»Und was hast du dann getan?«

»Ich bin nachsehen gegangen, wo Rote Feder bleibt.«

»Wohin?«

Täuschte sie sich, oder wirkte Egon ein bisschen verlegen, als er antwortete: »Zu seinem Erdhaus.«

»Weil du gedacht hast, er hätte dich vergessen.«

Egon trat gegen einen trockenen Ast und katapultierte ihn ins Wasser. »Das habe ich nicht gedacht.«

»Was dann?«

Er zuckte die Schultern. »Weiß ich nicht. Wollte einfach nur nachsehen, wo er bleibt.«

»Hast du beim Erdhaus jemanden angetroffen?«

»Da war keiner. Nirgends.«

Wieder dieser Anflug von Verlegenheit, als hätte er ein schlechtes Gewissen.

Thekla fragte sich, warum. Und kam darauf. »Du bist hineingegangen?«

»Zuerst hab ich ein paarmal gerufen«, verteidigte sich Egon. Thekla erhob sich von dem Stück Treibholz, auf dem sie gesessen hatte, weil ihre Beine allmählich taub wurden. »Das sollte kein Vorwurf sein. Hast du dich drinnen umgesehen?« Er nickte vage.

»Aber dir ist nichts Besonderes aufgefallen«, hakte Thekla nach.

»Toll ist es da drin«, brach es aus Egon heraus. »Ein bisschen dunkel, aber schön. Am Boden liegen dicke Felle, in der Mitte ist eine Feuerstelle –«

»Warst du lange drin?«, unterbrach ihn Thekla.

Egon schüttelte vehement den Kopf. »Nur ganz kurz.«

»Und du hast nicht den Eindruck gehabt, dass ... dass ...«

»Dass ein Kampf stattgefunden hat«, half Egon fachmännisch aus. »Nein, alles war ganz ordentlich. Sogar die Mokassins sind schön in einer Reihe gestanden. Alles war an seinem Platz.« Er stutzte.

»Was nicht?«, fragte Thekla.

»Am Eingang«, sagte Egon zögernd, »unter der Indianerdecke, die davorhängt, habe ich ...«, er begann in den Tiefen seiner Hosentasche zu kramen, »... das da gefunden.«

Egon hielt Thekla ein Häufchen aus rosa Stoff hin.

Sie nahm es, dabei entfaltete es sich zu einer Schlaufe von etwa zehn Zentimetern Durchmesser und entpuppte sich schließlich als breites Gummiband, auf dem kleine Röschen aus Tüll saßen.

»Das ist ein Strumpfband«, rief Thekla verdutzt. »Das trägt man heutzutage höchstens noch zu einem Faschingskostüm.«

Oder wenn man in Pullman City eine Südstaaten-Lady darstellt, setzte sie nach einem Augenblick in Gedanken hinzu.

»So ein Ding haben die Marshals um den Oberarm, wenn sie vor der Kirchentür Wache halten, während Big Al ein Hochzeitspaar traut«, erklärte ihr Egon ernst.

Er pflückte das Strumpfband von ihrer Hand, wich zurück und wollte es über seinen Arm streifen.

»Ich würde es gern behalten«, sagte Thekla schnell. »Vielleicht haben wir es ja mit einem Beweisstück zu tun.«

Sie streckte die Hand vor und wollte einen Schritt auf ihn zumachen, um es ihm wieder abzunehmen, musste jedoch seitwärts ausweichen, weil ihr ein Steinbrocken im Weg lag. Im selben Moment fiel Egon rücklings in den Bach.

Eine Sekunde lang dachte Thekla, er hätte sich absichtlich fallen lassen, um das Strumpfband nicht hergeben zu müssen, und erwartete, ihn augenblicklich wieder hochschnellen zu sehen. Doch er blieb liegen, und Thekla sah mit Schrecken, wie eine Welle über sein Gesicht spülte.

Hastig platschte sie durchs Wasser, war mit wenigen Schritten bei ihm, beugte sich zu ihm hinunter und hob mit beiden Händen seinen Kopf an.

Egon spie ihr einen Wasserschwall ins Gesicht, der ihr über den Hals rann und im Stoff ihrer Bluse versickerte.

Thekla half ihm, sich in eine sitzende Position aufzurichten.

Egon atmete ein paarmal tief durch und blinzelte verwirrt.

»Kannst du aufstehen?«, fragte Thekla besorgt.

Er nickte und stand im nächsten Moment auf den Beinen.

»Das hast du ja toll hingekriegt.« Der Vorwurf in Theklas Stimme war unüberhörbar. »Wie kannst du dich bloß rückwärts in den Bach fallen lassen? Du hättest dir dabei den Schädel brechen können.«

»Hey!« Egons Augen funkelten sie entrüstet an. »Wenn dich das Geschoss getroffen hätte, wärst du auch umgefallen.«

Theklas ungläubige Miene veranlasste ihn, sein T-Shirt über die linke Schulter hinunterzuzerren, bis unterhalb des Schlüsselbeins ein brennend roter Fleck sichtbar wurde. »Da. Und es tut saumäßig weh.«

Thekla starrte auf das Mal und fragte sich, was den Jungen mit solcher Wucht getroffen haben mochte.

»Das war ein Stein«, sagte Egon. »Da hat jemand mit einer Schleuder auf mich geschossen.«

6

Gleichzeitig bei den Pferdeställen

»Wollen Sie mir allen Ernstes weismachen, dass Sie das Recht haben, Leute einzusperren?«, fragte Hilde ungläubig. Marshal Otis hob lehrerhaft den Zeigefinger. »In Pullman City gelten Recht und Gesetz. Wir Marshals sorgen dafür, dass Ordnung herrscht. Wer sich nicht benimmt, wird entweder aus der Stadt geschmissen oder eine Zeit lang ins Gefängnis gesperrt.«

»Gefängnis«, wiederholte Hilde verwirrt. »Zahlende Gäste werden Sie wohl kaum einsperren dürfen.«

Otis grinste. »Manchmal schon.«

Und so erfuhr Hilde von einem ganz speziellen Angebot aus dem Eventkatalog der Westernstadt.

»Wenn Sie sich mit jemandem einen Spaß erlauben wollen«, erklärte ihr Otis, »dann können Sie für ihn eine Gefängnisstrafe bei uns buchen. Sein Steckbrief wird dann überall in der Stadt aufgehängt. Die Marshals verhaften den Gesuchten und stecken ihn ins Gefängnis. Seine Freunde können ihn dann auslösen. Das müssen sie sogar.«

Hilde versagte sich einen abfälligen Kommentar. Die Besucher der Westernstadt wollten schließlich etwas haben für ihr Eintrittsgeld. Show, Spektakel, ein bisschen Nervenkitzel.

Hätte sie einen Gedanken darauf verschwendet, dann wäre sie wohl selbst über ihre Nachsicht und ihr Verständnis erstaunt gewesen, hätte sich gefragt, woher diese Empfindungen kamen. Und falls sie auch darüber noch nachgedacht hätte und rücksichtslos ehrlich mit sich gewesen wäre, hätte sie sich gesagt, dass auch sie wegen eines Abenteuers nach Pullman City gekommen war. Eines wirklichen Abenteuers allerdings, nicht eines Schaustücks.

Als Marshal Otis begann, langsam den Hügel hinunterzusteigen, blieb sie an seiner Seite.

Er sah sie freundschaftlich an. »Natürlich besitzen wir Marshals und Deputies keine offiziellen polizeilichen Befugnisse. Wir haben nur so eine Art Hausrecht in Pullman City, können versuchen, zu bereinigen und zu schlichten, aber wenn sich wirklich jemand was zuschulden kommen lässt, dann müssen wir uns selbstverständlich an die Behörden wenden.«

Feste Regeln, feste Grenzen, dachte Hilde und fragte: »Wieso durften Sie Rodeo Jim einsperren? Was hat er angestellt?«

»Jim ist ein Cowboy.«

»Und das ist hier strafbar?«

Otis lachte. »Cowboys sind raue Burschen. Wir Marshals müssen sie im Auge behalten. Und Jim ist einer der schlimmsten. Cowboys prügeln sich wegen Kleinigkeiten, und mit Mein und Dein nehmen sie es ganz und gar nicht genau.«

Das sollte wohl heißen, dass Rodeo Jim etwas geklaut hatte. Woran er sich wohl vergriffen hatte? Und wen hatte er bestohlen? Hilde fragte Otis danach.

»Jim hat sich etwas unter den Nagel gerissen, das Rote Feder gehört«, antwortete Otis.

Mittlerweile hatten sie »Scarlett's Restaurant« erreicht, ein luftiges, ganz in Weiß und Blau gehaltenes Gebäude, das das südliche Ende der Mainstreet markierte. Vor der ausladenden Terrasse kreuzte Otis die Straße und hielt auf den »Toys & Candys Shop« zu. Als er merkte, dass Hilde nicht von seiner Seite wich, sah er sie erstaunt an.

»Wollen Sie etwa mit ins Gefängnis kommen?«

Worauf du wetten kannst, dachte Hilde. Ich habe nämlich vor, mit Rodeo Jim ein paar Takte zu reden. Laut sagte sie: »Ja, das würde ich sehr gern.«

Marshal Otis schien nicht unbedingt begeistert von ihrem Vorhaben, schwieg jedoch.

Auf Höhe des »Western Store«, wo für vollblütige Pullman-City-Fans stilgerechte Kleidung angeboten wurde, mussten sie sich durch eine Menschentraube kämpfen, die vor dem Geschäft einen Ständer mit Sonderangeboten umringte. Ein halbes Dutzend Schritte weiter, bei »Zeke's Shag«, wurde das Vorwärtskommen wieder einfacher. Otis marschierte noch flott an einem schmalen Gebäude mit der Aufschrift »County Bank« vorbei, dann blieb er vor einer Tür aus alten Holzplanken stehen. »Marshal Office and County Jail« las Hilde auf dem Schild darüber.

Otis ließ ihr den Vortritt in ein kleines, schlecht erleuchtetes und ziemlich verstaubt wirkendes Zimmer, in dem sich unter einem winzigen Fenster zur Straße ein wurmstichiger Schreibtisch mit einem alten Stuhl davor befand. Der rückwärtige Teil war durch ein starkes Gitter vom übrigen Raum abgetrennt und bildete eine winzige Arrestzelle. Dort lag eine Gestalt auf einer zerfledderten Pritsche. Rechts von ihr saß ein langer Kerl mit gesenktem Kopf auf einem Hocker. Erst bei näherem Hinsehen erkannte Hilde, dass die Figur auf dem Hocker aus Pappe, Gips und vermutlich Kunststoff bestand. Am rechten Bein hing eine angerostete Fußfessel mit einer eisernen Kugel daran.

»Du hast Besuch, Jim«, sagte Marshal Otis.

Die Gestalt auf dem Bett erhob sich und kam ans Gitter gestakst.

Hilde musste sich das Lachen verbeißen.

Wie lange Rodeo Jim wohl geübt, wie viele Wildwestfilme er sich wohl angesehen hatte, bis er Haltung und Gangart so hinbekommen hatte?

»Howdy«, sagte er.

Hilde verschluckte sich und musste husten.

»Oh hell«, sagte Marshal Otis. »Schwere Luft hier drin. Ich lass ihn für eine Weile raus.« Er förderte einen unförmigen Schlüssel zutage und schloss eine ins Gitter eingelassene Tür auf.

Rodeo Jim stakste aus seinem Verlies hinaus auf die kleine Veranda vor dem »Marshal Office and County Jail« und ließ sich dort in einen Schaukelstuhl fallen, der neben dem Eingang stand.

Marshal Otis baute sich drohend vor ihm auf und deutete mit dem Daumen auf zwei Korbstühle weiter links.

Jim seufzte theatralisch, erhob sich, vollführte etwas wie einen doppelten Rittberger und landete in einem der Korbstühle.

»Ma'am.« Gentlemanlike rückte Otis den anderen für Hilde

zurecht. Sie dankte ihm mit einem Lächeln, das ungewöhnlich herzlich ausfiel.

Als sie sich setzte, hätte sie am liebsten ebenso theatralisch geseufzt wie Rodeo Jim. Wie nahm man einen Cowboy ins Verhör?

Otis schien der Ansicht zu sein, er habe seinen Obliegenheiten Genüge getan, ließ sich im Schaukelstuhl nieder, lehnte sich zurück, streckte die Beine von sich und schloss die Augen.

»Haben Sie Rote Feder bestohlen, weil Sie wussten, dass er nicht mehr zurückkommen wird?« Die Worte waren Hilde entschlüpft, bevor sie sich einen cleveren Schachzug überlegen konnte.

»Er war ja schon lang scharf auf das Ding«, brummte es aus dem Schaukelstuhl herüber.

»Ich hab's mir nur ausgeliehen.« Jim pulte einen Span aus dem Holzgeländer, das um die Veranda lief, steckte ihn sich in den Mund und ließ ihn zwischen den Zähnen hin- und herwandern.

»Sie dachten wohl, Rote Feder hätte nichts dagegen, weil er Ihr Freund ist«, riet Hilde.

Aus dem Schaukelstuhl stieg ein spöttisches Lachen auf. »Wie Hund und Katz sind die zwei.«

Rodeo Jim stach mit dem platt gekauten Span in Hildes Richtung. »Cowboys und Indianer. Alles klar?«

»Wollen Sie mir sagen, dass hier in der Westernstadt nicht nur das Brauchtum von damals, sondern auch die Zwiste weiterleben?«

»Ein bisschen schon«, kam es aus dem Schaukelstuhl. »Gehört ja irgendwie zusammen.«

Sie bekriegten sich also. Weiße und Indianer. Nordstaatler und Südstaatler. Marshals und Banditen. Manche mehr, manche weniger vermutlich. Je nachdem wahrscheinlich, wie grün sie sich auch außerhalb ihrer Phantasiewelt waren.

Jim spuckte den Span über das Geländer auf die Mainstreet. »Was wollen Sie eigentlich? Sind Sie selbst scharf auf einen pelzigen Bettvorleger? Den hat aber der Marshal einkassiert.«

Hilde richtete sich auf und fasste Rodeo Jim grimmig ins

Auge. »Ich bin scharf darauf zu erfahren, wohin Rote Feder verschwunden ist.«

Jim ließ den Korbstuhl auf die Hinterbeine kippen. Das Geflecht knackte bedenklich. »Woher soll ich das wissen?« »Viellicht hat Rote Feder ja gesagt: ›Howdy, Jim, ich reite dorthin, wo die Sonne untergeht. Du kannst dich an meinen Sachen bedienen‹«, erwiderte Hilde mokant.

Jims Augen leuchteten auf. Was sich in seinem Kopf abspielte, war deutlich zu sehen: Warum diese Vorgabe nicht aufgreifen und behaupten, Rote Feder hätte sich abgesetzt und ihm alles, was er zurückließ, vermacht? Wenn sich die Sache so darstellte, würde der Marshal das Diebesgut herausrücken müssen.

Hilde wartete ab und sah Jims Mienenspiel zu.

Er hatte den Stuhl auf seine vier Beine zurückkippen lassen und pulte einen neuen Span aus dem Geländer. Während er ihn zerkaute, trübte sich sein Blick.

Hilde nickte unmerklich. Sie würde davon ausgehen müssen, dass er es vorzog, den Ahnungslosen zu geben. Was durchaus verständlich war. Denn falls er tatsächlich etwas mit Rote Feders Verschwinden zu tun hatte, konnte er nicht wagen, sich damit in Verbindung zu bringen. Falls nicht, war es riskant, in dieser Situation Lügen aufzutischen.

Hilde rechnete schon nicht mehr mit einer Antwort und war höchst überrascht, ihn auf einmal sagen zu hören: »Guten Grund, von hier abzuhauen, hätte Rote Feder ja gehabt.«

Das war ja ganz was Neues.

»Und was sollte das für einer sein?« Während Hilde die Frage stellte, hatte sich ein weiterer als Marshal zurechtgemachter Typ zu ihnen gesellt.

Otis tippte an die Krempe seines Hutes. »Sam.«

Sam setzte lässig einen Fuß auf die untere Planke des Geländers, stützte den linken Ellbogen aufs Knie und legte das Kinn auf die Hand. Mit dem rechten Zeigefinger tippte er, wie Otis es getan hatte, an die Krempe seines Hutes, wobei er sie etwa zwei Millimeter nach oben schob. Dann schwenkte er den Zeigefinger in Jims Richtung. »Der Grund sitzt hier.«

Hilde hätte Sams Worte beinahe überhört, so fasziniert war sie von seiner Erscheinung.

Marshal Sam trug Stiefel mit Sporen, schwarze Hosen aus Leder, einen Colt im Halfter und einen breiten Gürtel, der ringsum mit Patronen bestückt war, die verdammt echt aussahen.

Kümmerte sich eigentlich jemand darum, ob diese selbst ernannten Marshals, Cowboys und sonstigen Wildwestbrüder nicht mit Schießprügeln herumliefen, die sie mit scharfer Munition geladen hatten? Inwieweit war eigentlich – ganz prinzipiell – jemandem zu trauen, der einem ganz ungeniert etwas vormachte? Wer waren Marshal Otis und Marshal Sam in Wirklichkeit? Ehrbare Bürger? Vorsitzende vom Kirchenrat der Diözese Passau? Rote Feders Entführer – oder gar seine Mörder?

Vielleicht waren sie ja alles zusammen.

Hilde hob den Blick und schaute in ein gutmütig schmunzelndes Gesicht, entdeckte jedoch in den Augen einen fragend abwartenden Ausdruck.

Was wollte der Kerl von ihr? Eine Antwort eventuell? Aber worauf nur?

Als er ans Geländer trat, hatte er etwas gesagt. Was war es bloß gewesen?

Unvermittelt fiel es ihr wieder ein.

Sam hatte gesagt: »Der Grund sitzt hier.« Was damit gemeint war, schien Hilde offensichtlich.

Rodeo Jim hatte Rote Feder das Leben schwer gemacht.

»Ich weiß«, sagte sie müde. »Der alte Kampf zwischen Cowboys und Indianern.«

Marshal Sam nahm den Fuß von der Planke, ließ seine Sporen klirren und rückte seine Koppel zurecht. »Der hätte wenig Schaden angerichtet. Hier reden wir von einem Kampf, der so alt ist wie die Menschheit – nein, falsch, viel älter.«

Hilde zog erstaunt die Brauen hoch. »Der Kampf ums Revier?«

»Kann man so sagen«, antwortete Sam.

Marshal Otis hatte sich in seinem Schaukelstuhl aufgerichtet. »Die Geschichte ist doch längst erledigt.«

»Sieht mir aber gar nicht danach aus.« Sam deutete erneut auf Rodeo Jim. »Frag ihn.«

Jim wand sich.

»Geht es etwa um Silberquell?«, fragte Hilde.

Sam nickte, stellte wieder einen Fuß auf die Planke. »Bevor Manuel Kramer als Pawnee-Krieger Rote Feder hier aufgetaucht ist, galten Rodeo Jim und Silberquell als Paar.«

»Rodeo Jim und Annie Oakley«, warf Marshal Otis ein.

Auf Hildes verwirrte Miene hin erklärte Sam: »Zu der Zeit hat Ina nicht die Blackfoot-Indianerin Silberquell dargestellt, sondern die berühmte Kunstschützin aus der Wildwest-Show von Buffalo Bill, Annie Oakley.«

Hilde schloss die Augen, presste beide Fäuste drauf und fragte sich, ob ihr Vorhaben nicht von vornherein zum Scheitern verurteilt war. Wie sollte man in einer Phantasiewelt Ermittlungen anstellen? Unter Leuten, die ihre Identität zu wechseln beliebten wie Menschen in der realen Welt ihre Wohnung oder ihr Auto?

Manchmal stößt man eben an seine Grenzen, dachte sie betrübt, meine befinden sich exakt da, wo geradliniges Denken aufhört.

Trotzdem würde sie weitermachen, sich – was es auch kostete – tief und tiefer hineinwühlen. Wies nicht immer mehr darauf hin, dass Rote Feder übel mitgespielt worden war? Wie übel, mussten sie, Thekla und Wally herausfinden. Schlimmstenfalls ermittelten sie wieder einmal in einer Mordsache.

»Die Annie-Oakley-Rolle ist goldrichtig gewesen für Ina«, sagte Rodeo Jim düster.

Sam stimmte ihm zu. »Wie für sie gemacht.«

»Annie mit der Büchse, Jim mit dem Lasso. Wir hätten eine eigene Show auf die Beine stellen und auf Tournee gehen können«, setzte Jim noch hinzu.

Die beiden Marshals warfen sich vielsagende Blicke zu.

Schließlich sagte Otis: »Old Jim, mit dir geht wieder mal der Gaul durch.«

Jim setzte sich aufrecht hin und streckte das Kinn vor. »Was, wenn ihr es demnächst erlebt?«

»Es stimmt also, was Sam sagt«, meinte Otis. »Du bist immer noch hinter ihr her.«

Jim sprang auf. »Dieses Indianergetue, das ist doch bloß eine … ein Schmarrn ist das. Ina ist doch meine Annie.«

Otis wiegte den Kopf. »Aber wir haben alle für Silberquell und Rote Feder schon die Hochzeitsglocken läuten hören. Lady Sue hat einen Kinderchor –«

Rodeo Jim stürzte mit erhobenen Fäusten auf ihn zu. »Nichts wird läuten. Niemand wird singen …«

Otis wehrte den Schlag, den Jim landen wollte, mit der Handkante ab. »Bleib friedlich, Jim, sonst sitzt du gleich wieder hinter Gittern.«

Jims Fäuste sanken hinunter, seine Schultern sackten nach vorn. »Lass mich gehen. Ich muss mit ihr reden.«

Otis stand auf, hakte die Daumen in seine Koppel und baute sich vor Jim auf. »Ich kann dich nicht aufhalten. Will ich auch nicht. Aber eins sag ich dir, Cowboy. Wenn du so weitermachst, sitzt du bald im echten Knast.«

Kaum hatte Otis den Satz beendet, war Rodeo Jim übers Geländer geflankt und rannte die Mainstreet hinunter.

Hilde sah die beiden Marshals entgeistert an. »Halten Sie es für möglich, dass Silberquell sich wieder in Annie Oakley zurückverwandeln könnte?«

Sam hob die Hände, wie um Hilde zu verstehen zu geben, dass er keine Prognosen abgeben und sich sowieso aus allem raushalten wolle.

Otis räusperte sich. »Mal angenommen, Rote Feder ließe sich nie wieder hier blicken, dann würde sie sich, glaube ich, tatsächlich wieder zurückverwandeln. Aber ganz bestimmt nicht wegen Jim. Sondern deswegen, weil ihr Annie Oakley einfach super liegt.«

»Aber Jim bildet sich ein –«, begann Hilde, doch Otis unterbrach sie mit einer Handbewegung.

»Jim bildet sich was weiß ich nicht alles ein. Er meint, er kann sich Rote Feders Sachen unter den Nagel reißen, weil der grad nicht da ist, und seine Freundin gleich mit dazu. Der Junge ist doch nicht ernst zu nehmen. Der liebe Gott hat ihm schnelle Fäuste gegeben und das Talent, sich auf jedem, absolut jedem Pferderücken zu halten. Aber das Hirn, das hat der liebe Gott bei Jim leider vergessen.«

Sam nickte beipflichtend. »Jim und Annie Oakley sind schon ein gutes Team gewesen. Hat eine Menge hergemacht, wenn sie in der American History Show zusammen aufgetreten sind. Aber ob Ina sich je so richtig auf Jim eingelassen hat …?«

Beiden Marshals war anzusehen, dass sie – wenn vor die Wahl gestellt – die Frage mit Nein beantworten würden.

»Das Einzige, was sie an Jim wirklich mochte, war die Tatsache, dass er gut mit Gäulen umgehen kann«, sagte Otis. »Nur das hat sie mit ihm verbunden.«

Sam lachte. »Bis sie mitbekommen hat, dass Rote Feder es mit den Pferden noch viel besser kann als Jim.« Ernst fügte er hinzu: »Er hat allerdings eine ganz andere Methode.«

»Ganz anders«, stimmte Otis zu. »Lässt sich gar nicht vergleichen. Für Rote Feder ist das Pferd ein Freund und Partner, für Rodeo Jim eher ein Gegner.« Er rückte seinen Texashut zurecht. »Rote Feder ist schon der Richtige für das Mädel. *Der* hat nämlich auch was in der Rübe.«

Von Sam kam wieder ein Lachen. »Ihr alles recht machen konnte er aber trotzdem nicht.«

»Gab's Ärger?«, fragte Otis. »Hast du was mitgekriegt?«

»Nur dass sie ihm letzte Woche was vor die Füße geworfen hat. Was kleines Rundes. Könnte tatsächlich ein Ring gewesen sein.«

Nachdenklich ließ Otis seinen Stuhl schaukeln.

Sam wollte noch etwas sagen, wurde aber von einer Ansage aus dem Lautsprecher übertönt.

Lady Sue, dachte Hilde, als sie die melodische Stimme hörte. *Sie* muss die Sprecherin sein.

Lady Sue bat die geschätzten Besucher der Westernstadt, sich nun hinter die Absperrungen links und rechts der Mainstreet zu begeben, in wenigen Minuten würde die American History Show beginnen.

Hilde erhob sich und wollte gehen.

»Mögen Sie nicht zuschauen?«, fragte Marshal Otis. »Wir können Ihnen einen Sitzplatz an vorderster Front anbieten. Bleiben Sie doch.«

Hilde schüttelte den Kopf. »Ich muss mich auf die Suche nach meinen beiden Freundinnen machen.«

Otis' Antwort darauf war nicht zu verstehen, denn unvermittelt setzte ohrenbetäubende Musik ein.

Hilde winkte den beiden Marshals zum Abschied zu und eilte davon.

Aber schon nach wenigen Schritten musste sie feststellen, dass hinter den Absperrungen fast kein Durchkommen mehr war. Eine Sekunde lang erwog sie, einfach die Mainstreet hinunterzulaufen, die sich nun – so knapp vor Showbeginn – komplett menschenleer zeigte.

Aber was hätte es ihr genutzt? Sie wusste ja nicht einmal, wo sie nach Thekla und Wally suchen sollte. Ebenso gut wie sonst wo konnte sie sich gleich hier nach ihnen umsehen.

Missmutig schlängelte sie sich – ständig angerempelt und von allen Seiten behindert – durch die Menschenmenge, während sie ihr Mobiltelefon hervorkramte, einschaltete und nacheinander die Telefonnummern von Thekla, Wally und Heinrich aufrief.

Thekla und Wally waren nicht zu erreichen. Thekla schien jedoch versucht zu haben, sie anzurufen. Bei Heinrich meldete sich die Mobilbox.

Warum ging er nicht selbst ran? Verärgert drückte Hilde den roten Knopf, schickte ihm ein gemurmeltes »Blödmann«, stopfte ihr Handy wieder in die Tasche, ließ es jedoch eingeschaltet, um parat zu sein.

Verdammt. Wie oft war ihr dieser Kerl schon in die Quere gekommen? Wie oft hatte er dazwischengefunkt, wenn sie Thekla für Ermittlungen hatte einspannen wollen? Und jetzt, wo sie ihn ausnahmsweise einmal sprechen wollte, verkroch er sich hinter der Mobilbox.

Wo verdammt waren sie alle drei? Eigentlich hätte sie ihnen längst über den Weg laufen müssen.

Unversehens blockierte eine kompakte Menschentraube Hildes Vorwärtskommen. Sie reckte den Hals, um die Ursache für die Ansammlung herauszufinden, und entdeckte, dass direkt vor ihr eine Freitreppe zu einem breiten Balkon hinaufführte. Etliche Besucher versuchten, einen Platz auf den Stufen zu ergattern, obwohl Balkon und Treppenstufen bereits dicht belegt waren. Nachdenklich schaute Hilde hinauf.

Wer da oben stand, konnte nicht nur die gesamte Mainstreet überblicken, sondern auch die fürs Publikum ausgewiesenen Streifen links und rechts davon.

Sie musste dort hoch. Nur von dieser Warte aus konnte sie Thekla, Heinrich und Wally in der Menschenmenge ausfindig machen. Falls sie sich darin befanden.

Hilde begann sich die Treppenstufen hinaufzuarbeiten, was sich als viel schwieriger erwies als gedacht. Obwohl sie mit Püffen nicht sparte und dafür reichlich Unfreundlichkeiten zu hören bekam, blieb sie immer wieder stecken.

»Warum bleiben Sie nicht, wo Sie sind?«, fuhr ein junger Mann sie an, der sich ein Band um die Stirn gebunden und mit einer knallgrünen Feder geschmückt hatte. »Wer von ganz oben zusehen will, muss halt früh genug herkommen.«

Hilde warf ihm einen unbewegten Blick zu und schob sich weiter, wobei sie ihm absichtlich auf den Fuß trat.

Er zuckte zusammen. »Ach, scheren Sie sich doch zum Teufel.«

Der Ausruf ließ Hilde an Rote Feder und Silberquell denken. Hatte sie ihn zum Teufel geschickt? Wollte sie sich – als Annie Oakley – doch wieder mit Rodeo Jim zusammentun?

Hilde seufzte gequält auf. War es nicht genug, dass diese Authentiktypen, deren Beweggründe sie nicht im Mindesten verstand, nichts Besseres mit sich anzufangen wussten, als das Leben eines anderen zu leben? Musste diese Ina West gleich zweierlei Lebensvorlagen benutzen?

Mit Müh und Not und vielen Verunglimpfungen ausgesetzt, überwand Hilde die letzten beiden Treppenstufen, kämpfte sich zum Balkongeländer durch, lehnte sich erschöpft dagegen und blickte den beiden Fahnen-Girls nach, die zum Auftakt der Show vom »Black Bison Saloon« her die Mainstreet heruntergeritten kamen und gleich hinter »Scarlett's Restaurant« außer Sicht sein würden.

Dort, wo sie um die Ecke bogen, tauchten auf einmal zwei abgerissene Gestalten auf.

Hilde nahm an, sie gehörten zur Show, und wollte den Blick schon abwenden, um ihn über die Menge gleiten zu lassen, aber irgendetwas an den beiden zog ihn wieder auf sich, und unvermittelt wurde ihr klar, wer da herantrottete.

Wallys Bluse hing in Fetzen.

Thekla sah aus, als käme sie geradewegs von einer Schlammschlacht.

7

Einige Zeit zuvor im Authentikbereich

Wally schaute entgeistert auf den grasbedeckten kleinen Hügel, den Trapper Joe als Rote Feders Erdhaus bezeichnet hatte. Das sollte diese viel gepriesene indianische Wohnstatt sein, die Rote Feder eigenhändig gebaut hatte?

Das Ding hatte nicht mal Fenster.

In Wallys Phantasie nahm eine menschliche Maulwurfsfamilie Gestalt an, die sich darin tummelte.

»Sie glauben gar nicht, wie gemütlich es da drin ist«, sagte Joe. »Immer angenehm warm.«

Aber stockdunkel, dachte Wally. Nachts spielte das natürlich keine Rolle. Aber wer wollte schon den helllichten Tag im Innern eines Erdhügels verbringen?

Niemand. Und das musste die Ursache dafür sein, dass es neben dem Erdhaus einen überdachten und durch drei Seitenwände vor Wind und Wetter geschützten Freisitz gab.

»Oh, eine Pergola«, sagte Wally. »Die sieht ja wirklich gemütlich aus.«

Ein krummer Holztisch, flankiert von zwei Bänken, stand in der Mitte, eine kleine Anrichte aus verwitterten Bohlen befand sich an der Rückwand. An den anderen beiden Wänden gab es je ein schmales Bord, das mit alten Blechdosen bestückt war, in denen Farne und Gräser wuchsen.

Neben dem Freisitz machte Wally ein Gestänge aus, wie sie an Trimm-dich-Parcours für Klimmzüge aufgestellt waren. Früher, in ihrer Jugendzeit, hatte man solche Vorrichtungen zum Teppichklopfen benutzt.

Wally fragte sich, wofür Rote Feder es verwendete.

»Shoot me. Es ist weg«, murmelte Joe.

Wally, intensiv damit beschäftigt, Rote Feders Besitztum zu betrachten, hörte nicht wirklich hin.

Ihr Blick folgte dem Palisadenzaun, der um Rote Feders Parzelle herumlief, musterte die naturbelassenen Sitzgelegenheiten aus Wurzelstöcken, die dort und da aufgestellt waren, die ordentlich beschnittenen Bäume, die alles beschatteten, die festgestampfte und blank gefegte Erde, und kam zu dem Schluss, dass Rote Feder ein ordentlicher und gewissenhafter Mensch sein musste.

»Das Bärenfell ist weg«, sagte Joe gepresst. »Sein ganzer Stolz.«

»Eine ganze Weile schon«, ertönte hinter Wally eine heisere Stimme.

Sie fuhr herum und sah sich einem hageren bärtigen Kerl mit einem Gesicht wie ein Gänsegeier gegenüber. Er hatte sich auf den Zaun gestützt und deutete auf das Gestänge, dessen Sinn und Zweck Wally nicht klar gewesen war. Nun dämmerte er ihr langsam.

»Hey, Frank«, grüßte Joe und fügte für Wally hinzu: »Das ist Frank Kidney, unser Farmer.«

Wally überlief ein Schauer. Der Kerl sah zum Fürchten aus. Abgerissene Kleidung, verfilzte Haare, stechender Blick.

»Hast du gesehen, wer es genommen hat?«, fragte Trapper Joe und trat zu Kidney an den Zaun.

Wally folgte ihm widerstrebend.

Kidney grinste niederträchtig. »Vielleicht bist du's ja gewesen.«

»Frank!« Die Stimme klang schrill und kam aus einer Blockhütte, die Wally zuvor nicht beachtet hatte. Die Parzelle, auf der das Hüttchen stand, grenzte im Osten an die von Rote Feder.

Automatisch glitt Wallys Blick taxierend darüber hinweg.

Das Grundstück der Kidneys war kleiner als das ihres Nachbarn und wirkte auffallend ungepflegt. Eine Menge Gerümpel lag herum, hohes Unkraut säumte den kurzen Weg von der Einfriedung zur Haustür. Der Zaun, der um die Parzelle herumlief, war morsch und an einigen Stellen eingebrochen.

»Frank, mit wem redest du denn da?«

Wallys Blick tastete die Blockhütte ab und fand schließlich ein offen stehendes Fenster, hinter dem ein breites Gesicht zu erkennen war.

»Frank! Mit wem du redest, will ich wissen.«

»Siehst du doch«, rief Frank barsch über die Schulter. Daraufhin war es eine Weile still, dann hörte Wally ein Klappern und das Quietschen eines rostigen Scharniers. Im nächsten Moment trat eine geradezu unförmig dicke Frau aus der Tür der Blockhütte und kam in watschelndem Gang auf die Gruppe am Zaun zu.

Frank Kidney und seine Frau hätten unterschiedlicher nicht ausschauen können. An ihm war alles mager und knochig, an ihr fett und rund. Er bewegte sich flink, sie in Zeitlupe. Die einzige Gemeinsamkeit dieses ungleichen Paares bestand darin, irgendwie verwahrlost zu wirken.

Kein Wunder, dass Rote Feder an solchen Leuten keine Freude hatte, ging es Wally durch den Sinn, und dabei fiel ihr ein, dass die Kidneys ihm einen recht handfesten Grund dafür geliefert hatten, sie nicht als Nachbarn haben zu wollen.

Sie ließ den Blick ein weiteres Mal über das Grundstück schweifen und suchte nach dem Klohäuschen, dessen Existenz Rote Feder veranlasst hatte, energisch gegen den Verbleib der Kidneys im Authentikbereich vorzugehen.

Es befand sich – von zwei Büschen und einer Art Weidengeflecht notdürftig verdeckt – am Eckpunkt der Grenze zwischen Rote Feders Grundstück und dem der Kidneys.

Als Wally die Nase in den Wind hielt, glaubte sie sogar, etwas zu riechen.

»Was is 'n hier los?«, wandte sich Kidneys Frau an ihren Mann.

»Nix, Betty«, blaffte er sie an.

Betty Kidney war neben ihn an den Zaun getreten und stützte sich mit beiden Händen darauf ab. Sie atmete geräuschvoll, während der Blick aus ihren Schweinsäuglein von einem zum andern flitzte.

»Was macht ihr dann alle hier beim Erdhaus?«, fragte sie lauernd.

Ja, was machen wir eigentlich hier?, dachte Wally deprimiert. Sie wollte schleunigst weg von diesen seltsamen Behausungen und von diesen schmuddeligen Kidneys.

»Wir wollten gerade wieder gehen«, sagte sie hastig und machte auch schon den ersten Schritt.

Trapper Joes halb belustigter, halb verwunderter Blick ließ sie innehalten.

Warum schaute er sie an, als hätte sie etwas Wichtiges vergessen?

Was sollte das denn sein?

»Wollten Sie nicht Rote Feders Spur verfolgen?«, fragte Joe.

»Oh. Ja, natürlich«, fing Wally an zu drucksen. »Rote Feder.« Widerwillig wandte sie sich an die Kidneys. »Erinnern Sie sich noch, wann Sie ihn zum letzten Mal gesehen haben?«

Frank Kidney deutete mit seinem schmutzigen Zeigefinger auf das Erdhaus. »Den hinterfotzigen Indianer?«

»Wen sonst?«, sagte seine Frau. »Er soll verschwunden sein, heißt es.« Sie sah Wally verschlagen an. »Warum wollen Sie das wissen?«

Will ich eigentlich gar nicht mehr, hätte Wally am liebsten geantwortet. Ich will nur noch weg von euch beiden. Sie wand sich unter Bettys Blick.

»Ah, Sie müssen verwandt mit ihm sein«, schlussfolgerte Betty.

Wally wollte schon verneinen, als ihr einfiel, dass ein Ja möglicherweise einiges vereinfachen würde.

Rasch nickte sie und verdrängte die Gewissensbisse, die sie der Lüge bezichtigten.

Betty Kidney schien vorerst zufriedengestellt. »Wir können uns drinnen unterhalten«, bot sie mit einer Bewegung zu ihrem Blockhaus hin an. »Bei einer Tasse Tee.«

Wally hätte lieber abgestandenes Wasser aus einer der Pferdetränken vor den Horse Stables getrunken als in Kidneys Farmerhütte eine Tasse Tee. Bettys Angebot abzulehnen wagte sie dennoch nicht.

Joe half ihr aus der Patsche.

»Warum setzt ihr euch nicht dorthin?« Er deutete auf Rote Feders Freisitz, der tatsächlich verlockend wirkte. »Ist ja so schönes Wetter heute.«

Frank und Betty Kidney äugten misstrauisch hinüber.

»Rote Feder hätte bestimmt nichts dagegen«, fügte Joe mit einer einladenden Geste hinzu.

Frank zuckte die Achseln, dann sprang er über den Zaun.

Betty sandte ihm einen bösen Blick nach.

Joe lächelte ihr gewinnend zu. »Es ist ja nicht weit zum Durchgang.«

Sie schniefte ärgerlich, begann aber, am Zaun entlangzuwatscheln.

Wally atmete erleichtert auf. Die Kidney-Hütte würde ihr erspart bleiben.

Frank machte ein paar Schritte auf die Öffnung in Rote Feders Palisadenzaun zu, durch die Betty hereinkommen musste. Versonnen schaute er auf die andere Seite des Pfades, der an den beiden Parzellen entlangführte und sich irgendwo in den Tiefen des Authentikbereichs verlor.

Unwillkürlich glitt auch Wallys Blick nach gegenüber und blieb an einem Brett hängen, das quer an einen Baumstamm genagelt war. Ein kühner Schriftzug formte die Wörter »Trapper Joe«.

Da drüben war also Joes Reich.

Die eigentliche Hütte wirkte winzig klein, hatte aber offenbar Zuwachs bekommen: einen lang gestreckten Neubau, der schräg dazu stand. Die Wände waren fertig, das Dach war gedeckt, zwei Fensteröffnungen waren vorbereitet, aber noch mit Brettern vernagelt. Der Eingang war offen, schien für eine doppelflügelige Tür vorgesehen zu sein.

Drinnen musste noch einiges fertigzustellen sein, denn auf dem Grundstück lagerten Balken und Bretter, und auf einem provisorischen Werktisch aus zwei Böcken und einem dicken Brett sah Wally die ihr so vertrauten Tischlerwerkzeuge liegen.

Trapper Joe hatte seine Arbeit anscheinend nicht lange unterbrechen wollen.

Frank Kidney kraulte sich das stoppelige Kinn. »Besonders weit bist du immer noch nicht gekommen. Wie willst du denn das noch schaffen?«

Joe gab ihm keine Antwort darauf.

Frank machte ein listiges Gesicht. »Drei Wochen sind ausgemacht, richtig?«

Joes Schweigen schien Frank Kidney als Antwort zu genügen. »Zwei sind schon fast um.«

Betty Kidney hatte mittlerweile die Strecke, die sie zu gehen hatte, bewältigt und war bei ihnen angelangt. Zielstrebig hielt sie nun auf den Freisitz zu und ließ sich schließlich ächzend auf einer der Bänke nieder.

»Genau hier hat er gesessen. Zusammen mit seiner Indianerfrau.« Sie lachte hämisch. »Ich hab sie durchs Fenster beobachtet. Der Haussegen hing so was von schief.«

Wally musste ihre Gedanken erst sammeln und auf Touren bringen, bevor sie das Gehörte umsetzen konnte. »Rote Feder und Silberquell haben zusammen hier gesessen und sich gestritten, als Sie ihn zuletzt gesehen haben?«

»Sag ich ja gerade«, beschied ihr Betty unwirsch.

»Und das ist wann gewesen?«, fragte Wally.

Darüber musste Betty nachdenken.

»Am Samstag«, half Frank seiner Frau.

»Was du nicht sagst«, kanzelte sie ihn ab. »Dass es am Samstag war, ist mir selbst klar. Aber die genaue Uhrzeit ...« Sie ließ das Kinn auf die Brust sinken und starrte auf einen ausgedehnten Fleck auf ihrer Bluse.

Wally und die beiden Männer wagten kaum zu atmen. Betty beim Nachdenken zu stören würde ihnen sicher nicht gut bekommen.

»Schlag drei.« Wie Betty das sagte, klang es tatsächlich wie ein Gongschlag.

Frank Kidney fuhr sich durch die struppigen Haare. »Woher willst du das so genau wissen?«

»Weil ich mich gewundert hab, dass die zwei noch da sind, wo du doch schon unterwegs zur Show gewesen bist. Da hab ich auf die Uhr geschaut.«

Franks Geiergesicht ruckte nahe an sie heran. »Wir sind Farmer in Colorado, Betty, und leben um 1750. Wir haben keine Uhr.«

Betty rollte die Augen. »Schon recht, Frank. Es war trotzdem Schlag drei.«

Wally beobachtete, wie Trapper Joe in sich hineinlachte. Dass Betty sich nichts daraus machte, gegen das eherne Gesetz authentischer Lebensweise zu verstoßen, war wohl kein Geheimnis, stand jedoch im Moment nicht zur Debatte. Bedeutungsvoll ist, was sie über Rote Feder und Silberquell gesagt hat, dachte Wally und beschloss, sich vorsichtshalber zu vergewissern.

»Rote Feder hat also am Samstag um drei Uhr nachmittags hier auf seinem Grundstück mit Silberquell eine Auseinandersetzung gehabt.«

»Sie haben sich in den Haaren gelegen«, bestätigte Betty.

Gezofft, unterhalten, gestritten, amüsiert – was auch immer, es konnte nicht zutreffen, denn Silberquell hatte bei ihrer Zusammenkunft im »Black Bison Saloon« etwas gesagt, das dem widersprach. Was genau war es nur gewesen?

Vergeblich versuchte Wally, sich zu erinnern, und beschloss dann, sich später damit zu beschäftigen. Im selben Moment fiel es ihr ein.

Silberquell hatte erwähnt, sie habe sich von Mittag bis zum Beginn der Show im Big Tipi aufgehalten, also in der Zeit zwischen zwölf und sechzehn Uhr. Da konnte sie wohl kaum um fünfzehn Uhr beim Erdhaus gewesen sein.

»Und Sie wissen ganz bestimmt, dass Rote Feder sich mit Silberquell gestritten hat?«, wandte Wally sich wieder an Betty. »Könnte es nicht jemand anders gewesen sein? Haben Sie das Mädchen zweifelsfrei erkannt?«

Frank Kidney lachte meckernd. »Hast du die Brille aufgehabt, Betty? Ohne ihre Brille ist Betty nämlich blind wie ein Maulwurf.«

Betty puffte ihn in die Seite. »Du weißt ganz genau, dass ein Bügel abgebrochen ist. Seit einer Woche sag ich dir schon, du sollst das Ding zum Richten bringen.« Sie knuffte ihn erneut.

Er rückte von ihr ab. »Morgen, Betty. Morgen.«

Betty wandte sich mit trotziger Miene an Wally. »Ich muss

doch das Gesicht nicht erkennen können, um zu wissen, wen ich vor mir habe. Und so, wie das Mädel daherkommt, kann man sie ja schlecht mit jemandem verwechseln.«

Wally schätzte die Entfernung zur Hütte der Kidneys ab, fasste die beiden winzigen Fenster mit den trüben Scheiben ins Auge, stellte sich vor, ihre Sehkraft ließe zu wünschen übrig, und gelangte zu der Ansicht, dass ein einfaches Indianerkostüm genügt hätte, um Betty Kidney zu täuschen.

»Betty hat recht«, sagte Trapper Joe. »Es kann nur Silberquell gewesen sein, wer denn sonst? Rote Feder wird doch nicht eine ganze Meute Indianermädchen an der Hand haben. Ich weiß außerdem von keiner, die Silberquell auch nur entfernt ähnlich schaut.«

Betty Kidney nickte bestätigend. »Kleine Schildkröte ist weißhaarig wie ein Albinokaninchen, und Graue Wolke ist lang wie ein Besenstiel. Heller Mond kommt auch nicht in Frage.« Sie lachte vulgär.

Frank Kidney schien etwas dazu beitragen zu wollen, klappte den Mund jedoch wieder zu und machte mit dem Kinn eine knappe Bewegung zu Joes Behausung hin. »Du hast Besuch.«

Automatisch schaute Wally hinüber und sah eine zierliche Person in der Hütte verschwinden.

Verwundert rieb sie sich die Augen. Täuschte sie sich, oder war Trapper Joes Besucherin tatsächlich wie Nscho-tschi gekleidet, hatte schwarze zu zwei Zöpfen geflochtene Haare?

Wenn ja, konnte dann Silberquell die Person gewesen sein, die soeben in Trapper Joes Hütte geschlüpft war? Falls man den Kidneys Glauben schenken durfte, war es fast anzunehmen. Denn deren Aussage nach unterschied sich Silberquell von den anderen Indianerinnen in der Stadt wie ein Candy Bar von Graubrot.

Was wohl die Freundin von Rote Feder mit Trapper Joe zu schaffen hatte?

Der hatte es plötzlich recht eilig. Er hob zum Abschied kurz die Hand und marschierte davon.

»War das Silberquell?«, fragte Wally die Kidneys.

Frank zuckte die Schultern und flankte über den Zaun zurück auf sein Grundstück.

Wally wandte sich an Betty. Sie musste Gewissheit haben. »War sie es?«

Betty wirkte fast enttäuscht. »Ich hab niemanden kommen sehen«, gab sie zu. Dann hellte sich ihre Miene auf. »Sie glauben, Silberquell ist da drüben reingegangen?«

Wally nickte.

Bettys Ton wurde anzüglich. »Und jetzt denken Sie, die beiden haben was miteinander.«

Wally musste zugeben, dass ihr der Gedanke gekommen war, da Trapper Joes Besucherin offenbar nicht gesehen werden wollte.

»Dem Kerl da drüben trau ich ja alles zu«, sagte Betty mit Nachdruck. »Aber dass die Kleine …?«

Wally wurde klar, dass sie selbst herausfinden musste, wer so still und leise in Trapper Joes Hütte geschlüpft war. Sie erhob sich, wusste aber nicht recht, wie sie den plötzlichen Aufbruch Betty gegenüber begründen sollte. Zaghaft machte sie einen kleinen Schritt, stand still, trat von einem Fuß auf den andern.

Betty blieb seelenruhig sitzen. »Sie wollen schon gehen? Ich bleibe noch ein bisschen. Sonst hat sich ja das Rüberkommen gar nicht gelohnt. Leisten Sie mir doch noch ein wenig Gesellschaft.«

Wally hätte strikt ablehnen mögen. Zum einen wollte sie Trapper Joe und seinen Gast ausspähen, zum andern war ihr Betty Kidneys Gesellschaft denkbar unangenehm.

Aber es lag nicht in Wallys Art, jemanden – sympathisch oder nicht – vor den Kopf zu stoßen.

»Ich gehe mich ein wenig umschauen und komme dann zurück«, teilte sie Betty diplomatisch mit.

Betty machte eine abschätzige Geste. »Sie werden nicht viel zu sehen kriegen. Da hinten«, sie deutete mit dem Daumen über die Schulter, »hat er vor Wochen mal herumgebuddelt. Wozu, ist nicht zu erkennen gewesen. Falls er ein Loch gegraben hat, muss er es wieder zugeschüttet haben.«

»Betty, wie lange willst du denn noch da hocken bleiben?«, rief Frank Kidney von jenseits des Zaunes herüber.

»Geht dich einen feuchten Kehricht an«, gab seine Frau zurück. »Ich sitz hier, solang es mir passt.«

»Und was machst du, wenn Rote Feder plötzlich aufkreuzt?«, fragte Frank listig.

»Das wird er nicht«, erwiderte Betty.

Wally achtete nicht weiter auf das Wortgefecht, das sich die Kidneys über den Zaun hinweg lieferten, und stahl sich unauffällig davon.

Natürlich hatte Betty Kidney recht. Auf der Rückseite von Rote Feders Erdhaus gab es absolut nichts Bemerkenswertes zu entdecken. Aber Wally hatte angekündigt, sie wolle sich umschauen, und das tat sie nun auch.

Der hügelartige Bau schien sich am äußersten nördlichen Rand des Authentikbereichs zu befinden, denn hinter der Einfriedung ragten hohe Fichten auf und bildeten einen dichten Wald. Der Palisadenzaun war an dieser Stelle mit einem Geflecht aus Weidenzweigen verstärkt, das wohl den Zweck hatte, Waldtiere davon abzuhalten, auf das Grundstück zu gelangen.

Wally drehte sich wieder zum Erdhaus um, musterte einen uralten, klotzigen Tisch, der an die Rückwand angelehnt war und den Rote Feder offenbar als Arbeitsplatte benutzte. Dabei stellte sie fest, dass ein ziemliches Durcheinander darauf herrschte – Angelruten, Haken und Rollen, sogar zwei Messer lagen da. Wally blinzelte irritiert. Sie hatte Rote Feder für ordentlicher gehalten.

Aber vielleicht war ihr Eindruck ja doch nicht falsch gewesen und Rote Feder hatte gute Gründe gehabt, hier alles stehen und liegen zu lassen.

Wie auch immer, handfeste Schlussfolgerungen ließ das Kuddelmuddel auf dem Tisch nicht zu.

Wally warf einen letzten Blick in die Runde, ließ ihn über die Nordgrenze schweifen, wo der Wald begann; dann weiter nach Westen zu dem Pfad, der Rote Feders Parzelle von Trapper Joes Grundstück trennte; darüber hinweg zu Joes Neubau und schließlich zu seiner Blockhütte.

Eines der Fenster stand offen.

Wallys Atem beschleunigte sich. Sollte sie das Glück haben, durch dieses Fenster einen Blick ins Innere der Hütte werfen zu können, womöglich sogar auf Trapper Joes Gast?

Sie machte einen Schritt vorwärts, musste jedoch feststellen, dass ihr ein Dachvorsprung die Sicht verdarb.

Am einfachsten war es wohl, hinüberzugehen, anzuklopfen und hineinzuspazieren. Aber was sollte sie dann sagen? Hallo, ich wollte nur wissen, wer zu Besuch gekommen ist? Unmöglich. Das konnte sie auf keinen Fall machen.

Also doch auf die verstohlene Tour.

Sie versuchte es mit einem Schritt seitwärts, der ihr gestattete, geradewegs durchs Fenster zu schauen. Trapper Joe saß am Tisch und schien sich mit einer Person auf dem Platz gegenüber zu unterhalten, die sich jedoch außerhalb von Wallys Blickfeld befand.

Wally reckte den Hals, neigte den Oberkörper mal nach rechts, mal nach links.

Wie konnte sie nur den richtigen Blickwinkel finden?

Sie trat einen weiteren Schritt zur Seite, musste aber erkennen, dass nun auch Joe außer Sicht geriet. Also noch mal von vorn.

Den Blick fest auf das offene Fenster gerichtet, ging sie in Schlangenlinien, die sie näher und näher an den Waldrand führten.

Schritt um Schritt glitt sie weiter, prüfte nach jedem einzelnen, ob sich ihr Sichtfeld verbesserte. Sie war dabei so konzentriert, dass sie ihre direkte Umgebung völlig vergaß.

Der Waldrand war nun ganz nahe und der Blickwinkel mittlerweile so flach, dass die Sache allmählich aussichtslos schien.

Da sah Wally auf einmal eine schlanke Hand. Sie lag wie ein kleiner Fächer auf dem Tisch.

Wally hielt die Luft an. Wenn Trapper Joes Besucherin sich nur ein Stückchen vorbeugen wollte, nur ein ganz kleines Stückchen, dann, ja dann würde sie ihr ins Visier geraten.

Wally reckte sich, wand sich, machte noch einen winzigen Schritt zur Seite – und erlebte ein Desaster.

Zuerst hörte sie ein Krachen und Prasseln, dann brach der Boden unter ihren Füßen ein. Sie kippte seitwärts und fiel. Der linke Ärmel ihrer Bluse blieb irgendwo hängen, was ihren Fall bremste – bis der Stoff zerriss.

Wally stürzte weiter, landete mit dem Hintern auf erdigem Boden. Kleine Zweige und Steinchen, Grasbüschel, Sand und Erdklumpen regneten auf sie herab. Irgendetwas stach sie in den Rücken, schien sich an ihr festbeißen zu wollen. Sie schnellte hoch, machte einen Satz nach vorn. Das Ding ließ von ihr ab, und gleichzeitig war ein Laut wie das Krächzen eines Raben zu hören, der ihrer Bluse den Rest gab. Zudem löste die heftige Bewegung einen neuerlichen Dreck- und Steinhagel aus.

Wally hustete und spuckte, krümmte sich zusammen, kreuzte die Arme über dem Kopf.

Würde sie verschüttet werden?

»Bitte, Himmelmutter«, wimmerte sie, »bitte, lass das nicht zu.«

Wie auf Befehl endete der Hagelschauer.

Wally rieb sich den Staub aus den Augen und richtete sich vorsichtig auf.

Um sie herum war es dämmrig, beinahe dunkel. Es roch nach feuchter Erde, nach Verwesung und nach morschem Holz.

War sie in ein Grab gestürzt?

Der Gedanke ließ sie zittern. Himmelmutter, bitte lass mich nicht zu einem Toten in sein Grab gefallen sein! Sonst muss ich vor Grausen auch sterben.

Am liebsten hätte sie die Augen zugekniffen und nicht wieder aufgemacht, aber ihr Blick hatte sich bereits eigenmächtig auf die Suche nach den Schrecken begeben, die sie – da war sie sich ganz sicher – hier erwarteten.

Obwohl Wallys Augäpfel vorquollen wie die einer in Formalin konservierten Kröte, konnte sie zuerst kaum etwas erkennen.

Erst nachdem sich ihre Augen an das Dämmerlicht gewöhnt hatten, gelang es ihr, Konturen zu unterscheiden, und bald darauf trat ihr Umfeld deutlich zutage.

Vor, seitlich und hinter ihr ragten zerklüftete Erdwände auf:

senkrecht, glänzend vor Feuchtigkeit, kühl und abweisend. Unter sich spürte Wally klumpigen Erdboden. Über sich erspähte sie ein löchriges Dach aus Ästen und Zweigen. Dieses Dach wirkte so instabil, dass Wally kaum mehr zu atmen wagte. Beim kleinsten Windhauch würde es einbrechen und auf sie herunterstürzen.

Sie befand sich jedoch nicht in einem Grab, wie ihr nun allmählich dämmerte. Die Grube, in die sie gefallen war, schien annähernd quadratisch zu sein und etwas kleiner als zwei mal zwei Meter. Wenn sie den Arm nach oben streckte, konnte sie das Blätterdach erreichen. Das Ganze wirkte wie eine Erdhöhle, doch Wally zweifelte daran, dass es natürlichen Ursprungs war. Wer aber hatte die Grube gegraben und zu welchem Zweck?

Erneut machte sich ihr Blick auf die Suche nach Anhaltspunkten, tastete die Wände ab, den Boden, fand jedoch keine Spur, keinen Hinweis auf irgendwas.

Panisch richtete sie den Blick abermals nach oben und fragte sich, wie sie aus diesem Loch je wieder herauskommen sollte. Selbst wenn es ihr möglich gewesen wäre, an einer der Wände hochzuklettern — was man vernünftigerweise ausschließen musste —, hätte sie den Aufstieg nicht wagen können, ohne den Einsturz des Daches zu riskieren.

Obwohl. Woraus bestand dieses Dach denn schon? Aus ein paar Ästen, längs und quer verlegt, mit vielen Blättern, ein bisschen Gras und Dreck dazwischen. Durch viele kleine Löcher und durch das riesengroße, das sie geschlagen hatte, als sie durchbrach, konnte Wally den Himmel sehen. Was würde ihr schon passieren, wenn das Zeug herunterkam? Eine Beule hier, eine Schramme da. Das musste zu verkraften sein.

In einem Anfall von Tollkühnheit entschloss sich Wally, den Anstieg zu versuchen.

Forsch machte sie einen Schritt auf die Wand vor ihr zu und wäre beinahe hingefallen, weil ihre Schuhsohle an einer glatten Stelle wegrutschte.

Sie warf einen Blick auf den Boden, sah dort etwas glitzern, bückte sich, fand eine silberne, pflaumengroße Scheibe mit einer Öse, als gehörte sie an ein Kettchen. Wally griff danach.

Der Anhänger kam mit der glatten Seite nach unten auf ihrem Handteller zu liegen, und sie betrachtete ihn verwundert. Am Rand waren rundum kleine Symbole eingeritzt, die sie an Kinderzeichnungen erinnerten. Ein stilisiertes Pärchen war zu erkennen, ein Tipi, ein Halbmond, Wellenlinien ... In der Mitte prangte eine Sonne. Was hatten diese Zeichen zu bedeuten? Und wie war das Schmuckstück hierhergekommen?

Wally entschied, später darüber nachzudenken – am besten gemeinsam mit Hilde und Thekla –, und ließ es in ihre Hosentasche gleiten.

Im Moment hatte sie Wichtigeres zu tun, nämlich dafür zu sorgen, dass sie schleunigst aus dieser Grube herauskam.

Entschlossen wandte sie sich wieder der Wand vor ihr zu und stellte mit Befriedigung fest, dass ungefähr auf Augenhöhe ein spitzer Stein aus der verbackenen Erde herausragte, der als Griff und später als Tritt wie geschaffen schien.

Ohne Zögern packte sie ihn mit der Rechten und tastete dann mit der Linken nach einem zweiten Halt. Ein kleiner Vorsprung schien zuerst tauglich, doch als sie ein wenig Druck darauf ausübte, bröckelte er ab. Schließlich blieb ihr nichts anderes übrig, als die Finger in die Erde zu bohren und sich so gut wie möglich festzukrallen. Als sie sich einigermaßen sicher glaubte, stieß sie die Schuhspitzen ebenfalls in die Erde und begann, sich nach oben zu arbeiten.

Sie kam nicht mehr als einen halben Meter weit. Dann rutschte sie ab, schrammte an der feuchten Erde entlang nach unten. Damit ruinierte sie sich, was von der Bluse noch übrig war, trug Abschürfungen und Dreckkrusten im Gesicht und an den Händen davon und landete auf allen vieren. Von oben regnete es Zweige.

Wally richtete sich auf, atmete tief ein und begann, um Hilfe zu rufen.

8

Gegen Viertel nach vier in der Mainstreet

»Als Erstes müssen wir dich neu einkleiden«, sagte Thekla. »Und mich auch«, fügte sie mit einem Blick auf ihre Bluse hinzu, die beim Herumplanschen im Bach ziemlich gelitten hatte. »So können wir uns nämlich nirgends sehen lassen.«

»Wo sollen wir uns denn in Pullman City einkleiden?«, fragte Wally verzagt. »Hier gibt's keinen Wöhrl und keine Galeria Kaufhof, ja nicht einmal einen C&A.«

»Western Store««, rief Thekla, um die anschwellende Musik aus den Lautsprechern zu übertönen, und lenkte Wally über die Terrasse von »Scarlett's Restaurant« auf die andere Straßenseite. Wegen der American History Show war die Mainstreet abgesperrt worden. Das Spektakel schien gerade seinen Anfang genommen zu haben, denn eben waren zwei Fahnen-Girls vorbeigeritten. Eine Menge Publikum drängte sich hinter den Balustraden.

Lady Sue kündigte Buffalo Bill an. Sie hatte sich mit dem Mikrofon in der Hand auf Höhe des Marshal Office postiert. Zwei Männer mit Colts an den Hüften flankierten sie. Es war nicht schwer zu erraten, in welcher Rolle sich die beiden gefielen.

Obwohl Thekla die dringende Frage beschäftigte, ob sie und Wally im »Western Store« ein Outfit finden würden, in dem sie sich unverkrampft in der Öffentlichkeit blicken lassen konnten, nahm sie sich einen Augenblick Zeit, Lady Sue zu bewundern.

In ihrem schmal geschnittenen, großzügig gerüschten Kleid mit kurzer Schleppe sah sie noch umwerfender aus als bei ihrem Auftritt im »Black Bison Saloon«.

»Meine Damen und Herren«, hallte ihre Stimme durch die Mainstreet, »sehen Sie nun Buffalo Bill mit seiner Truppe. Er war der Begründer des modernen Showbusiness und hat im Jahre 1887 den Wilden Westen zu uns nach Europa gebracht.«

Mitten in die darauf folgende gespannte Stille tönte ein lauter Pfiff.

Automatisch richtete sich Theklas Blick auf die Stelle, von der er gekommen zu sein schien, und fand die erwartete Menschenmenge.

Menschen standen auf einer Treppe, die zu einer Veranda hinaufführte. Menschen drängten sich oben am Geländer, Menschen so eng zusammengeballt, dass sie sich kaum voneinander unterscheiden ließen.

Und doch erregte eine Person Theklas Aufmerksamkeit. Sie hatte sich weit über das Geländer hinausgebeugt, fuchtelte mit beiden Händen, rief etwas.

»Thekla.« Diese Person rief: »Thekla, hier bin ich.«

Unvermittelt wurde Thekla klar, um wen es sich handelte.

Inzwischen hatte Hildes Gebaren rundherum Aufsehen erregt. Einige Leute lachten, andere machten »Schschsch ...«.

Hilde scherte sich keinen Deut darum, rief und fuchtelte erneut.

Sie musste schnellstens gebändigt werden. Die beiden Marshals starrten bereits grimmig in ihre Richtung.

Thekla hob den rechten Arm, schwenkte ihn kurz, dann deutete sie zuerst auf Wally, danach auf sich und schließlich auf den »Western Store«. Als sie feststellte, dass Hilde sich nun ruhig verhielt und konzentriert auf sie herunterschaute, zupfte sie an ihrer Bluse, tat dann so, als würde sie in eine Jacke schlüpfen, und zeigte erneut auf das Geschäft.

Erleichtert sah sie Hilde nicken.

Wally war gerade mit einem Arm voll Kleidungsstücke hinter dem Vorhang der Umkleidekabine verschwunden, als Hilde das Geschäft betrat.

Thekla sah sie ungestüm auf sich zueilen und zweifelte nicht daran, dass sie sie gleich mit tausend Fragen bombardieren würde.

Dem und dem Wirbel, den Hilde dabei veranstalten würde, musste sie zuvorkommen.

Hastig ging sie ihr entgegen, packte sie beim Handgelenk und

zog sie in eine Nische hinter einen Hosenständer. Dort setzte sie sie in knappen Sätzen über ihr Erlebnis mit Egon ins Bild.
»Egon und ich waren auf dem Rückweg vom Bach«, erzählte sie weiter. »Der Bub wollte mir unbedingt noch Rote Feders Erdhaus zeigen.« Sie wischte sich über die Stirn und ließ braune Schlieren darauf zurück. »Ich bin also mit ihm hingegangen. Zu sehen war nirgends jemand. Als wir gerade wieder gehen wollten, hat Egon von der Rückseite her Rufe gehört. Da sind wir um den Bau herum nach hinten. Und tatsächlich hat dort jemand um Hilfe gerufen.« Thekla schaute säuerlich an sich hinunter. »Es war wirklich nicht einfach, Wally aus dem Loch herauszukriegen, in dem sie hockte. Ohne Egon hätte ich es nicht geschafft.«

Die Schilderung der Rettungsaktion hob sich Thekla für später auf. Lieber wollte sie noch ein paar Worte zu dem Schuss aus der Steinschleuder sagen. Sie hatte von Egon erfahren, dass Rote Feder mit der Schleuder ein Meisterschütze war, dass er sogar Kurse für die Urlaubsgäste abhielt. Auch Egon hatte einen mitgemacht. Schön und gut. Aber wer hatte den Schuss abgegeben?

Auf Theklas Frage hatte Egon geantwortet, dass jeder Hobbyist im Authentikbereich mit einer Schleuder umgehen könne. Jeder Trapper, jeder Farmer, jeder Cowboy.

Thekla kam nicht mehr dazu, Hilde davon zu erzählen, denn deren Ausruf »Heiliger Bimbam« ließ sie zusammenzucken.

Wally war aus der Kabine getreten, hatte sie beide hinter dem Ständer entdeckt und kam nun auf sie zu.

Sie steckte in einer elfenbeinfarbenen Bluse mit Puffärmeln, Spitzeneinsatz und reihenweise Biesen. Dazu hatte sie einen moosgrünen Rock gewählt, wie ihn Südstaaten-Ladys wohl während des Sezessionskrieges zum Reiten im Damensattel getragen hatten. Aber damit nicht genug. Wally hatte sich auch mit einem Sonnenschirm bewaffnet und sich ein keckes Hütchen mit einem Schleier auf den Kopf gesetzt, der unterm Kinn verknotet war.

»Heiliger Bimbam«, wiederholte Hilde.

»Ich finde, du siehst toll aus«, sagte Thekla und meinte es ernst.

Wally begann zu strahlen. »Ich habe mich noch nie so elegant – so vornehm gefühlt.«

Wenn man davon absah, dass Wallys Aufzug an jedem anderen Ort außer der Westernstadt höchst lächerlich gewirkt hätte, war sie tatsächlich eine Augenweide.

Selbst Hilde schien das schließlich wahrzunehmen, denn sie sagte versöhnlich: »Ist so ein Hut nicht ein bisschen unpraktisch?«

»Schon«, gab Wally zu. »Aber meine Frisur ist hin. Da hilft nur noch ein Deckel drauf.«

Thekla hatte sich mittlerweile eine braun-weiß karierte Hemdbluse und einen einfachen braunen Rock gegriffen und ging damit in die Kabine. Eilig schlüpfte sie in die Kleidungsstücke, die ihr erstaunlich gut passten, wischte sich mit dem Ärmel ihrer alten Bluse, der noch immer feucht war, das Gesicht sauber und fuhr sich mit den Fingern durch die Haare.

»Na, geht doch«, murmelte sie mit einem letzten Blick in den Spiegel und kehrte wieder zu Hilde und Wally zurück. »Wir können los.«

Nachdem sie bezahlt hatte, schritt sie auf den Ausgang zu, machte jedoch halt, als sie merkte, dass Hilde bei den Blusenständern stehen geblieben war, als wäre sie dort angewachsen. »Was ist?«

Hilde zupfte verlegen an ihrem modischen Sommerkleid herum. »Seh ich nicht komisch aus neben euch beiden? Ich komme mir ganz merkwürdig vor.«

Thekla schnappte nach Luft. Seit wann gab Hilde etwas darauf, ob sie aus der Reihe tanzte?

»Oh ja, Hilde«, flötete Wally. »Du musst dich auch so einkleiden wie wir.«

Thekla sparte sich jeden Kommentar dazu, machte bloß eine ausladende Bewegung mit dem linken Arm und sagte: »Du hast die Wahl.«

Hilde drehte sich um und begann mit den Bügeln zu klappern.

Thekla sah ihr eine Weile dabei zu, dann tippte sie ihr auf die Schulter. »Wir warten draußen auf dich.«

Auf der Mainstreet war das Spektakel in vollem Gange.

Nach der Eröffnung durch Buffalo Bill und dessen Gefolge hatte die eigentliche History Show angefangen. Die wichtigsten Ereignisse in der Geschichte des Wilden Westens wurden, ihrem chronologischen Ablauf gemäß, szenisch dargestellt. Als Thekla und Wally an die Balustrade traten, führte ein junger Mann im Torero-Kostüm soeben Kunststücke mit einem Lasso vor. Dann erklang aus den Lautsprechern Mariachi-Musik. Fiesta Mexicana. 1821. Man feierte den Sieg über die Spanier. Deren Kolonialherrschaft in Mexiko war nun endgültig zu Ende. Die Mainstreet füllte sich mit Musikanten in bunten Ponchos und mit tanzenden Señoritas in schillernden Gewändern.

Thekla spürte eine leichte Berührung an der Schulter, blickte sich um und zuckte zusammen, weil sie einen Moment lang glaubte, ein Darsteller hätte sich unters Publikum gemischt.

»Da komme ich ja gerade richtig«, sagte Hilde.

Thekla lachte auf. »Und offenbar direkt von deiner Hazienda.«

Auch Wally war inzwischen auf Hilde aufmerksam geworden. »Oh Hilde. Wie wunderbar du aussiehst. Wie eine echte Spanierin.«

Hilde schnitt eine Grimasse. »Wohl eher wie eine aus dem Zirkus. Ich hab da mal einen Messerwerfer gesehen, die Frau, die an seine Zielscheibe gebunden war, ist genauso angezogen gewesen.«

Hildes Miene strafte ihre eigene geringschätzige Bemerkung Lügen. Man sah ihr deutlich an, wie stolz sie auf ihr neues Outfit war.

Wally strich geradezu andächtig über die samtigen schwarzen Applikationen auf Hildes glänzend roter Bluse, dann streichelte sie den Spitzeneinsatz ihrer eigenen. »Warum kann man nicht jeden Tag so was tragen?«

Eine Art Fanfare kündigte einen weiteren Ritt der Fahnen-Girls und damit eine neue Szene an.

Wally wandte sich dem Geschehen auf der Mainstreet zu. »Wir sollten uns die Show ansehen, Hilde. Ist das alles nicht hinreißend?«

Hilde verzog spöttisch den Mund, sagte jedoch: »Also gut.

Sehen wir uns den Klamauk an. Momentan ist sowieso nirgends ein Durchkommen.«

Thekla klopfte ihr auf den Rücken. »Ein bisschen Nachhilfe in Geschichte schadet dir ganz bestimmt nicht.«

Lady Sues Stimme übertönte Hildes Antwort. »Wir schreiben das Jahr 1822. Trapper, Siedler und Abenteurer machen sich auf in den Westen. Meine Damen und Herren, begleiten Sie sie auf dem berühmten Oregon Trail. Mit Ochsen, Pferden und Planwagen überquerten diese verwegenen Pioniere die Rocky Mountains. Jeder Zehnte von ihnen kam dabei um.«

Ein langer Zug aus Menschen, Tieren und klapprigen Gefährten wälzte sich durch die Mainstreet. Thekla konnte nicht anders, als das Aufgebot an Darstellern und Ausstattung nachdrücklich zu würdigen. Selbst Hilde gab sich beeindruckt.

»Auf die Siedler folgten die Goldsucher«, ließ sich Lady Sue wieder vernehmen. »Die Bevölkerung wuchs schnell. Um 1860 lebten bereits so viele Menschen im Wilden Westen, dass eine offizielle Postbeförderung nötig war. Der Ponyexpress wurde ins Leben gerufen.«

Zwei Reiter – der eine vom einen Ende der Mainstreet, der andere vom andern – stürmten in halsbrecherischem Tempo daher, zügelten vor dem Marshal Office die Pferde, gaben einen Packen Briefe ab und stürmten in halsbrecherischem Tempo weiter.

»Der Job war lebensgefährlich«, erklärte Lady Sue. »Aber den Ponyexpress brauchte es zum Glück nur ein halbes Jahr. Dann konnte er durch die Telegrafenleitung ersetzt werden.«

Nachdem das Pferdegetrampel verklungen war, kündigte Lady Sue eines der dunkelsten Kapitel in der amerikanischen Geschichte an: den Sezessionskrieg. Vier Jahre bekämpften sich Nord- und Südstaaten aufs Bitterste. »Am 9. April 1865 kapitulierten die Südstaaten unter General Lee.«

Und da kamen sie auch schon anmarschiert: General Grant und General Lee mit ihren Adjutanten. Vor dem Marshal Office holten die Adjutanten feierlich die Flagge der Konföderierten ein, falteten sie zusammen und brachten sie fort. Lee und Grant verneigten sich ehrerbietig voreinander.

Thekla beobachtete, wie Wallys Augen feucht wurden, und musste lächeln.

Sie horchte auf, als Lady Sue die Schlacht am Little Bighorn River ankündigte.

Vom »Black Bison Saloon« her ritten zwei Indianerhäuptlinge die Mainstreet herunter: Sitting Bull und Crazy Horse.

Thekla fragte sich, wer sie darstellte. Hinter der Sitting-Bull-Maskerade glaubte sie den Indianer aus dem Big Tipi zu erkennen. Aber wer verbarg sich unter dem üppigen Federschmuck von Crazy Horse?

Den Häuptlingen folgten Krieger in kleinen, ungeordneten Haufen. Die meisten waren zu Fuß, nur der eine oder andere saß zu Pferd. Zum Schluss kamen die Indianerinnen – Thekla zählte vier – mit ein paar Kindern und dem Hausrat.

Zum hörbaren Erstaunen des Publikums tauchte weit hinten auf einmal eine Herde Bisons auf.

»Hunting Wolfe«, sagte Lady Sue ins Mikrofon. »Erleben Sie ihn mit seinen Tieren.«

Thekla warf einen schnellen Blick auf ihre Armbanduhr. Die Show würde nun bald zu Ende sein. Sofern Egons Auflistung stimmte und ihre Erinnerung sie nicht trog, standen nur noch zwei Szenen auf dem Programm: ein Überfall auf eine Postkutsche und der Schusswechsel zwischen Doc Holliday und den Clayton-Brüdern, der angeblich nur dreißig Sekunden gedauert hatte und das Leben der verbrecherischen Brüder beendete.

Die Schlussparade kam und ging, während Thekla darüber nachdachte, ob all das, was in der vergangenen Stunde geschehen war, auf Zufällen beruhte: das Erlebnis mit Ebana, von dem ihr Hilde vorhin noch kurz berichtet hatte; der Schuss aus der Schleuder, deren Stein Egon nur deshalb getroffen hatte, weil sie zur Seite getreten war; Wallys Sturz in die Grube.

Aber konnte das geplant gewesen sein?

Kaum vorstellbar.

Sie sah das Schlusslicht der Parade – Rinderbaron Charles Goodnight in seiner Kutsche – bei »Scarlett's« um die Ecke verschwinden und schluckte hart. Wallys Missgeschick musste eine unglückliche Verkettung von Umständen gewesen sein. Die Sache mit Ebana allerdings roch nach böser Absicht, ebenso der Angriff mit der Schleuder.

Das wiederum drängte die bedrückende Schlussfolgerung auf, dass jemand mitbekommen hatte, weshalb sie hier waren, und sich in der Absicht, sie von Ermittlungen abzuhalten, auf die Lauer gelegt hatte.

Aus den Lautsprechern erklang der Song »Pullman City, you're so pretty«. Das Publikum begann sich bereits in alle Richtungen zu verlaufen.

»… you're so pretty«, trällerte Wally mit.

»Wie soll's jetzt weitergehen?«, fragte Thekla.

»Ich hab einen Bärenhunger«, sagte Hilde.

»Make me happy, make me …« Wally unterbrach ihren Gesang und bekam begehrliche Augen. »Ich hab auch Hunger und ganz fürchterlichen Durst.«

»Was wollt ihr haben?«, fragte Thekla. »Steak, Pizza, Hamburger, Tortillas, Muffins, Donuts …«

»Tortillas«, rief Wally hingerissen. »Da vorn.« Sie deutete die Mainstreet hinauf. »Nicht weit vom Haupteingang gibt es ein mexikanisches Restaurant, ›Cantina Mexicana‹.« Sie lachte ausgelassen. »Genau das Richtige für Hildes Aufmachung.«

Hilde lächelte säuerlich, schien jedoch mit Wallys Vorschlag einverstanden.

Einmütig und gleich gesinnt wie nur selten, machten sie sich auf den Weg.

Die vor dem Lokal ausgehängte Speisekarte versprach mehr als nur Tortillas.

»Wir werden auch Enchiladas essen und Tacos, werden Sangria dazu trinken, und nach dem Essen nehmen wir einen Tequila«, begeisterte sich Wally.

Auch davon schien Hilde durchaus angetan. Mit einem verhaltenen Schmunzeln wies sie auf den Eingang. »Vamos.«

Und sie hatten Glück. Von einem Tisch in einer Fensternische in dem ansonsten voll besetzten Restaurant standen soeben zwei

Pärchen auf, suchten ihre Habseligkeiten zusammen und wandten sich dem Ausgang zu.

Während sie auf ihre Gerichte warteten (Enchilada, Tacos und Tortillas), berichtete Wally von ihrem Zusammentreffen mit Trapper Joe, wohin es sie geführt und was sie dabei erfahren hatte. Hilde sprach noch einmal ausführlich über ihr Erlebnis im Pferdestall und von ihrem Gespräch mit Marshal Otis und Rodeo Jim. »Und der andere Marshal, Sam, behauptet, er habe vergangene Woche gesehen, wie Silberquell ein kleines rundes Ding auf den Boden vor Rote Feders Füße geschmissen hat. Was natürlich nichts heißen muss. Das Ding kann ihr ebenso gut aus der Hand gefallen sein. Aber alles in allem scheint sie uns einiges an Information vorenthalten zu haben.«

»Warum hätte sie all das ansprechen sollen?«, fragte Thekla. »Ihre Annie-Oakley-Phase liegt doch Jahre zurück. Dass die Sache für Rodeo Jim noch längst nicht abgeschlossen ist, kann sie ja nicht wissen. Die beiden haben wohl nicht mehr viel miteinander geredet, er hat ja anscheinend nicht einmal gewusst, dass sie und Rote Feder Heiratspläne hatten. Und was dieses Ding betrifft ...« Sie machte sich nicht die Mühe, den Satz zu beenden.

Hilde wirkte nicht recht überzeugt. »Und die Geschichte vom unzulänglichen Abhalftern hat sie uns auch nicht erzählt.«

»Vermutlich, weil sie keine Ahnung davon hatte«, erwiderte Thekla. Sie merkte Hilde an, dass ihr der Gedanke selbst schon gekommen war. Hatte sie ihn wieder verworfen?

Offenbar, denn sie sagte: »Marshal Otis wird ihr doch von der Sache berichtet haben.«

»Sollte man meinen«, gab Thekla zu. »Man könnte sich allerdings zwei gute Gründe dafür denken, dass er es nicht getan hat. Erstens: Es ist ihm erst wieder eingefallen, als du darauf herumgeritten bist, wer Ebana versorgt hat. Zweitens: Er hat sich die Geschichte ausgedacht, um dich in den Stall zu bekommen.«

»Das würde ihn aber sehr verdächtig machen«, sagte Hilde. Aus irgendeinem Grund schien ihr der Gedanke nicht zu gefallen.

Thekla ließ es auf sich beruhen und fragte stattdessen: »Was hat eigentlich Rodeo Jim von Rote Feder geklaut?«

Hilde sah betreten auf. »Ich habe versäumt, danach zu fragen. Schien mir wohl nicht wichtig.«

»Ich glaube, ein Bärenfell«, sagte Wally.

Daraufhin herrschte Schweigen, das Thekla irgendwann brach. »Es hat etwas ganz Eigenartiges, in so einer Parallelwelt zu ermitteln. Macht es aber nicht gerade einfacher.«

»Macht es schwierig«, pflichtete Wally ihr bei.

»Fast zu schwierig«, sagte Hilde nachdrücklich.

Ihr Ton ließ Thekla aufhorchen. Sie warf Hilde einen forschenden Blick zu und stellte verwundert fest, dass deren Miene, ja ihre ganze Haltung einen deutlich resignierten Ausdruck angenommen hatte.

Das brachte sie derart aus dem Konzept, dass sie sie nur schweigend anstarren konnte.

Wally griff nach Hildes Hand. »Geht's dir nicht gut? Hast du dich im Stall schlimmer verletzt, als du gedacht hast?«

Hilde schüttelte den Kopf, dann stützte sie ihn müde auf die Hände. »Ich komm so schwer zurecht damit.«

Thekla fand auch darauf keine Worte, fragte sich, was Hilde damit meinte. Womit genau kam sie schwer zurecht? Mit dieser Stadt? Mit ihren Bewohnern? Mit dem, was sie über Silberquell und Rodeo Jim erfahren hatte? Mit ihrem Erlebnis im Pferdestall?

Wally strich sanft über Hildes Hand und sagte mit einfühlsamer Stimme: »Ich weiß, was du meinst. Ich bin auch ganz verwirrt. Da redet man ganz normal mit jemandem, mit einem Marshal Otis, einem Trapper Joe, einem Rodeo Jim, und darf nicht vergessen, dass der andere nur so tut ... dass er nicht wirklich ... dass er eigentlich jemand anders ...« Sie verheddderte sich, wusste nicht weiter und verstummte schließlich.

Man könnte diese Zweitidentitäten als Zwilling betrachten, überlegte Thekla. Oder sogar als völlig Fremde, spielt eigentlich keine Rolle.

Das wiederholte sie nun und fügte hinzu: »Irgendwie müssen wir mit den Doppelexistenzen dieser Leute umgehen.«

Weder Hilde noch Wally antworteten. Hilde brütete vor sich

hin, und als Thekla Wally ins Auge fasste, stellte sie fest, dass die anderweitig beschäftigt war.

Wally hatte sich abgewandt. Sie starrte zu dem großen, runden Tisch in der Mitte des Lokals hinüber.

Thekla folgte ihrem Blick und sah eine bunt zusammengewürfelte Gesellschaft dort sitzen: zwei Typen im Cowboy-Look, einen Farmer in rupfenem Hemd, eine Lady in geschnürtem Mieder und ausladendem Reifrock, der den Durchgang versperrte, und eine schlanke Indianerin.

Silberquell?

Thekla war sich nicht sicher. Im flackernden Kerzenlicht wirkten die Gesichter seltsam konturlos. Sie versuchte, schärfer hinzusehen, und erkannte tatsächlich Silberquell, die soeben auf sie aufmerksam wurde.

Die junge Frau lächelte, winkte und machte Anstalten, aufzustehen.

»Silberquell hat ein Tattoo auf dem rechten Handrücken«, sagte Wally in diesem Moment.

Was soll daran bemerkenswert sein?, dachte Thekla.

So gut wie jeder hatte heutzutage ein Tattoo. Sogar Leute in ihrem Alter scheuten nicht davor zurück, sich Bilder und Schriftzüge in die Haut stechen zu lassen.

»Die Indianerin, die heute Nachmittag bei Trapper Joe gewesen ist, hatte keins«, fügte Wally mit Nachdruck hinzu.

Silberquell war indessen an ihren Tisch herangetreten. »Hat Ihnen unsere American History Show gefallen?«, fragte sie freundlich. »Ich habe Sie unter den Zuschauern gesehen.«

Thekla, Hilde und Wally nickten einvernehmlich.

Mit gesenkter Stimme fuhr Silberquell fort: »Und was denken Sie inzwischen über das Verschwinden von Rote Feder? Haben Sie irgendwelche Anhaltspunkte gefunden?«

Gespannt blickte sie von Thekla zu Hilde, dann zu Wally, hoffte jedoch vergebens auf Antwort. Ein Ausdruck von Ernüchterung machte sich auf ihrem Gesicht breit.

»Also ich weiß nicht recht …«, begann Hilde, aber Thekla legte ihr die Hand auf den Arm und drückte ihn warnend.

»Wir müssen wohl zugeben«, sagte sie, »dass wir noch ziemlich im Dunkeln tappen. All das hier ist etwas ... verwirrend. Es braucht Zeit, sich zurechtzufinden. Aber wenn wir ein bisschen Glück haben, kommt uns – wie heißt es so schön? – Kommissar Zufall zu Hilfe.«

Silberquells Stimme klang gepresst, als sie erwiderte: »Und was, wenn nicht?« Ihr Blick wurde flehentlich. »Aufgeben dürfen Sie aber nicht. Das müssen Sie mir versprechen.«

Bevor das darauf folgende Schweigen lastend wurde, sagte Thekla: »Und Sie sollten uns versprechen, keine Informationen zurückzuhalten.«

Silberquell wirkte erschrocken. »Was für Informationen?«

Thekla konfrontierte sie mit Annie Oakley, Rodeo Jim und Marshal Otis' Indizien dafür, dass Rote Feder am Tag seines Verschwindens Ebana nicht selbst abgehalftert haben konnte.

Silberquell schien wie vor den Kopf geschlagen.

Schließlich gab sie als Gründe für ihr Verschweigen genau diejenigen an, die Thekla ein paar Minuten zuvor bereits angeführt hatte.

Was zu erwarten war, dachte Thekla.

Silberquell war ja nicht dumm. Falls sie etwas mit Rote Feders Verschwinden zu tun hatte (Thekla mochte nicht darüber nachdenken, was genau, konnte jedoch nicht verhindern, dass ihr ein Komplott mit Rodeo Jim in den Sinn kam), dann spielte sie ihre Rolle gut und würde nicht so leicht in die Falle zu locken sein.

Sie schrak zusammen, als Wally unvermittelt sagte: »Decken Sie Ihr Tattoo manchmal ab? Mit Make-up oder so?«, fügte sie nach einer Pause hinzu, weil Silberquell statt einer Antwort verwirrt auf ihren Handrücken starrte. »Decken Sie es ab?«, insistierte Wally ungewohnt heftig, als immer noch nichts kam.

»Nur ganz selten«, sagte Silberquell schließlich steif.

»Aber es kommt vor.« Wally nickte zufrieden. Sie ließ ein paar Sekunden vergehen, genoss offenbar die Verblüffung, die sie hervorgerufen hatte, dann fragte sie: »Was hatten Sie eigentlich heute Nachmittag mit Trapper Joe zu besprechen?«

Silberquell wirkte schockiert. »Trapper Joe? Wann und wo hätte ich heute mit Trapper Joe sprechen können?«

Wally runzelte die Stirn. »Na, in seinem Häuschen, der kleinen Hütte, die gegenüber von Rote Feders Erdhaus steht.«

Silberquell zog sich einen freien Stuhl zum Tisch, ließ sich darauf nieder und sagte in einem Ton, als müsse sie eine Irre zur Vernunft bringen: »Ich habe Trapper Joe heute nicht in seiner Hütte besucht. Das hätte ich unmöglich tun können, weil Anton Scharf, wie Trapper Joe im wahren Leben heißt, im Auftrag der Firma, für die er arbeitet, nach Marokko geflogen ist – auf Montage.«

Thekla war fassungslos. Hatte Wally nicht den halben Nachmittag mit Trapper Joe verbracht?

»Ich sag's ja«, murmelte Hilde. »Nichts ist, wie es scheint.« Sie rieb sich das Gesicht, als müsse sie Schmutzschichten wegrubbeln. »Mir kommt es so vor, als hätte ich eines von den Geräten auf dem Kopf, mit denen sich junge Leute heutzutage in Welten versetzen, die überhaupt nicht existieren ...«

Während Hilde sprach, hatte Wally mit halb offenem Mund und riesigen Kugel-Kröten-Augen in die Luft gestarrt.

Jetzt schüttelte sie vehement den Kopf. »Nein, nein, nein. Sie irren sich, sind falsch informiert. Ich ...«, zur Bekräftigung tippte sie sich ans Brustbein, »... bin heute um kurz nach zwei am ›Candy Shop‹ mit Trapper Joe zusammengetroffen. Wir haben uns unterhalten, er hat mich zu Rote Feders Erdhaus geführt, und dort hat er mir die Hütte gezeigt, in der er wohnt.« Nach einer kleinen Pause fügte sie, als wäre das ein Beweis für ihre Angaben, hinzu: »Er stellt gerade sein Nebengebäude fertig, scheint eine Werkstatt zu werden.«

»Klein, gedrungen, sommersprossig, rothaarig«, sagte Silberquell.

Wally sah sie verständnislos an.

»So sieht Trapper Joe aus«, ergänzte Silberquell.

Wallys Mund klappte auf und blieb wieder offen stehen.

»Er war's nicht«, riet Thekla.

Bevor sie über diese neuerliche Konfusion nachdenken konnte, trat ein junges Mädchen im Mexican-Look mit den bestellten Gerichten an den Tisch.

Silberquell erhob sich. »Ich kann mir schon denken, wer Sie da an der Nase herumgeführt hat.« Kopfschüttelnd kehrte sie zu ihren Freunden zurück.

Während des Essens wurde nicht viel gesprochen. Wally schien zutiefst erschüttert. Hilde machte eine Miene, die ohne Worte sagte: »Jetzt seht ihr selbst, womit wir hier zu kämpfen haben.« Thekla nährte eine Weile den Gedanken, Hildes ungewöhnliche Antriebslosigkeit zu nutzen.

Warum die Chance nicht ergreifen?

Besser hätte es doch gar nicht kommen können: Die Ermittlungen wären zu Ende, noch bevor sie richtig in Fahrt gekommen waren. Wäre das nicht prima? Hatte sie diese Detektivspiele nicht von Anfang an gescheut?

Wenn sie unverzüglich einen Schlussstrich zogen, würden sie diesmal alle drei glimpflich davonkommen. Bis jetzt war ihnen ja – abgesehen von ein paar Ärgernissen, die keine schwerwiegenden Folgen gehabt hatten – nichts Schlimmes widerfahren. Und so würde es bleiben, wenn sie sich wirklich und wahrhaftig entschlossen, aufzugeben.

Andererseits: Wie würden sie sich nach so einem Entschluss fühlen? Wie würden sie vor Silberquell dastehen? Wie Ali die Sache beibringen, wie seine Enttäuschung wegstecken?

Heinrich wäre im ersten Moment wohl höchst erfreut über einen Rückzug. Aber schließlich würde auch er sich Gedanken darüber machen, ob es nicht gefühllos und feige war, einfach abzuspringen.

Nachdenklich kaute Thekla auf einem Stück Tortilla herum.

Das, was ihr, Hilde und Wally an diesem Nachmittag begegnet war, kombiniert mit dem, was sie bis jetzt herausgefunden hatten, ließ wohl tatsächlich den Schluss zu, dass Rote Feder entführt oder getötet worden war. Oder beides. Wollte sie den, der das getan hatte, tatsächlich damit durchkommen lassen?

Nein, dachte Thekla. Will ich nicht. Hilde und Wally wollen das genauso wenig.

Aber weshalb sollte er entführt, womöglich getötet worden sein?, raunten die Skeptiker unter Theklas Gedanken.

Sie musste zugeben, dass sie nicht den Hauch einer Ahnung hatte, obwohl es inzwischen ein paar Hinweise auf mögliche Motive gab, die ihr jedoch wenig überzeugend erschienen. Ärger wegen eines Klohäuschens zum einen. Konnte dieser Frank Kidney so irre sein, deswegen einen Mord zu begehen? Kaum. Eifersucht zum andern. Wäre Rodeo Jim, so wie Hilde ihn geschildert hatte, in der Lage, ein Verbrechen derart akribisch zu planen, wie es zweifellos notwendig gewesen war? Eher nicht.

Anscheinend hatte – abgesehen vom Täter – niemand den Hauch einer Ahnung. Nicht einmal Silberquell, falls man ihr trauen durfte.

Fazit: Es gab zwar eine Menge Verdachtsmomente, aber keinen schlüssigen Beweis für ein Verbrechen und damit keine Möglichkeit, die Polizei einzuschalten.

Der Täter würde sich ins Fäustchen lachen, wenn sie aufgäben.

Nein, entschied Thekla, das darf ich nicht zulassen.

Sie legte ihr Besteck schräg über den Teller, klemmte die Serviette darunter und rückte das Gedeck von sich weg.

Offenbar hatte Wally bereits darauf gewartet, dass Thekla ihre Mahlzeit endlich beendete, denn sie drehte sich zur Theke um, hob eine Hand und spreizte drei Finger ab. Die Geste wirkte fachkundig und routiniert.

Thekla fragte sich, was Wally damit bezweckte.

Als ihr Blick zum Nachbartisch glitt, sah sie auch dort eine erhobene Hand, allerdings mit nur zwei abgespreizten Fingern. Zwei Tische weiter ragten vier Finger in die Luft.

Theklas Blick suchte denjenigen, an den die Signale gerichtet waren, und fand den Barkeeper. Er füllte reihenweise Tequilagläser. Wenig später standen drei davon auf ihrem Tisch.

Thekla unterdrückte ein Grinsen. Das war offenbar Wallys Methode, mit diesem verwickelten Fall umzugehen.

Die leeren Gläser knallten auf die Tischplatte.

Wally schüttelte sich. »Macht es leichter.«

Hilde rollte die Augen. »Beutelt das Hirn aber noch mehr durcheinander.«

Wally nickte zustimmend. Dann neigte sie sich Thekla zu. »Kannst du das, was wir bis jetzt haben, irgendwie unter einen Hut bringen? In meinem Kopf wirbelt alles hin und her, als hätte jemand Satzfetzen auf Konfetti geschrieben und hineingestreut.« Wally hatte recht. Bevor sie weitere Schritte planen konnten, musste ein Resümee her.

Blieb die Frage, ob Hilde gefestigt genug war, um mitzumachen.

Thekla warf ihr einen unsicheren Blick zu.

Hilde zuckte die Schultern. »Ein Überblick kann ja nicht schaden. Leg einfach los.«

Einfach würde es wohl nicht werden.

Thekla heftete den Blick auf die Tischplatte und konzentrierte sich auf ihr Vorhaben. Doch schon nach kurzer Zeit merkte sie, dass es ihr noch nie zuvor so schwergefallen war, die einzelnen Bausteine, die sie zur Verfügung hatte, vernünftig zusammenzusetzen.

Sie presste die Fingerspitzen an die Schläfen.

»Wird's nix?«, fragte Hilde in spöttischem Ton. »Woran könnte das denn liegen?«

Hildes Einwurf half Thekla auf die Sprünge. »Es liegt daran«, sagte sie, »dass wir uns bisher nur die eine Seite der Medaille angesehen haben. Über Rote Feders Umfeld haben wir dies und das erfahren, aber von Manuel Kramer wissen wir so gut wie gar nichts.«

»Siehst du«, ließ sich Hilde wieder hören. »Wir ermitteln in einer Scheinwelt, was kann dabei schon herauskommen?« Sie machte mit beiden Händen eine Flatterbewegung.

Thekla biss grüblerisch auf ihrer Unterlippe herum. Was Hilde gerade gesagt hatte, stimmte und stimmte auch wieder nicht. Es stimmte deshalb nicht, weil diese Stadt hier ja durchaus real war, nur ... Nur was? Thekla wusste keine Antwort.

»Deine Lippe blutet«, sagte Wally.

Thekla tupfte die Unterlippe mit ihrem Taschentuch ab,

angelte ihren Lippenpflegestift aus der Tasche und trug eine großzügige Schicht auf.

»Wir müssen sie eben von Grund auf trennen.«

»Die beiden Welten?«, fragte Hilde. »Das tun wir ja. Die richtige ist uns längst entglitten.«

»Rote Feder und Manuel Kramer müssen wir komplett trennen«, erwiderte Thekla fest.

Hilde winkte verächtlich ab. »Wie denn? Es handelt sich nun mal um ein und dieselbe Person, da kannst du sagen, was du willst.«

»Trotzdem machen wir zwei draus«, beharrte Thekla. »Dann überlegen wir, welche von den beiden verschwunden ist.«

Hilde tippte sich an die Stirn.

Doch Wally sagte: »Thekla, das ist großartig.«

»Bescheuert ist das«, tat Hilde kund.

»Nein, nein.« Wally war ganz aufgeregt. »Wenn Rote Feder verschwunden ist, dann sind wir hier in der Westernstadt richtig. Wenn es aber um Manuel Kramer geht, dann müssen wir uns in Plattling um einen abgängigen Mechatroniker kümmern.« Sie drehte sich ruckartig zur Theke um, hob die Hand mit drei abgespreizten Fingern und wandte sich wieder Thekla und Hilde zu.

Thekla strahlte sie an. »Genau so habe ich es gemeint.«

Hilde kippte den Schnaps hinunter, der flink serviert worden war, und gab so etwas wie ein Grunzen von sich. »Spuckst du nun eine Zusammenfassung aus, Thekla, oder spielen wir lieber Hufeisenwerfen?«

9

Wenig später beim nächsten Tequila

Hilde musste zugeben, dass Thekla ihre Sache gut machte. Mangels sinnvoller Alternativen war sie von der Prämisse ausgegangen, dass Rote Feder entführt worden war. Dafür gab es durchaus ein paar Anhaltspunkte, wie Hilde ohne Weiteres einräumte. Allerdings fand sie, dass ein Windhauch genügte, sie alle zusammen wegzublasen.

»Für eine Entführung spricht vor allem auch die Tatsache«, hatte Thekla gesagt, »dass jemand versucht, unsere Ermittlungen zu behindern.« Als Hauptatverdächtigen führte Thekla Marshal Otis ins Feld. »Er hat die Box geöffnet, Hilde mit dem störrischen Pferd allein gelassen und dann irgendwie für einen Knall gesorgt, weil er wusste, das Pferd würde durchgehen.«

»Du hättest tot sein können, Hilde«, steuerte Wally bei.

»Unsinn.«

Thekla gab Wally entschieden recht.

»Herrgott«, fuhr Hilde auf. »Das bestreite ich ja gar nicht. Aber dass mich Marshal Otis aus dem Weg räumen wollte, ist nicht mehr haltbar, wenn man sich vor Augen führt, warum er mich zu Ebanas Box begleitet hat.« Sie machte eine Kunstpause. »Er wollte mir doch zeigen, dass Ebana am Samstag von jemandem versorgt worden ist, der sich nicht so gut damit auskennt wie diejenigen, die das sonst tun. Otis selbst und Schlauer Biber.«

Sie spürte Theklas Widerspruch kommen, fast noch bevor sie ausgeredet hatte, und lag richtig.

»Ein raffinierter Schachzug, mit dem er von sich ablenken wollte, als er gemerkt hat, worum es dir geht«, sagte Thekla trocken.

Hilde presste die Lippen aufeinander. Das ließ sich nicht von der Hand weisen, sie hatte ja selbst schon daran gedacht.

»Außerdem ist da noch das Strumpfband, das Egon im Erdhaus gefunden hat«, fuhr Thekla fort. »Das könnte der Entführer verloren haben, als er Rote Feder überwältigt hat.«

Hilde tat einen tiefen Seufzer. »Herrgott noch mal, Thekla …«

»Hilde, bitte«, kam es flehend von Wally. Aber Hilde achtete nicht auf sie. Dass Otis auf einmal Hauptverdächtiger sein sollte, gefiel ihr nicht.

»… könnte, hätte, wäre. So viele Konjunktive gibt's gar nicht, wie wir brauchen, um dieses Strumpfband mit dem Entführer und darüber hinaus mit Marshal Otis in Verbindung zu bringen. Wo ist es überhaupt?«

»Den Bach hinuntergeschwommen«, antwortete Thekla kleinlaut, fügte allerdings trotzig hinzu: »Egon sagt, nur Marshals tragen solche Strumpfbänder am Oberarm, wenn in St. Josephs Church eine Hochzeit stattfindet.«

Hilde schloss die Augen und versuchte, sich Marshal Otis so detailliert wie möglich vorzustellen. Westernstiefel, dunkle Hosen, Texashut – den er oft abnahm und wieder aufsetzte –, ärmellose Lederweste, weißes Hemd darunter. Und um den Oberarm hatte er ein blaues Band geschlungen gehabt.

Sie machte die Augen auf. »Es ist da gewesen. Ein blaues Kringeldings.«

»Er hatte vier Tage Zeit, sich ein neues zu besorgen«, entgegnete Thekla kalt. »Das vorherige könnte rosa gewesen sein.«

Die Worte waren aus Hildes Mund, bevor sie sich eines Besseren besinnen konnte. »Marshal Otis hat eigentlich einen recht guten Eindruck auf mich gemacht.«

»Oh Hilde«, Wally natürlich, »hast du dich vielleicht ein klein wenig in ihn verguckt?«

Hilde biss sich auf die Zunge.

Warum hatte sie den Schnabel nicht halten können? Sie hätte wissen müssen, wie Wally reagieren würde.

Und Thekla scheute sich nicht, noch eins draufzusetzen. »Das würde dir Ali aber heftig übelnehmen.«

Hilde schnitt erst Wally, dann Thekla eine Grimasse. »Wollen wir Marshal Otis gleich schuldig sprechen, oder hast du eventuell noch einen Verdächtigen auf Lager?«

»Theoretisch eine ganze Menge«, beschied ihr Thekla. »Rodeo Jim beispielsweise.«

Hilde nickte. Das gefiel ihr schon besser. »Er war auf Silberquell scharf. Er hat sich eingeredet, dass er bei ihr wieder Chancen hätte, wenn Rote Feder weg wäre.«

»Er hat das Bärenfell genommen, als ob er wüsste, dass Rote Feder nicht mehr zurückkommt«, ergänzte Wally.

»Da müsste er aber ganz schön dumm sein, sich so auffällig zu verhalten«, sagte Thekla.

Hilde rief sich Rodeo Jims Verhalten vor dem Marshal Office in Erinnerung. »Der Kerl ist definitiv unterbelichtet.«

»Wenn er so beschränkt ist, konnte er wohl kaum eine Entführung planen und durchführen, ohne dass ihm längst einer draufgekommen wäre«, sagte Thekla in einem Ton, der erkennen ließ, dass sie ihre Schlüsse bereits gezogen hatte.

Hilde widersprach. »Beschränkt heißt nicht naiv. Auf spezielle Art könnte Rodeo Jim durchaus gerissen sein, obwohl ich ein Paar nagelneue Mokassins darauf wetten würde, dass er gern spontan und unüberlegt handelt und außerstande ist, die Folgen seiner Taten abzuwägen.«

Wenn niemand Verdacht geschöpft hatte, konnte das möglicherweise auch daran liegen, dass Rodeo Jim eben nichts geplant, sondern aus heiterem Himmel zugeschlagen hatte. Taten im Affekt schienen oft schwerer aufzuklären zu sein als akribisch geplante.

Aber solche Thesen waren viel zu abstrakt, um hilfreich zu sein.

Eines wies jedoch recht konkret auf Rodeo Jim hin: seine Erfahrung mit Pferden. Wie hatte Marshal Otis noch gesagt: Auch ein Fremder hätte Ebana abhalftern können, wenn er sie zu nehmen wusste. Rodeo Jim war nicht einmal ein Fremder. Vermutlich ging er in den Ställen aus und ein.

Aber damit waren sie auch schon am Ende der Indizienkette gegen Rodeo Jim, einer, die den Namen »Kette« wohl nicht ganz verdiente.

»Wen hast du als Nächstes zu bieten?«, fragte Hilde.

»Frank Kidney«, antwortete Thekla.

»Und seine Frau«, ließ Wally sich hören. »Die zwei sind mir gar nicht geheuer.«

»Mit deinem Sturz in diese Erdgrube können sie aber wohl kaum etwas zu tun haben«, meinte Hilde. »Oder hat dich einer hineingestoßen?«

Wally verneinte, hatte aber offenbar nicht vor, ihr zuzustimmen. »Dass sie nichts damit zu tun haben, ist trotzdem nicht ausgemacht. Und davon mal abgesehen, dürfen wir nicht vergessen, dass sie wegen Rote Feder einen Riesenärger hatten und befürchten mussten, aus der Authentikgemeinde rausgeschmissen zu werden.«

Hilde stach ihren Zeigefinger in Wallys Richtung. »Behauptet Trapper Joe. Nur dummerweise ist Trapper Joe gar nicht Trapper Joe. Auf seine Aussage würde ich also keinen Pfifferling geben. Wir sollten uns mit dem Kerl mal ein bisschen beschäftigen – und zwar bald.«

Wally machte ein finsteres Krötengesicht und wandte sich der Theke zu.

Doch Thekla hinderte sie daran, die Hand zu heben. »Das lassen wir jetzt besser bleiben. Wir kriegen nüchtern schon nichts auf die Reihe, geschweige denn angetrunken.«

»Meine Rede«, verkündete Hilde. »Außerdem sind wir noch nicht fertig mit der Verdächtigenliste. Da wäre ja noch Silberquell.«

Plötzlich fiel ihr etwas ein, das Wally in ihrem Bericht über den Verlauf des Nachmittags erwähnt hatte. »Haben die Kidneys nicht behauptet, sie hätte mit Rote Feder Streit gehabt?«

Wally nickte. »Ich habe vorhin gar nicht daran gedacht, sie danach zu fragen.«

Hilde winkte ab. »Was hätte es genutzt, sie streitet ja ab, überhaupt dort gewesen zu sein.« Nachdenklich fügte sie hinzu: »Wir müssen sie unbedingt als Verdächtige im Auge behalten. Es kann ja gut sein, dass sie das Blaue vom Himmel herunterlügt.« Weil keine Antwort kam, fuhr sie fort: »Schlauer Biber hätten wir übrigens noch in petto. Er ist in der Nähe vom Stall gewesen, als es den Knall gab und Ebana gestiegen ist. Vielleicht hat er zuvor beobachtet, wie ich mit Otis hineingegangen bin, und hat ihn mit dem Anruf weggelockt.« Plötzlich machte sie eine heftige Handbewegung zum Fenster hin. »Genau genommen haben wir eine ganze Stadt voll Verdächtiger.«

Als sie sich wieder an Thekla und Wally wenden wollte, merkte sie, dass die ihr nicht mehr zuhörten. Sie hatten sich umgedreht und schenkten ihre ganze Aufmerksamkeit den Vorgängen im Lokal.

Jetzt fiel auch Hilde auf, dass erhebliche Unruhe herrschte. Der Geräuschpegel war deutlich gestiegen, Gäste sprangen von ihren Sitzen auf und liefen hinaus. Leute kamen herein, setzten sich jedoch nicht auf die frei gewordenen Plätze, sondern begannen stehend mit denen zu reden, die dageblieben waren.

Hilde reckte den Hals. Verdammt, was war denn nun wieder los? Sie spitzte die Ohren, konnte bei dem Lärm jedoch kein Wort verstehen.

Aber vielleicht hatte ja Thekla schon mitbekommen, worum es ging. Hilde stieß sie an und warf ihr einen fragenden Blick zu.

»Es muss einen Unfall gegeben haben«, sagte Thekla. »Einen Reitunfall, wie es scheint.«

Kaum hatte sie ausgeredet, hörte Hilde einen Namen, der dort und da ein Echo fand. »Rodeo Jim.«

Kurzerhand sprang sie auf und lief zu dem Tisch, an dem Silberquell gesessen hatte. Dort waren mittlerweile die meisten Neuankömmlinge versammelt und debattierten erregt. Silberquell jedoch war fort.

Hilde fragte ein paar Leute, was geschehen sei, bis sie jemanden fand, der sie aufklärte. »Rodeo Jim ist vom Pferd gefallen und hat sich angeblich das Genick gebrochen.«

Die Mitteilung überrumpelte Hilde völlig. Hatte Marshal Otis nicht behauptet, Rodeo Jim könne sich auf jedem Gaul und auf jedem Bullen halten, ohne abgeworfen zu werden?

»Von welchem Pferd?«, fragte sie unwillkürlich.

»Ebana.«

Hilde fand, das stank zum Himmel. Doch bevor sie weitere

Fragen stellen konnte, wurde sie beiseitegedrängt. Immer mehr Leute rückten an, umringten den Tisch.

Während Hilde sich aus dem Menschenknäuel zu lösen versuchte, bekam sie mit, wie ein langer Kerl, der eben zur Tür hereingekommen war, sagte:»Diesmal hat Rodeo Jim gekriegt, was er verdient.«

Daraufhin schienen die Debatten noch hitziger zu werden. Aber Hilde hatte genug gehört. Sie kehrte zu Thekla und Wally zurück, ließ sich auf ihren Stuhl fallen. »Rodeo Jim. Offenbar hat er versucht, Ebana zu reiten, das scheint ihm aber nicht gut bekommen zu sein. Genickbruch heißt es.« Sie registrierte, dass Wally eine Bewegung in Richtung Theke machte, und ahnte, was sie vorhatte. »Stopp, Wally. Auch wenn das jetzt ein guter Grund wäre, verzichten wir darauf, noch eine Runde Tequila zu bestellen.«

»Er hat versucht, Ebana zu reiten?«, wiederholte Thekla in zweifelndem Ton.

»So sieht es jedenfalls aus«, sagte Hilde.

Wally presste die Hand auf den Mund. Ihre Stimme kam entsprechend gedämpft. »Du meinst doch nicht ...«

»Ich meine, dass die Sache zum Himmel stinkt«, erwiderte Hilde.

Thekla schien skeptisch. »Er könnte es durchaus versucht haben, dummdreist, wie er anscheinend war. Schließlich war er ja auch dummdreist genug, das Bärenfell zu nehmen.«

Dass Rodeo Jim mit Ebana ausgeritten war, wollte Hilde eigentlich gar nicht bestreiten. Aber dass die Stute ihn so dramatisch abgeworfen hatte, dass er sich das Genick brach, wagte sie zu bezweifeln.

Sie sprach den Gedanken aus und fügte hinzu: »Und dass die Sache so bald nach dem Verschwinden von Rote Feder passiert ...«

»Stinkt zum Himmel, ich weiß«, beendete Thekla den Satz.

»Tut es doch auch«, schmollte Hilde und hob die Hand mit drei abgespreizten Fingern. »Autofahren kann ich heute sowieso nicht mehr.«

Nachdem die mittlerweile dritte Runde Tequila serviert und hinuntergekippt war, kramte Thekla ihr Handy aus der Handtasche. »Ich rufe Heinrich an. Er wird uns wohl abholen müssen.« Hilde entwand es ihr und legte es auf den Tisch. »Lass Heinrich mal einen freien Abend auskosten. Wir brauchen ihn nicht.« Zwei Augenpaare schauten sie verständnislos an. Hilde grinste. »Habt ihr euch mal das Palace Hotel angesehen? Steht direkt gegenüber vom Marshal Office. Bestens bewacht, sozusagen.« Aus den beiden Augenpaaren flackerten alarmierte Blicke. Und schon kam es. »Da nehmen wir uns Zimmer für heute Nacht.«

10

Kurz darauf im Palace Hotel

Wally ließ sich müde auf der Bettkante nieder. »Danke, Thekla. Ich hätte es mir ihm nicht sagen trauen.«

Ihr war fast übel geworden, als sie sich der Notwendigkeit gegenübergesehen hatte, Sepp Maibier beibringen zu müssen, dass sie heute Nacht nicht nach Hause kommen würde.

Thekla hatte sich auf einen lederbezogenen Lehnstuhl gesetzt und nickte ihr aufmunternd zu. »Heinrich macht das schon. Sepp vertraut ihm. Du musst keine Angst haben, dass es Ärger geben könnte, wenn du morgen heimkommst.«

Morgen?, fragte sich Wally. Sie hegte den Verdacht, dass Hilde hierbleiben würde, bis der Fall gelöst war.

Als Hilde in der »Cantina Mexicana« verkündet hatte, im Palace Hotel übernachten zu wollen, hatte Wally sich noch keine allzu großen Sorgen gemacht, weil sie davon ausgegangen war, dass sowieso alle Zimmer belegt sein würden. Müssten die Unterkünfte in der Westernstadt während der Ferienzeit nicht komplett ausgebucht sein?

So war es auch gewesen. »Drei Zimmer für diese Nacht«, hatte die Dame an der Rezeption so entgeistert wiederholt, als hätte Hilde nach drei Ufos für einen Flug durch die Milchstraße gefragt. »Das ist leider ganz und gar unmöglich. Im Juli, August und September sind wir immer voll bis unters Dach.«

Manchmal jedoch schien das Unmögliche auf satanische Weise möglich zu werden.

Der Blick der Rezeptionistin fiel auf ein Blatt Papier, das neben dem Faxgerät lag. Ihre Miene hellte sich auf. »Nein, warten Sie, es gibt eine Stornierung! Der Longstreet Room wäre frei. Die Buchung ist heute Nachmittag zurückgenommen worden. Ein Familienzimmer mit vier Betten.«

Zu Wallys Entsetzen hatte Hilde ohne zu zögern zugegriffen.

Und damit hatte sie in der Patsche gesessen, aus der Thekla sie – der Himmelmutter sei Dank – befreite, indem sie Heinrich damit beauftragte, Sepp Maibier die Sache irgendwie beizubringen.

Die Tür zum Badezimmer öffnete sich, und Hilde kam heraus.
»Die Nächste, bitte. Duschen ist zu empfehlen. Das Wasser kommt angenehm warm, Duschgel ist vorhanden, die Handtücher sind nicht zu weich und nicht zu rau. Föhn ist auch da.«

Wally seufzte. Sie hätte sonst was drum gegeben, wenn auch Zahnbürsten vorhanden gewesen wären.

Bevor sie sich auf ihr Familienzimmer zurückzogen, hatten sie noch eine schnelle Runde durch die Stadt gedreht in der Hoffnung, ein Geschäft zu finden, wo sie sich mit Toilettenartikeln ausstatten konnten. Doch die Mühe war vergebens gewesen.

Traumfänger, Texashüte und Ledergürtel gab es an jeder Ecke; Zahnbürsten und Zahnpasta dagegen anscheinend nirgendwo.

Mit Nachtwäsche hatten sie sich allerdings in einem der Stores eindecken können. Das übergroße T-Shirt, das Wally für die Nacht im Palace Hotel erstanden hatte, trug die Aufschrift: »Fuck«.

Gehorsam befolgte sie Hildes Rat, duschte, föhnte sich die Haare und spülte sich zuletzt den Mund mit heißem Wasser aus.

Alles in allem benötigte sie nur eine knappe Viertelstunde, dann konnte sie das Badezimmer für Thekla frei machen, die ihr den Vortritt gelassen hatte.

Wally wünschte Hilde eine Gute Nacht, kroch in ihr Bett und hoffte, dass die drei Tequila sie schnell einschlafen ließen.

Sie erwachte von einem Erdbeben. Das Epizentrum schien sich unter ihrer linken Schulter zu befinden.

Wally schlug die Augen auf und fand sich in einer völlig fremden Umgebung wieder.

Wo um Himmels willen steckte sie? Wie war sie in dieses Zimmer mit den rot-goldenen Tapeten und den verschnörkelten Möbeln gekommen?

»Steh auf, Wally.« Die Erdstöße nahmen an Intensität zu.
»Lass ihr halt einen Moment Zeit, Hilde.«

Abrupt hörte das Beben auf.

Wally richtete sich auf, sah Hilde und begriff, wer für das Beben verantwortlich gewesen war. Gleichzeitig kehrte auch die Erinnerung daran zurück, dass sie, Hilde und Thekla im Palace Hotel abgestiegen waren. »Müssen wir schon aufstehen? Draußen ist es doch noch finster.«

»Es ist ja auch erst halb vier«, kam Theklas freundliche Stimme von der anderen Seite ihres Bettes.

Wally warf ihr einen erstaunten Blick zu. »Warum seid ihr dann schon auf – und komplett angezogen?«

Hilde schwenkte eine Taschenlampe vor Wallys Gesicht hin und her. »Weil wir einen kleinen Ausflug machen werden.«

»Woher hast du die Taschenlampe?«

»Nachttisch.«

»Wo willst du denn hin um die Zeit?«

Das war eine Frage zu viel für Hildes Geduld.

»Wenn du nicht bald in die Puschen kommst, gehen wir ohne dich.«

Da schälte Wally sich hastig aus den Federn und schlüpfte rasch in ihre Kleider. Während sie sich die Bluse zuknöpfte, erzählte ihr Thekla, dass Hilde von einem Geräusch aufgewacht, aufgestanden und ans Fenster getreten war.

Die Mainstreet war nur schwach erleuchtet. Bloß bei »Scarlett's Restaurant« brannte eine trübe Laterne sowie beim Western Store, beim »Black Bison Saloon« und am Town Office. Dort hatte Hilde eine Gestalt entdeckt. Besser gesagt, den Schatten einer Gestalt. Endlos lang und bleistiftstrichdünn. Der Schatten hatte ganz seltsame Bewegungen gemacht.

Wally wollte gerade ihre Schuhe anziehen, hielt jedoch inne. »Ja und?«

»Als würde er auf jemanden einschlagen oder einstechen. Hilde will nachsehen, was vorgeht«, erklärte Thekla.

Wallys Fuß schwebte über dem Schuh. »Ist es dafür nicht längst zu spät?«

Hilde war bereits unterwegs zu Tür. »Kommt drauf an.«

Leise stahlen sie sich über den Flur, die Treppe hinunter, durchs Foyer und hinaus auf die Mainstreet.

Niemand zu sehen. Nichts zu hören.

Zielstrebig kreuzte Hilde auf die andere Straßenseite zum Marshal Office hinüber, wo sie sich nach links wandte. Das Town Office, vor dem sie die ominöse Gestalt entdeckt hatte, lag ein gutes Dutzend Schritte weiter die Straße hinauf.

Thekla hielt sich dicht an Hildes Seite, aber Wally zuckelte weit hinter den beiden her. Sie war immer noch nicht richtig wach, fühlte sich unsicher auf den Beinen.

Hilde und Thekla befanden sich bereits auf Höhe der »Pinacolada Bar«, als Wally endlich das Marshal Office erreichte. Sie blieb stehen, um sich zu orientieren.

Warum mussten die beiden so rennen?

Verwirrt sah sie ihnen nach und vernahm dabei ein Geräusch, das sie kannte.

Zu Hause hörte sie es jede Nacht.

Ein tiefer, regelmäßiger Ton. Ein sonores Schnarchen. Wallys Auffassung nach kam es aus der Gefängniszelle.

Sie trat an das kleine Fenster neben der Eingangstür, hinter dem – wie sie jetzt erst bemerkte – der schwache Schimmer einer Lampe glomm.

Das Schnarchen wurde lauter, ebbte wieder ab.

Beim Sepp ist das genauso, dachte Wally, presste die Nase ans Glas und spähte hinein. Drinnen konnte sie die Gitterstäbe der Gefängniszelle erkennen und schemenhaft eine zusammengesunken dasitzende Person dahinter.

Das musste der Pappkamerad sein, von dem Hilde erzählt hatte. Aber von ihm konnten die Schnarchtöne wohl kaum kommen.

Von wem dann?

Wally drehte den Kopf, bis ihre linke Wange das Glas berührte, und sah einen an die Wand geschobenen leeren Stuhl. Als sie nach rechts« schielte, fand sie zwei ausgestreckte Beine.

Sie steckten in Westernstiefeln und schwarzen Herrenhosen und verliefen schräg nach oben. Aus dem Winkel, den sie bildeten, schloss Wally, dass sich der Schnarcher in einem bequemen Sessel ausgestreckt hatte.

Plötzlich rutschten die Beine ein Stück nach vorn und wieder zurück. Das Schnarchen setzte kurz aus, dann wieder ein.

Er sitzt in dem Schaukelstuhl, den Silberquell erwähnt hat, dachte Wally und fragte sich, ob Marshal Otis die ganze Nacht über im Marshal Office Wache hielt. Auf einmal musste sie kichern. Setzte »Wache halten« nicht »wach sein« voraus?

Sie schrak zusammen, als sie von weiter oben in der Mainstreet etwas wie ein Stampfen hörte und gleich darauf ein betrunkenes Grölen: »Loslassen. Was wollt ihr von mir? Aufhören. Hört auf damit.«

Wally wandte sich in die Richtung, aus der der Krawall kam, blieb jedoch starr stehen, weil ihr viel zu bange war, als dass sie sich hätte näher heranwagen wollen.

Plötzlich vernahm sie Hildes scharfe Stimme. »Sie sind ja stockbesoffen. Aber hier können Sie nicht liegen bleiben. Gehen Sie nach Hause. Wo haben Sie denn Ihre Bleibe?«

Wally atmete auf und setzte sich in Marsch. Sie hatte nichts zu befürchten, die Sache war ganz harmlos. Hilde musste einen Betrunkenen aufgescheucht haben, der sich am Straßenrand schlafen gelegt hatte. Kein Grund, sich zu ängstigen. Zudem war nun geklärt, wen Hilde vom Fenster aus beobachtet hatte: einen herumtorkelnden, wild herumfuchtelnden Saufbruder.

Wally rechnete damit, schnell wieder in ihr Bett zurückkehren zu können.

Als sie auf Hilde und Thekla zuging, sah sie zwischen den beiden einen langen, dürren Kerl auf dem Boden hocken. Mit schwimmenden Augen schaute er zu ihnen auf.

»Der braucht eine kalte Dusche«, sagte Hilde.

Thekla schien einen Moment zu überlegen, dann ging sie zu den Tischen und Bänken vor der »Pinacolada Bar«, suchte eine Weile herum und kehrte mit einer halb vollen Wasserflasche zurück.

Hilde nahm sie ihr aus der Hand und goss dem Betrunkenen den Inhalt über den Kopf. »Steh auf. Du musst nach Hause.«

Er schüttelte sich, protestierte lauthals, stand aber schwankend auf und sah sich blinzelnd um.

Als er ihr sein Gesicht zuwandte, erkannte Wally ihn.

»Das ist ja Trapper Joe«, sagte sie überrascht.

»Meinst du den Trapper Joe, der gar nicht Trapper Joe ist?«, fragte Thekla trocken.

Bevor Wally antworten konnte, hatte ihr Trapper-Joe-der-gar-nicht-Trapper-Joe-war den Arm um die Schultern gelegt.

»Howdy. Gehn wir noch einen trinken, wir zwei Hübschen?«

Im Lauf ihrer Ehe mit Sepp Maibier hatte Wally einige Übung darin erlangt, Betrunkene dahin zu bringen, wo sie sie haben wollte. »Morgen gehen wir wieder einen trinken. Jetzt gehen wir zu deiner Hütte, und du legst dich da ins weiche Bett.«

Trapper-Joe-der-gar-nicht-Trapper-Joe-war wiederholte es lallend wie einen Refrain: »Leg ich mich ins weiche Bett, leg ich mich ins weiche ...« Dabei ließ er sich lammfromm von Wally wegführen.

»Wir werden ihn nach Hause bringen müssen«, sagte Hilde. »Sonst fällt er womöglich noch in den Goldwasch-Teich und ersäuft.«

Wally nickte mit einem leisen Seufzer. »Ich weiß, wo er wohnt.«

Während sie durch die kühle Nacht schritten, schien sich der Alkoholnebel im Kopf des Betrunkenen zu lichten. Er schwankte kaum noch beim Gehen, sodass Wally es wagen konnte, seinen Arm abzuschütteln.

Hilde hatte zu ihnen aufgeschlossen, und Wally registrierte, wie sie ihn prüfend musterte.

Nach einer Weile räusperte sich Hilde. »Mit wem haben wir denn das Vergnügen?«

Er lallte kaum noch. »Ich bin der Trapper. Das weiß doch jeder hier in Pullman.«

»Und wir wissen, dass Sie eben nicht Trapper Joe sind.« Hildes Stimme klang wie eine Tracht Prügel »Also, wer sind Sie?«

Die Antwort kam in verlegenem Tonfall. »Sein Neffe.« Nach einer kleinen Pause fügte er jedoch selbstsicher hinzu: »Jetzt, wo er nicht da ist, vertrete ich ihn. Dann bin ich Trapper Joe. Das haben wir so ausgemacht.«

»Herrgott noch mal«, stieß Hilde aus. »Warum musste ich bloß in einem solchen Irrenhaus landen?«

Obwohl Hildes Flüche sie immer zutiefst schmerzten, konnte Wally ihr diesmal keinen Vorwurf machen. Es war ja auch wirklich zum Aus-der-Haut-Fahren. Taten sie sich nicht schon schwer genug damit, ein und derselben Person zwei Identitäten zuordnen zu müssen? Und nun stellte sich heraus, dass sie sich auch auf den umgekehrten Fall einstellen mussten. Denn in Sachen Trapper Joe teilten sich zwei Personen *eine* Identität.

Diese Überlegungen brachten Wally so durcheinander, dass sie ins Stolpern kam. Hastig wischte sie die störenden Gedanken beiseite und konzentrierte sich auf den Weg.

Seit einiger Zeit bereits befanden sie sich auf einem Pfad, der am Blockhütten-Camp entlanglief, das sie soeben hinter sich ließen.

Das lang gestreckte Badhaus war erleuchtet gewesen, und auch zwischen den Hütten hatte die eine oder andere Lampe gebrannt. Jetzt – sie waren nicht mehr weit vom Eingang zum Authentikbereich entfernt – wurde es mit jedem Schritt dunkler.

Hilde knipste ihre Taschenlampe an und setzte sich an die Spitze des kleinen Zuges. Auch Trapper Joes Neffe förderte umständlich eine Lampe zutage. Thekla nahm sie ihm ab, bildete die Nachhut und richtete den Lichtkegel auf den Boden, sodass Wally einigermaßen gut erkennen konnte, wohin sie ihre Füße setzen musste.

»Seit wann ist Ihr Onkel denn weg?«, rief Hilde über die Schulter. »Und wann kommt er wieder?«

»Eins – zwei – drei Wochen«, brabbelte der Neffe. »Heute ist Halbzeit, wie beim Fußball. Oder ist Halbzeit schon vorbei?«

»Und während Ihr Onkel weg ist, bauen *Sie* ihm eine Werkstatt.« Wally merkte nicht, dass sie den Gedanken laut ausgesprochen hatte.

Überrascht hörte sie Trapper Joes Neffen antworten: »Das ist der Deal. Er kriegt eine Werkstatt, und ich bin Trapper Joe, bis sie fertig ist.« Nach einer kleinen Pause setzte er hinzu: »Eine

Spitzen-Werkstatt kriegt der Onkel. Ich verstehe nämlich mein Handwerk. Bin gelernter Zimmerer, jawohl.«

Sie passierten das Tor zum Authentikbereich.

»Wohin jetzt?«, fragte Hilde.

Wally erschrak. Sie würde zugeben müssen, dass sie keine Ahnung hatte. Wohin hatte Trapper Joe sich gewandt, als er sie heute Nachmittag hergebracht hatte? Links oder rechts? Im Dunkeln gab es keinen Anhaltspunkt, keine markante Stelle, an der sie sich hätte orientieren können.

»Links«, kam eine unartikulierte Anweisung. »Links, sweet Lady. Dann rrrrechts.«

Wenige Minuten späten erreichten sie den Zaun, der Joes Parzelle umgab. Wally erkannte das Querbrett mit der Aufschrift »Trapper Joe«.

Der Neffe hängte sich an die Zaunlatten, als wäre er ein Kleidungsstück.

»Kommt doch noch mit rein. Wir trinken noch einen. Onkel Anton hat eine Flasche Jack Daniel's in seiner Kommode.«

Wally öffnete ein schmales Gatter und schob ihn hindurch.

»Morgen. Das haben wir doch vorhin so ausgemacht. Jetzt gehst du in die Hütte und legst dich ins Bett.«

Während der Neffe auf das Häuschen zuging, begann er wieder zu torkeln. »Bett ... Weiches Bett ...«

Thekla, Hilde und Wally sahen ihm nach, bis er in der Hütte verschwunden war, dann machten sie sich auf den Rückweg.

Der Authentikbereich lag bereits ein Stück zurück; bald würde der Lichtschein aus dem Camp den Weg wieder leidlich erhellen.

Sie passierten eine Baumgruppe, als Hilde abrupt stehen blieb und den Finger an die Lippen legte.

Thekla wirkte sofort wie eingefroren. Auch Wally erstarrte, wagte nicht mehr zu atmen.

»Rauskommen!«, bellte Hilde unvermittelt.

Nichts rührte sich.

Hilde müssen die Nerven durchgegangen sein, sagte sich Wally. Da ist ja überhaupt niemand.

Hilde jedoch schien vom Gegenteil überzeugt.

Sie hob einen faustgroßen Stein auf, wog ihn in der Hand und fuchtelte mit der Taschenlampe herum, die sie in der anderen Hand hielt. »Wenn du nicht sofort herauskommst, ziele ich auf das Ding, in dem sich das Licht meiner Lampe spiegelt. Und ich treffe. Das kannst du mir glauben.«

Was dann geschah, hörte sich wie das Hufgetrappel eines Ponys an und endete damit, dass ein halbwüchsiger Junge vor Wallys Füßen landete. Er trug einen Schlafanzug.

»Egon«, rief Thekla. »Was machst du denn hier um vier in der Früh? Warum bist du nicht da, wo du hingehörst?«

Egon antwortete nicht sofort, was Thekla Gelegenheit gab, an Hilde gerichtet zu sagen: »Das ist der Junge, von dem ich dir erzählt habe. Egon, der mir geholfen hat, Wally aus der Grube zu retten.«

Wally dachte an Egons schlammverschmiertes Gesicht, das über ihr aufgetaucht war.

Thekla hatte sich wieder zu ihm umgedreht und sagte scharf: »Also, was machst du hier?«

»Ein Käuzchen hat mich aufgeweckt. Ich wollte bloß schauen, wo es steckt.«

»Und wo steckt es?«, fragte Thekla, jetzt halb belustigt, halb ungehalten.

»Es ist weggeflogen, weil ihr so einen Lärm gemacht habt, als ihr vorhin vorbeigegangen seid.«

Thekla beugte sich vor und sah ihm in die Augen. »Wäre das nicht der passende Zeitpunkt gewesen, wieder heimzugehen?«

Egon wandte den Blick ab.

»Du hast uns nachspioniert«, sagte Thekla entrüstet, aber Wally hörte ein verstecktes Lachen heraus.

Egon wand sich. »Na ja, ich habe mich halt gefragt –«

»Schluss damit«, unterbrach ihn Hilde. »Du gehst jetzt dalli in deine – ihr wohnt in einer Hütte im Camp?«

»›Jesse James‹«, erklärte Egon stolz.

Hilde ließ den Einwurf unbeachtet. »… deine Hütte zurück, und das war's dann.« Entschlossen setzte sie sich in Bewegung.

»Wollt ihr gar nicht wissen, was Frank Kidney um vier Uhr früh hinter seiner Bude macht?«, rief ihr Egon nach.

Hilde fuhr herum. »Versuch nicht, uns zu verkohlen. Abmarsch jetzt.«

Egon ließ den Kopf hängen. Er wirkte gekränkt. Als er wieder aufschaute, waren seine Augen trüb.

Wally trat zu ihm und legte ihm die Hand auf den Rücken. »Hilde meint es nicht so. Du hast uns doch heute Nachmittag eindrucksvoll bewiesen, wie verlässlich du bist. Also, was gibt's von Frank Kidney zu berichten? Wir drei haben ja nichts mitgekriegt, weil wir mit dem betrunkenen Trapper beschäftigt gewesen sind.«

Wallys Worte schienen Egon zu versöhnen. »Frank Kidney buddelt wie verrückt herum.«

Hilde maß den Jungen mit einem kritischen Blick. Dann traf sie eine Entscheidung. »Okay, sehen wir es uns an.«

»Ich werde euch führen«, sagte Egon zuvorkommend. »Weil nur ich den Schleichweg kenne, der am besten ist.«

Hilde nickte ihm zu. »Von mir aus.«

Doch bevor Egon sich in Gang setzte, gab er ihnen noch eine Belehrung. »Ihr müsst aber echt leise sein. Wenn ihr so einen Krach macht wie vorhin, dann fliegen wir auf. Frank Kidney ist ja nicht taub.«

Daraufhin gab er das Zeichen zum Aufbruch.

Wally wollte gar nicht wissen, was Kidney morgens um vier hinter seiner Hütte trieb, aber ihr blieb ja nichts anderes übrig, als sich den anderen anzuschließen.

Bevor sie – heimlich diesmal – erneut in den Authentikbereich eindrangen, drehte Egon sich um und legte bedeutsam den Finger an die Lippen. Dann knipste er eine winzige Lampe an, die in der Tasche seiner Schlafanzugjacke gesteckt hatte.

Wally musste zugeben, dass Egon der geborene Waldläufer war.

Er verursachte so gut wie kein Geräusch, verschmolz mit den Schatten des Buschwerks und der Zäune. Der Lichtkegel seiner

Lampe glitt gleichmäßig wie ein schwacher Mondstrahl über den Boden.

Immer dann, wenn es hinter ihm raschelte, knackte oder Hildes Taschenlampe aufflammte, warf er einen anklagenden Blick zurück.

Der Weg kam Wally endlos weit vor. Sie war müde und wünschte sich weit fort von diesem strapaziösen Unterfangen. Jeden Schritt genau kontrollieren zu müssen erschöpfte sie zusehends.

Sie befanden sich längst nicht mehr auf dem Weg, den sie gerade gekommen waren und der sie wieder zu Trapper Joes Hütte geführt hätte, die ja derjenigen der Kidneys fast gegenüberstand. Offenbar hatte Egon einen Bogen geschlagen, um an die Rückseite der Kidney-Hütte zu gelangen. Da Frank Kidney anscheinend dort hinten herumwerkelte, war es verständlich, dass sie zuvor nichts davon bemerkt hatten.

Irgendwann machte Egon halt, winkte sie hinter eine Staude und deutete nach halb links.

Frank Kidney arbeitete im Schein eines Grablichts. Die flackernde Kerze in der roten Ummantelung ließ ihn nur als Schattenriss sichtbar werden. Er hatte eine Schaufel in der Hand und schien damit den Boden zu glätten.

Wally fragte sich, wozu sie hierhergekommen waren. Was immer Kidney da auf seiner Parzelle machte, war erstens nicht erkennbar und zweitens ja eigentlich seine Sache.

Sie erschrak, als Kidney plötzlich innehielt und horchte. Doch dann vernahm auch sie die unterdrückte Stimme.

»Passt schon, Frank. Lass gut sein jetzt. Die Dämmerung setzt gleich ein, und die Macduffs stehen immer mit den Hühnern auf. Nicht dass sie dich noch …«

Den Rest bekam Wally nicht mehr mit. Etwas streng Riechendes traf sie mit Wucht an der Hüfte. Sie wurde zur Seite geschleudert und landete mit dem Gesicht nach unten in einem Blätterhaufen.

11

Donnerstag, der 11. August, morgens um halb zehn im Palace Hotel

»Es waren Ziegen, Wally«, sagte Thekla. »Nicht weit vor dem Eingang zum Authentikbereich gibt es so eine Art Streichelzoo. Ziegen, Hasen, Schafe, was weiß ich. Entweder hat jemand das Gatter aufgemacht, oder es ist von selbst aufgegangen. Jedenfalls sind die Ziegen ausgebüxt und dann verschreckt zwischen den Hütten im Authentikbereich herumgerannt. Außer Egon, der natürlich fixer war als wir, haben alle was abgekriegt. Hilde ist recht unsanft auf dem Hintern gelandet. Und ich − na, du hast ja selbst mitgekriegt, wie ich ausgesehen habe.«

Thekla stieg in ihren Rock. Sie hatten sich schon wieder neu einkleiden müssen. Zumindest teilweise.

Nach der Ziegen-Stampede, die Hilde, Thekla und Wally ummähte, hatte Egon für einen strategischen Rückzug gesorgt. Am Badhaus hatten sie sich dann von ihm getrennt, waren eilig in ihr Hotel zurückgekehrt, hatten geduscht, sich in ihre Betten verkrochen und versucht, Bestandsaufnahme zu machen. Dabei war nicht viel herausgekommen, weil sie einfach zu müde gewesen waren. Schließlich hatten sie sich zurückgelegt und die Augen geschlossen.

Gegen halb neun hatten sie die Augen wieder aufgemacht, hatten ihre Kleidung begutachtet und das Ausmaß des Schadens ermittelt.

Wallys hübsche cremefarbene Spitzenbluse wies so viele Löcher auf, dass sie beim besten Willen nicht mehr zu retten war. Theklas karierte Hemdbluse strotzte vor eingebrannten Grasflecken. Hildes bestickte Seidenbluse zeigte am Rücken vom Kragen bis zum Saum einen klaffenden Riss. Die Röcke waren − abgesehen von Schmutzflecken, die man mit Wasser und Seife bearbeiten konnte − noch vorzeigbar.

Entsprechend dieser Erkenntnis hatten sie sich ans Rubbeln und Schrubben gemacht, womit sie etwa eine halbe Stunde beschäftigt gewesen waren. Dann hatten sie die zumindest trockene Kleidung vom Vortag noch mal angezogen, den »Western Store« aufgesucht und sich mit neuen Oberteilen ausgestattet. Vor wenigen Minuten waren sie in ihr Zimmer zurückgekehrt, wo sie sich gerade umkleideten.

Bevor Thekla den Reißverschluss ihres Rockes schließen konnte, kam von irgendwoher der Klingelton eines Handys.

»Oh, das ist meins«, sagte sie, als sie »Don't be cruel« erkannte. Sie ließ den Rock fallen und eilte zu ihrem Nachttisch, wo ihr Handy an dem Ladekabel hing, das sie sich im Hotel geborgt hatte.

Heinrich.

Da Hilde in Hörweite war, gab Thekla sich förmlich wie ein Steuerprüfer und hielt das Gespräch so kurz wie möglich. Es dauerte höchstens eine halbe Minute.

Nachdem sie es beendet hatte, stieg sie erneut in ihren Rock, zog ihn bis zur Taille hinauf und schloss den Reißverschluss. Dann erst wandte sie sich Hilde und Wally zu. »Wir kriegen Besuch. Die Eltern von Rote Feder – falsch, die Eltern von Manuel Kramer – sind angereist und haben mit Ali Kontakt aufgenommen. Er kommt mit ihnen her. Und er bringt auch Manuels Freunde Daniel und Helmut mit. Sie wollen uns in einer halben Stunde im ›Black Bison Saloon‹ treffen.«

»Dann frühstücken wir dort«, entschied Hilde diktatorisch.

»Er wollte vergangenes Wochenende zu uns nach Freiburg fahren«, bestätigte Manuels Mutter, was Ali tags zuvor bereits erwähnt hatte, und ergänzte: »Am Samstag habe ich mittags mit ihm telefoniert. Manuel hat mir gesagt, dass er vorhat, in seinem Erdhaus zu übernachten, aber am Sonntag ziemlich früh losfahren will.« Sie wischte sich die Augen. »Als er Sonntagnachmittag um drei noch nicht bei uns eingetroffen war, haben wir versucht, ihn auf dem Handy zu erreichen. Das war aber abgeschaltet. Natürlich haben wir es x-mal probiert. Vergeblich. Am Abend haben wir uns dann mit Ina in Verbindung gesetzt. Sie hat nach Manuels Auto gesehen und festgestellt, dass es noch draußen auf dem Parkplatz stand.«

Manuels Mutter bemühte sich sichtlich, ein Schluchzen zu unterdrücken. »Da ist uns klar geworden, dass am Samstag etwas passiert sein muss, was ihn daran gehindert hat, sich auf den Weg zu machen. Das hätte uns vielleicht noch keine großen Sorgen bereitet, aber dass er sich nicht gemeldet hat und dass sein Handy ausgeschaltet war ...« Ihre Stimme versandete. »In unserer Not«, fuhr sie nach einer Pause fort, »haben wir dann die Polizei um Hilfe gebeten.«

»Die aber nichts unternommen hat«, sagte Hilde.

»Doch, doch«, erwiderte Manuels Mutter. »Ina hat uns erzählt, dass am Montag früh zwei Beamte hier gewesen sind und alle ausgefragt haben. Die Unfallmeldungen vom Wochenende sind anscheinend auch überprüft worden. Aber Manuel ist ja gar nicht mit dem Wagen ...« Sie verstummte wieder.

Ihr Mann strich sanft über ihren Arm und nahm ihre Hand. »Die Beamten halten es für das Wahrscheinlichste, dass Manuel spontan mit einem Freund weggefahren ist, der ihn abgeholt hat. Genau genommen war das die einzige Möglichkeit für ihn, von hier wegzukommen. Öffentliche Verkehrsmittel kann man auf dem Land vergessen. Nur per Anhalter wäre noch eine Möglichkeit.«

Manuels Mutter entriss ihm ihre Hand. »Was redest du denn da? Manuel hätte uns doch Bescheid gesagt. Und Ina hätte er auch informiert.« Sie warf einen verwirrten Blick auf ihre Armbanduhr. »Wollte sie nicht herkommen?«

Thekla hätte nicht gewagt, das Wort »Entführung« ins Spiel zu bringen. Aber Hilde kannte keine Scheu.

Manuels Vater übernahm es, ihr zu antworten. »Die Polizeibeamten haben eine Entführung natürlich nicht ausgeschlossen. Aber wenn wir es damit zu tun hätten, sagen sie, müsste längst eine Lösegeldforderung eingegangen sein.«

Daraufhin war es eine Weile still, bis Manuels Vater hinzufügte: »Um Lösegeld zu erpressen, wäre Manuel wohl kaum das geeignete Opfer. Wir sind nicht gerade arm, aber große Reichtümer besitzen wir nicht.«

Selbst Hilde schreckte offenbar davor zurück, anzudeuten, Manuel könne – aus welchem Grund auch immer – getötet und irgendwo verscharrt worden sein. Was für einen Sinn hätte es auch, die Kramers mit derartigen Schreckensszenarien zu belasten. Sie hatten es ohnehin schwer genug.

Thekla hätte ihnen gern Mut zugesprochen, aber alles, was ihr zu sagen einfiel, erschien ihr banal, geistlos, unpassend.

Während sie noch nach Worten suchte, trat Ina an den Tisch. Die Kramers sprangen auf, umarmten sie und begannen, auf sie einzureden.

Thekla spürte, dass die drei gern unter sich sein wollten, rückte ein wenig von ihnen ab und wandte sich Helmut und Daniel zu.

Hilde hatte mit den beiden Feuerwehrmännern bereits ein Gespräch angeknüpft.

Sie hatten Manuel am Freitagabend bei einer Zusammenkunft auf der Feuerwache zum letzten Mal gesehen. Er hatte erwähnt, dass er den Samstag in Pullman City verbringen würde und den Sonntag bei seinen Eltern in Freiburg.

»Manuel ist nicht der Typ, der seine Pläne einfach über den Haufen wirft und spontan was anderes macht«, sagte Helmut mit Nachdruck.

»Manuel würde nie ohne ein Wort einfach verschwinden«, bestätigte Daniel.

»Nein«, erwiderte Helmut auf Theklas Frage. »Manuel hatte keine solchen Freunde, die ihn in etwas Undurchsichtiges hineinziehen würden.«

»Manuel war sowieso nicht der Typ, der mit irgendwelchen Kumpels in Kneipen oder sonst wo abhing«, ergänzte Daniel. »Er hatte ja sein abgefahrenes Hobby.« Mit einer knappen Kopfbewegung deutete er auf einen Jungen im Indianerkostüm, der mit seinen ganz alltäglich gekleideten Eltern am Nebentisch saß.

Als Thekla Manuels Beziehung ansprach, erklärten beide, sie hätten nicht den Eindruck gehabt, dass es zwischen Ina und

Manuel Ärger gegeben hätte. Im Gegenteil. Manuel hatte sich sehr auf die gemeinsame Wohnung in Eging gefreut.

Warum sind da immer diese Widersprüche?, fragte sich Thekla und beschloss, Ina unverzüglich auf den angeblichen Streit anzusprechen. Vielleicht gab es ja eine ganz einfache Erklärung dafür. Wahrscheinlicher allerdings war, dass Ina bei ihrer ursprünglichen Aussage blieb, sie habe Rote Feder an diesem Samstag erst kurz vor der Show getroffen. Wie aber sollte man ihr eine diesbezügliche Lüge nachweisen? Durch eine Konfrontation mit Betty Kidney?

Die Kramers sprachen noch immer mit Ina, sodass Thekla zurückstehen musste. Sie wirkten sehr vertraut mit ihr, was Thekla veranlasste zu sagen: »Manuels Eltern scheinen sich mit der künftigen Schwiegertochter gut zu verstehen. Da möchte man doch meinen, sie hätte mit auf Besuch zu ihnen kommen wollen.«

Daniel lachte laut auf. »An einem Sonntag in der Ferienzeit? Da ist in Pullman City der Bär los.«

»An Augustwochenenden kriegt Ina nie frei«, erklärte Helmut. »Das ist das Blöde an ihrem Job hier.«

Helmuts Bemerkung brachte Thekla darauf zu fragen: »Hat Manuel sich wegen Ina in Rote Feder verwandelt, oder wie kam es dazu?«

»Das ist aber eine längere Geschichte«, antwortete Helmut zögernd.

Selbstverständlich wollte Thekla sie hören.

»Wir sind alle bei der Feuerwehr«, begann Daniel. »Kennen uns schon aus der Jugendriege, Helmut, ich, Manuel, Simon, Ina und Maria. Manuel und Maria sind früher zusammen gewesen. Wir anderen waren solo. Irgendwann ist Ina aus der Truppe ausgeschieden, weil sie mit ihren Eltern nach Eging gezogen ist.«

Er wandte sich an Daniel. »Wie lange ist das jetzt her?«

Daniel zuckte die Schultern. »So fünf oder sechs Jahre, schätze ich.«

Als Helmut und Daniel erfahren hatten, dass Ina in Pullman City als Annie Oakley auftrat, waren sie ab und zu in die Westernstadt gekommen.

»Hat einfach Spaß gemacht«, sagte Helmut.

Ein Jahr später etwa ging die Beziehung zwischen Manuel und Maria in die Brüche.

»Sie hatte was mit Simon am Laufen«, erzählte Daniel. »Manuel war völlig fertig, als er es herausfand.«

Sie versuchten, ihn aufzumuntern, nahmen ihn dorthin und dahin mit. Und irgendwann waren sie auf die Idee verfallen, ihn nach Pullman City zu bringen. Manuel hatte sich sofort zu Hause gefühlt. Da waren Cowboys und Indianer, wie in den Westernfilmen, für die er eine Schwäche hatte, und da war Ina. Die beiden kamen sich näher.

»Maria hätte sich vor Wut in den Hintern beißen können«, erzählte Helmut weiter. »Die Sache mit Simon hat nämlich nicht lange gehalten. Ein, zwei Monate vielleicht. Dann kam sie wieder bei Manuel angedackelt. Aber da war er schon vergeben.«

»Sie hat Gift und Galle gespuckt«, sagte Daniel.

Thekla erkundigte sich nach Marias vollem Namen. Hatten Helmut und Daniel nicht soeben ein klassisches Motiv geliefert?

Ich geb es ja zu, räumte sie ein, als ein kritischer Gedanke aufkeimte und die Sache als absurd erklärte. Was hätte diese Maria davon, ihn zu entführen? Dennoch wollte sie das Ganze nicht einfach als unsinnig abtun.

Sie registrierte, dass Manuels Vater sich unvermittelt an Hilde wandte, und hörte ihn sagen: »Wir sind vor allem deshalb hergekommen, weil wir es zu Hause nicht mehr ausgehalten haben. Wir wollen einfach etwas tun und haben uns gedacht, dass wir mit den Hobbyisten reden könnten. Vielleicht hat einer von ihnen ... Vielleicht erfahren wir ...« Er wusste nicht weiter.

Thekla konnte Hilde ansehen, wie wenig sie von dem Vorhaben der Kramers hielt (solche Einmischungen hatte Hilde noch nie leiden können), und befürchtete, sie würde alles andere als ein Geheimnis daraus machen.

Um zu verhindern, dass sie Manuels Eltern vor den Kopf stieß, sagte Thekla schnell: »Es kann auf keinen Fall schaden, mit den Leuten zu reden. Vielleicht ergibt sich daraus etwas.«

Sie merkte selbst, wie lahm und kraftlos das klang. Aber

genauso fühlte sie sich in diesem Augenblick. Trat nicht immer deutlicher zutage, dass sie mit ihren Ermittlungen in einer Sackgasse steckten? Auf ein heimliches Verschwinden deutete absolut nichts hin. Für eine Entführung gab es kaum stichhaltige Motive. Gegen die Annahme, Manuel könnte im Affekt umgebracht und seine Leiche fortgeschafft worden sein, sprach, dass am Samstag bei der Schlussparade der Show offenbar jemand anders seinen Platz eingenommen hatte. Das aber sah ganz nach einem gezielten Täuschungsmanöver aus. Oder konnte der Täter so kaltblütig gewesen sein, Rote Feders Leiche zwischenzulagern und an seiner Stelle in die Schlussparade zu reiten? Schwerlich.

»... die Kidneys«, hörte sie Manuels Vater sagen. Anscheinend wollten die Kramers mit ihnen reden.

Thekla dachte daran, wie sie Frank Kidney in der Nacht beim Ebnen des Bodens beobachtet hatten. Als wäre dort zuvor ein Loch gewesen, das er gerade zugeschaufelt hatte. Befand sich Rote Feders Leiche in diesem Loch? Aber warum hätte Kidney den Leichnam erst heute Nacht vergraben sollen? Und wo hatte er ihn bis dahin versteckt gehabt?

Thekla horchte auf, als der Name »Rodeo Jim« fiel. Irgendjemand war mit der Nachricht in den Saloon geplatzt, dass Jim mit dem Leben davonkommen würde.

»Das war die gute Nachricht.« Hilde stand plötzlich neben ihr. »Hast du die schlechte auch mitgekriegt?«

Thekla verneinte.

»Der Kerl liegt im Koma, und keiner weiß, wann er wieder ansprechbar sein wird.«

»Wir sollten Nägel mit Köpfen machen, wenn wir nicht noch eine Nacht hierbleiben wollen.«

Sie standen zu dritt auf der Veranda des »Black Bison Saloon«. Die kleine Gesellschaft hatte sich soeben aufgelöst. Ali, Helmut und Daniel waren bereits auf dem Weg zum Wagen. Die Kramers hatten Ina untergehakt und wollten sie zum Big Tipi begleiten, wo ihre Schicht begann.

Wally stieß einen Schreckenslaut aus.

Thekla fragte sich kurz, was Wally wohl mehr Angst machte: die Aussicht auf weitere Missgeschicke oder auf das, was sie von ihrem Mann zu hören bekommen würde, wenn sie eine weitere Nacht fortbliebe. Kommt sowieso nicht in Frage, dachte Thekla.

Selbst wenn sie sich noch eine ganze Woche lang als Gäste im Palace Hotel einquartierten, würden sich ihre Chancen, den Fall aufzuklären, nicht bessern. Denn mit jedem Tag, der verging, lösten sich Spuren auf, verwehten Erinnerungen, wuchs Gras über Eindrücke.

Thekla wollte ihren Widerspruch gerade zum Ausdruck bringen, als sie Hildes listiges Schmunzeln bemerkte. Sie hielt inne und wartete ab.

»So, wie wir sie angepackt haben, funktioniert die Sache nicht«, sagte Hilde schließlich.

Wally tat ihr den Gefallen zu fragen: »Wie dann?«

»Wir zäumen das Pferd von hinten auf«, antwortete Hilde.

»Soll heißen?« Thekla hatte nicht die geringste Lust auf solche Frag-mich-doch-Spielchen.

Hilde lehnte sich an einen der Balken, die das Dach der Veranda stützten. »Wir haben von Rote Feder keine Spur und von Manuel Kramer ebenso wenig. Alle Fährten sind verwischt und sowieso schon zu alt. Aber bei dem angeblichen Unfall von Rodeo Jim, da ist die Fährte noch frisch. Da können wir ansetzen.«

»Was nur dann sinnvoll wäre, wenn die beiden Fälle tatsächlich zusammenhängen«, gab Thekla zu bedenken.

»Davon gehen wir einfach mal aus«, entschied Hilde. »Haben wir nicht schon oft mit Hypothesen gearbeitet?«

Das konnte Thekla schlecht bestreiten, weshalb Hilde sich offenbar berechtigt fühlte, zügig weiterzumachen. »Wir unterstellen ganz ungeniert, dass auf Rodeo Jim ein Mordanschlag verübt wurde, weil er etwas über Rote Feders Verschwinden wusste. Möglicherweise hat Jim den Täter erpresst. Denkbar ist aber auch, dass ihm gar nicht bewusst gewesen ist, dass er etwas wusste, und der Täter ihn aus dem Weg räumen wollte, bevor er darauf kommen konnte.«

Diese Theorie hatten sie zumindest im Ansatz gestern in der »Cantina Mexicana« schon auf dem Tisch gehabt. Sie führte jedoch keinen Schritt weiter, sondern wieder nur zu der Frage, wen Rodeo Jim hätte erpressen oder was er überhaupt hätte wissen können – und damit an den Anfang zurück.

Thekla zog es vor, Hilde erst einmal fortfahren zu lassen. Sie würde wohl selbst merken, dass sie sich im Kreis drehte.

Unerwartet mischte sich Wally ein. »Dass Rodeo Jim das Bärenfell genommen hat, sagt uns schon mal ganz deutlich, dass er von der Voraussetzung ausging: Rote Feder kommt nicht wieder.«

Hilde nickte ihr wohlwollend zu. »Richtig. Bleibt die Frage, was er wusste und wen er mit seinem Wissen hätte erpressen können.«

Na also. Willkommen zurück.

Warum nicht noch ein wenig Staub aufwirbeln?, dachte Thekla und sagte boshaft: »Wem ist denn schwer aufgestoßen, dass Rodeo Jim das Bärenfell genommen hat? Täusch ich mich oder war das Marshal Otis? Hatte er Rodeo Jim wegen der Sache nicht sofort am Wickel?«

Wie erwartet, reagierte Hilde verstimmt, schwieg jedoch.

Thekla fragte sich, ob sie an diesem Marshal Otis tatsächlich einen Narren gefressen hatte. Oder wirkte der Kerl wirklich so rechtschaffen und integer, dass man dazu neigte, ihm blind zu vertrauen?

Blindes Vertrauen, dachte sie erbittert, kann man absolut niemandem entgegenbringen. Am allerwenigsten diesen Hobbyisten mit ihrem Doppelleben. Außerdem zeigten ein paar recht solide Indizien klipp und klar auf Marshal Otis.

Thekla ließ sie sich einmal mehr durch den Kopf gehen.

Da war zum einen sein fragwürdiges Verhalten im Pferdestall. Er hatte die Box aufgemacht und Hilde mit dem überempfindlichen Pferd allein gelassen. Kurz darauf hatte es geknallt, sodass das Pferd aus dem Häuschen geriet. Otis aber war so lange nicht wiederaufgetaucht, bis Hilde sich selbst aus der Gefahr gerettet hatte. Zum andern hatte er versucht, Rodeo Jim in Verdacht zu bringen. Dazu hatte er ihn zuerst wegen des Bärenfells vor-geführt, dann hatte er ihn mit Andeutungen über Silberquells bevorstehende Hochzeit provoziert, bis Rodeo Jim überkochte.

»Otis hat Dreck am Stecken«, murmelte sie, bekam jedoch von Hilde ein entschiedenes Nein darauf zu hören.

»Du warst nicht dabei, Thekla. Du hast nicht erlebt, wie der Marshal sich verhalten hat. Glaub mir, ich hätte was gemerkt, wenn es ihm darum gegangen wäre, Rodeo Jim anzuschwärzen.« Zur Bekräftigung pochte Hilde mit der Spitze ihres Zeigefingers auf das Geländer. »Vor allem aber lässt Jims Verhaltensweise darauf schließen, dass er nichts gegen Marshal Otis in der Hand hatte. Er hätte sich sonst wohl viel dreister betragen, unverfrorener. Aber er war einfach nur ungehobelt.«

Thekla gab auf. Was konnte sie Hilde schon entgegenhalten? Nichts. Denn in einem Punkt hatte Hilde vollkommen recht: Sie, Thekla, war nicht dabei gewesen. »Bleiben die Kidneys«, sagte sie friedfertig.

»Rote Feder hat ihnen quasi die Pistole auf die Brust gesetzt«, sagte Wally. »Wegen dem Plumpsklo.«

»Auf das sie nicht verzichten wollten«, fügte Hilde hinzu.

Thekla rieb sich versonnen die Stirn. War es nicht schlicht abwegig, anzunehmen, dass die Kidneys ihren Parzellennach-barn wegen eines Klohäuschens um die Ecke gebracht haben sollten? Und was hätte ihnen das genützt? Rote Feder hatte ja anscheinend längst zu einer Abstimmung über die Angelegenheit aufgerufen.

Was aber hatte Frank Kidney letzte Nacht zugeschaufelt? Seine Jauchegrube? Oder doch Rote Feders Grab?

Zumindest auf die Frage nach Kidneys nächtlicher Aktivität würde sich eine Antwort finden lassen. Notfalls mit Spaten und Muskelkraft.

»Schwer zu glauben«, sagte Hilde gerade, »dass ein Haufen Scheiße das Motiv für zwei Morde sein soll.«

Amüsiert stellte Thekla fest, wie sich ihre und Hildes Gedan-kengänge trafen, auseinanderdrifteten, sich erneut trafen.

Sie horchte auf, als sie Wally sagen hörte: »Wenn die Kidneys

Rote Feder umgebracht und heute Nacht verscharrt haben, wo ist der Tote dann die ganze Zeit gewesen?«

Das war jener Punkt, der eindeutig an die Kidneys ging, denn es schien unsinnig, anzunehmen, dass sie Rote Feder umgebracht und vier, nein fünf Tage gewartet hatten, bevor sie die Leiche vergruben. Es sei denn ...

»Sie könnten ihn umgebettet haben«, sagte Hilde.

Ja, dachte Thekla. Aber warum so ein Risiko eingehen?

»Weil er beinahe entdeckt worden wäre«, fügte Hilde hinzu und warf einen bezeichnenden Blick auf Wally.

»Die Grube?« Theklas Miene drückte ihre Zweifel aus. »Du meinst, die Leiche könnte eine Zeit lang da drin gelegen haben?« Dagegen gab es so viele Argumente aufzuführen, dass sie gar nicht wusste, mit welchem sie beginnen sollte.

Hilde ließ sie ohnehin nicht zu Wort kommen. »Wir sollten uns das Ding lieber noch mal ansehen.«

Thekla hätte gern gefragt, warum, doch Hilde sprach bereits weiter: »Aber zuvor reden wir noch mal mit Marshal Otis, mit den Kidneys, mit Silberquell, mit —«

Wallys Aufstöhnen unterbrach sie. »Hilde, ich kann nicht mehr lange hierbleiben. Sepp ...«

Hilde sah sie mit schmalen Augen an. »Du bist bis auf Weiteres nicht abkömmlich. Sag ihm das. Sobald unsere Aufgabe hier erledigt ist, kannst du nach Hause. Vorher nicht.«

Wallys Augen füllten sich mit Tränen. Ihre Unterlippe begann zu zittern, ihre Mundwinkel zogen sich tief hinunter. Sie sah aus wie eine todunglückliche Kröte.

Thekla nahm sie in die Arme.

Hilde fuhr erbarmungslos fort: »Du bist so ein Schlappschwanz, Wally. Nächstes Jahr wirst du siebzig und tanzt immer noch nach der Pfeife von dem vernagelten Maibier. Wenn du dich nicht auf die Hinterfüße stellst, wird er dich im Grab noch rumschubsen.«

Wally ließ den Kopf hängen und sagte kein Wort.

Da trat Thekla für sie ein. »Ist Wallys Eheleben nicht ihre Sache?«

Hilde gab ein unfreundliches Grunzen von sich. »Solange es uns nirgends reinpfuscht, von mir aus. In diesem Fall aber …« Sie sparte sich den Rest und angelte das Handy aus ihrer Handtasche. »Wenn du es nicht tust, ruf ich ihn an und sage ihm, was Sache ist.«

Wally stieß einen Angstschrei aus.

Thekla packte Hildes Handgelenk, um sie an ihrem Vorhaben zu hindern. »Lass mich Heinrich noch mal damit beauftragen, das zu regeln. Sepp vertraut ihm und hält große Stücke auf ihn. Du willst doch nicht wirklich, dass Wally zu Hause Ärger bekommt.« Sie fing Wallys dankbaren Blick auf und lächelte. »Ich muss Heinrich sowieso über alles ins Bild setzen.«

Rasch griff sie nach ihrem eigenen Mobiltelefon.

Hilde stieß sich vom Balken ab und zog Wally mit sich. »Sollen wir solange hier herumlungern und zuhören, wie du mit Heinrich Süßholz raspelst?«

Thekla seufzte. Hilde war manchmal zum An-die-Wand-Schmeißen.

12

Gleich darauf am Goldwash Camp

Hilde hatte die Veranda des »Black Bison Saloon« fast überstürzt verlassen, und nun wusste sie nicht recht, wohin sie sich als Erstes wenden sollte.

Ein Zufall kam ihr zu Hilfe.

Trifft sich gut, dachte sie, als sie Marshal Otis die Mainstreet hinunterstapfen sah.

Sie hatte ja sowieso ein Wörtchen mit ihm reden wollen. Eilig folgte sie ihm, hatte ihn schon fast eingeholt, da verlor sie ihn plötzlich aus den Augen.

»Wohin hat er sich denn auf einmal verdrückt?«, sagte sie leise zu sich selbst, schaute sich suchend um und gelangte zu der Erkenntnis, dass er hinter »Goodman's Indian Art Gallery« scharf nach rechts abgebogen sein musste.

Sie hoffte, damit richtigzuliegen, und schwenkte um die Ecke. Gleich darauf entdeckte sie Otis auf dem Pfad, der am Holzlagerplatz vorbeiführte. Hobbyisten und Urlaubsgäste konnten sich dort offenbar mit Brennholz versorgen. Ein Schild wies die Preise aus.

Otis wollte bei den Schobern wohl nach dem Rechten sehen.

Befürchtete er Diebereien?

Tatsächlich blieb er stehen und sprach mit jemandem.

Hilde kam auf einmal nur noch langsam voran, weil sich vor dem Pueblo-Kiosk eine Menschentraube gebildet hatte, durch die sie sich drängeln musste.

Als sie den Engpass hinter sich hatte, war Otis schon am Holzlager vorbei und marschierte auf einen Teich zu, der in einer Senke lag. Von einem der rückwärtigen Fenster des Palace Hotels aus hatte Hilde am Morgen gesehen, wozu er diente.

Er will zum Goldwash Camp, vermutete sie.

Zwei Mädchen standen dort bis zu den Knien im Wasser

und hantierten mit Sieben und Schöpfkellen. Hilde fragte sich, was sie wohl aus dem Wasser fischen würden. Kügelchen aus Goldpapier?

»Hilde, bitte, so warte doch.«

Widerwillig blieb Hilde stehen. Herrgott noch mal, dachte sie ungehalten. Was trödelt sie so rum? Ich hätte sie bei Thekla zurücklassen sollen.

Während Wally schwer atmend auf sie zukam, behielt Hilde das Goldwash Camp im Blick, um Otis nicht aus den Augen zu verlieren.

Zum Glück blieb er am Ufer des flachen Teiches tatsächlich stehen.

Kaum war Wally bei ihr angelangt, setzte Hilde sich in Bewegung. »Beeil dich, Wally. Sonst holen wir ihn nie ein.«

Wally schnaufte heftig, versuchte aber, mit ihr Schritt zu halten.

Als sie bis auf wenige Meter an Otis heran waren, verlangsamte Hilde das Tempo, sodass Wally wieder halbwegs zu Atem kam.

Otis würde ihnen nun sicher nicht mehr durch die Lappen gehen, denn soeben hatte sich ein langer dürrer Kerl zu ihm gesellt und eine Unterhaltung mit ihm angefangen.

Hilde steuerte geradewegs auf die beiden zu.

Marshal Otis begrüßte sie sichtlich erfreut. Auch der andere Mann – aufgrund seiner Größe und des rötlich-strubbeligen Vollbarts hatte Hilde ihn inzwischen als den zeitweiligen Trapper Joe identifiziert – grinste vergnügt, wobei sein Blick allerdings auf Wally gerichtet war, die ihn jedoch anklagend musterte.

»Sie hätten mich nicht anlügen dürfen«, sagte sie noch ein wenig kurzatmig, aber hörbar vorwurfsvoll.

Trapper Joe hob abbittend beide Hände. »Es tut mir leid, Lady, wenn ich Sie durcheinandergebracht habe. Aber angelogen habe ich Sie nicht. Jetzt, wo mein Onkel nicht hier ist, bin ich der Trapper Joe. Stimmt's, Marshal?«

Otis nickte mit etwas gequälter Miene. Offenbar gefiel ihm dieses Wechselspiel nicht, bei dem man nicht sagen konnte, wer von den beiden sich als Trapper Joe in der Westernstadt aufhielt.

Hilde wollte sich mit einer der Fragen, die sie sich zurechtgelegt hatte, an ihn wenden, aber Wally war noch lange nicht fertig mit Trapper Joe.

»Was Sie mir sonst noch erzählt haben, dass Sie Schreiner sind und so, ist das auch alles nicht wahr gewesen?«

Joe schob sein Kopftuch, das er offenbar nie ablegte, vor und zurück. Bevor er antworten konnte, lachte Otis auf.

»Sagen wir mal so: Ein Handwerk, das man einmal gelernt hat, verliert sich ja nicht. Ein Schreiner bleibt ein Schreiner, auch wenn er umschult und den Hobel einmottet.«

Hilde hatte das Herumgerede jetzt endgültig satt. Was spielte es für eine Rolle, ob Onkel und Neffe von Beruf Schreiner waren, Automechaniker oder Astrophysiker? Sie wollte nun endlich erfahren …

Erneut wurde sie daran gehindert, eine Frage zu stellen, denn in ihrem Rücken war plötzlich Pferdegetrappel zu hören. Marshal Otis ergriff ihren Arm und zog sie vom Gehweg auf eine Grasfläche.

»Wir wollen doch nicht unter die Hufe kommen.«

Hilde drehte sich um, sah Pferd und Reiter entgegen. »Das ist ja Ebana. Sie muss es sein. Ich erinnere mich gut an den weißen Fleck zwischen ihren Augen und an die kohlschwarze Mähne. Aber wer sitzt —«

»Schlauer Biber«, warf Marshal Otis ein. »Er will sie heute bei der American History Show als Crazy Horse reiten.«

Sieh an, dachte Hilde. Schlauer Biber übernimmt Rote Feders Part bei der Show. Was, wenn er das auch vergangenen Samstag beim Finale getan hat?

Theklas Bericht nach war Egon sich sicher gewesen, dass Rote Feder bei der Schlussparade nicht selbst auf Ebana geritten war, er hatte aber den genauen Unterschied im Aussehen nicht benennen können. Sollte also jemand Rote Feder gedoubelt haben, dann musste ihm diese Person in Größe und Statur sehr ähnlich gewesen sein.

Schlauer Biber war groß und kräftig, seine Schultern waren breit, und unter dem Indianerwams zeichnete sich ein enormer Brustkorb ab.

Und wie sah Rote Feder aus?

Hilde verfluchte sich einen Augenblick lang selbst. Warum hatten sie sich nicht längst ein Foto von Rote Feder zeigen lassen? Oder sich wenigstens nach seinem Aussehen erkundigt? Letzteres holte sie nun nach.

»Er sieht genauso aus, wie der Name vermuten lässt«, antwortete Otis. »Ein Leichtgewicht. Kaum über eins siebzig bei sechzig Kilo. Hätte als Jockey arbeiten können. Talentiert genug war er bestimmt.«

»Was wird denn nun aus Ebana?«, mischte Wally sich unvermittelt ein. »Wo sie doch Rodeo Jim ...« Sie wagte offenbar nicht auszusprechen, was ihr durch den Kopf spukte.

Das musste sie auch nicht, denn Marshal Otis hatte auch so begriffen, worum es ihr ging. »Das entscheiden vermutlich die Behörden. Ich finde allerdings, dass man dem Pferd keine Schuld geben darf. Rodeo Jim hätte wissen müssen, was passieren kann, wenn er versucht, Ebana zu reiten, und sie dabei zu hart rannimmt.«

»Rodeo Jim hat sein Schicksal herausgefordert«, stimmte ihm Trapper Joe zu.

Wally ließ nicht locker. »Aber was soll denn aus ihr werden?« »Vorerst bleibt wohl alles, wie es ist«, erklärte Otis. »Schlauer Biber und ich kümmern uns um sie, und wie Sie gesehen haben, hat er sie inzwischen so weit, dass sie ihn aufsitzen lässt.«

»Und was ist mit Ihnen?«, fragte Hilde.

Otis sah sie einen Augenblick lang verständnislos an, dann antwortete er: »Ich habe sie schon oft geritten, kann mir ja mehr Zeit für sie nehmen als Schlauer Biber, der täglich ein hübsches Pensum im Rinderpferch zu erledigen hat.«

Hilde musterte den Marshal noch einmal kritisch und kam zu dem Schluss, dass auch er Rote Feder beim Show-Finale nicht gedoubelt haben konnte, denn Otis war untersetzt und mindestens doppelt so alt wie Rote Feder. Außerdem hatte Otis seine eigene Rolle als Marshal zu spielen gehabt; sein Fehlen wäre aufgefallen.

Dieser Gedankengang brachte Hilde darauf, dass derjenige,

der bei der Schlussparade Rote Feders Platz eingenommen hatte – falls es sich denn tatsächlich so verhielt –, für die Show recht unbedeutend gewesen sein musste. Wally unterbrach ihre Überlegungen. »Und was wird aus Ebana, wenn die Behörden nichts veranlassen, Rote Feder aber nicht mehr zurückkommt?« Sie schien sich an dem Pferd geradezu festgebissen zu haben.

Marshal Otis stützte sich auf eine der Planken, die durch die ganze Stadt liefen und auch den Teich umgaben, und blickte versonnen ins Wasser. »Ich würde sie kaufen.«

Hilde zuckte zusammen. »Von wem?«

Marshal Otis warf ihr einen verwunderten Blick zu. »Von den Kramers natürlich. Sie werden die Stute kaum behalten wollen.«

Und du verschaffst dir dabei einen schönen Vorteil, dachte Hilde.

Otis hatte ihr ja gestern selbst erzählt, wie wertvoll Ebana war und um wie viel wertvoller die Stute erst noch sein würde, wenn sie keine Sperenzchen mehr machte.

Hilde erwog, ob Theklas Verdacht gegen ihn vielleicht doch gerechtfertigt war, und versuchte sich an einer passenden Theorie: Otis hat es auf das Pferd abgesehen, lässt Rote Feder verschwinden. Rodeo Jim beobachtet ihn bei der Tat, erpresst ihn. Otis tut so, als wolle er darauf eingehen, ist freundlich, bietet Jim sogar an, ihn auf Ebana reiten zu lassen. Als Jim auf dem Pferderücken sitzt, sorgt Otis dafür, dass Ebana steigt und Jim abwirft. Beim Genickbruch hat er vielleicht nachgeholfen, wenn auch nicht wirksam genug. Trotzdem sieht alles wie ein Unfall aus.

Verdammt, dachte sie. Passt wie maßgeschneidert.

Hatte sie einen Fehler gemacht? Otis' und Jims Verhalten gestern nicht richtig interpretiert? Die falschen Schlüsse gezogen?

Falls die Theorie zutraf, dann war das, was ihr im Pferdestall widerfahren war, tatsächlich kein Zufall gewesen. Dann hatte Otis es darauf abgesehen gehabt, die Ermittlungen mindestens zu behindern, bestenfalls zu stoppen.

Hilde gab wieder acht, als sie Otis den Namen »Rodeo Jim«

nennen hörte. Es dauerte jedoch einige Zeit, bis ihr klar wurde, welche Wendung das Gespräch mittlerweile genommen hatte.

»Ich bin sicher, dass du zum Zug kommst, falls Jim …«, sagte Marshal Otis an Trapper Joe gewandt. »Einen besseren Bürgen als deinen Onkel kann man sich nicht wünschen. Außerdem kennen dich die meisten von uns inzwischen selbst recht gut. Warum also sollte die Gemeinde Jims Hütte einem andern, einem Fremden womöglich, überlassen, wenn sein Pachtvertrag am 31. ausläuft, den er – wie es aussieht – wohl kaum verlängern kann? Alle werden sich für dich entscheiden. Darauf verwette ich mein Strumpfband.« Er zupfte schelmisch an dem blauen Bändchen, das seinen Oberarm umspannte. Dann drohte er Trapper Joe mit dem Finger. »Aber eins sag ich dir. Sobald du in unsere Gemeinde aufgenommen bist, legst du dir eine eigene Identität zu. Höchste Zeit, dir darüber Gedanken zu machen, wen du darstellen willst.«

Trapper Joe war also scharf auf Rodeo Jims Hütte. Und er würde sie auch bekommen, wenn Jim den Unfall nicht überlebte. Samt Inventar? Vielleicht. Es kam wohl ganz darauf an, ob sich Rodeo Jims Verwandte für dessen Hinterlassenschaft im Authentikbereich interessierten oder nicht.

Möglicherweise nicht im Geringsten. Warum sollten sie sich die Mühe machen, das ganze Zeug abzuholen? Wer brauchte schon ein Lasso, ein Schießeisen, mit dem man nicht schießen konnte, oder unförmige Beinlinge? Vermutlich nicht einmal mehr Rodeo Jim, selbst wenn er am Leben blieb. Hilde sah ihn förmlich vor sich, wie er mit diesen weiten, flatternden Beinschürzen die Mainstreet hinuntergelaufen war.

Die Karikatur eines Cowboys, der die Figur eines Jockeys hatte.

Hilde stieß leise zischend Luft aus, als ihr aufging, dass es Rodeo Jim gewesen sein musste, der Rote Feder gedoubelt hatte.

Jim passte haargenau auf die Beschreibung, die Marshal Otis von Rote Feder gegeben hatte. Auch das Alter stimmte halbwegs. Und Jim wäre allem Dafürhalten nach mit Ebana zurechtgekommen.

Wenn er tatsächlich die Stute anstelle von Rote Feder geritten hatte, dann wurde immer unwahrscheinlicher, dass sie ihn vier Tage später einfach abgeworfen hatte.

So weit, so gut. Leidig war allerdings, dass Jim in der Rolle von Rote Feders Double nicht in Hildes Theorie passte.

Das schöne Gedankengebäude zerbrach in tausend Stücke, die in ihrem Hirn herumschossen wie Raumschiffe in »Krieg der Sterne«.

Hartnäckig ging sie daran, sie einzusammeln und neu zu ordnen.

Wenn Rodeo Jim Rote Feder gedoubelt hatte, dann war er nicht zufällig hinter Otis' Plan gekommen. Dann war er eingeweiht gewesen.

Hilde nickte unmerklich. Ja, so passten die Bruchstücke wieder zusammen.

Marshal Otis hatte Rodeo Jim insoweit zu seinem Komplizen gemacht, als er ihn Rote Feder bei der Schlussparade doubeln ließ. Was Jim verkrampft zwar, aber ohne Zwischenfall hinbekam (abgesehen davon, dass er den Fehler machte, Ebana hinterher nicht richtig abzuhalftern). Deshalb hatte Jim auch keine Bedenken gehabt, die Stute am Abend seines vorgeblichen Unfalls zu reiten. Otis musste ihn mit einem Vorwand dazu veranlasst und schließlich dafür gesorgt haben, dass Ebana ihn abwarf. Und damit war es Otis gelungen, den unliebsamen Mitwisser, den er zuvor noch mit voller Absicht in Verdacht gebracht hatte, zu beseitigen.

Annähernd zumindest. Rodeo Jim hatte sich das Genick gebrochen und lag im Koma. Nein, er würde wohl nie mehr seine Beinschürzen tragen, nie mehr einen Cowboyhut aufsetzen und nie mehr ... Hilde stutzte.

Niemals wieder ein Indianerkostüm.

Als Rodeo Jim sich in Crazy Horse verwandelt hatte, musste er mit entsprechender Kleidung ausgestattet gewesen sein.

Befand die sich noch in seiner Hütte?

Warum nicht? Jim hatte ja keinen Grund gehabt, die Kostümierung loswerden zu wollen, weil niemand ahnte, wozu sie benutzt worden war.

Ich werde nachsehen, beschloss Hilde. Und zwar auf der Stelle. Es konnte sowieso nicht schaden, Rodeo Jims Hütte zu filzen.

Aber ohne Wally. Sie war mittlerweile ohnehin mit Otis und Trapper Joe in ein Gespräch über die Helden des Wilden Westens vertieft.

Billy the Kid, Jesse James, Calamity Jane – Herrgott noch mal, was für ein Mumpitz, dachte Hilde. Dennoch war ihr die rege Unterhaltung der drei sehr willkommen, bot sie ihr doch die Gelegenheit, sich heimlich davonzustehlen.

Jetzt oder nie, sagte sie sich und zog entschlossen los.

Sie überlegte gerade, wie sie herausfinden konnte, wo sich Jims Hütte befand, als ihr einfiel, dass sich neben dem Eingang zum Authentikbereich in einem Schaukasten ein naturgetreu nachgebautes Model des Hobbyisten-Dorfes befand. Sämtliche Unterkünfte waren mit Nummern versehen, und es gab eine Liste, die diesen Nummern die Namen der Besitzer zuordnete. Damit würde es ein Leichtes sein, Rodeo Jims Hütte aufzuspüren.

Obwohl Rodeo Jims Behausung ein wenig zurückgesetzt hinter einer Wegbiegung stand, hatte Hilde keine Schwierigkeiten, sie zu finden.

Jims Hütte war klein und wirkte heruntergekommen. Der Zaun, der die gesamte Parzelle einfasste, ließ sich kaum mehr als solcher bezeichnen. Große Teile davon lagen flach auf dem Boden, zeigten sich bereits mit Moos überzogen und faulten vor sich hin.

Auf dem Grundstück wuchs kein einziger Grashalm, dafür gab es eine Menge Gerümpel: verbeulte Töpfe, haufenweise alte Hufeisen, kaputte Speichenräder, halb zerfallene Pferdesättel.

Hilde musterte alles mit kritischem Blick. War der Kerl ein Messie gewesen? Wenn ja, dann konnte sie sich in der Hütte auf etwas gefasst machen.

Sie gab sich keine Mühe, den eigentlichen Zugang zum Grundstück auszukundschaften, sondern nutzte einfach eine der vielen riesigen Lücken im morschen Zaun, um es zu betreten.

Auf ihrem Weg zur Hütte selbst musste sie den erkalteten Resten eines Lagerfeuers ausweichen, über einen vom Rauch geschwärzten Teekessel steigen, etliche Pfützen undefinierbarer gallertartiger Substanz meiden und eine Rolle Stacheldraht umgehen.

Die Eingangstür hing schief in den Angeln, sodass man durch breite Klüfte ins Innere sehen konnte, hielt jedoch Hildes Druck stand.

Verdammt.

Hilde ließ den Blick am Türrahmen hinauf- und hinuntergleiten und entdeckte schließlich in Taillenhöhe einen klobigen Riegel, der mit einem Vorhängeschloss gesichert war.

Das Schloss war neu und wirkte solide, der Riegel bestand aus glänzendem Metall und war durch eine stählerne Öse geschoben. Aber das Brett, an dem sie angeschraubt war, wies einen breiten Spalt auf.

Hilde spähte hindurch, sah ein zerwühltes Bett, einen ungefügen Tisch, einen krummbeinigen Holzofen, zwei klapprige Stühle. Doch diese Begutachtung von außen nutzte ihr gar nichts. Sie musste hinein. Und das möglichst schnell, um nicht Gefahr zu laufen, dass einer von Jims Nachbarn auf sie aufmerksam wurde.

Aber der Riegel sah verdammt widerstandsfähig aus.

Rückzug war allerdings noch nie Hildes Sache gewesen.

Sie beäugte den Spalt und befand ihn für vielversprechend. Falls sie es schaffte, die Bruchstelle zu vergrößern, konnte sie vielleicht das Brett mitsamt der Öse herausbrechen, durch die der Riegel geschoben war.

Nach einem Werkzeug für die Ausführung ihres Plans musste sie nicht lange suchen. Direkt zu ihren Füßen lag etwas, das aussah wie der Zinken einer Harke. Hilde hob ihn auf, steckte das spitze Ende durch das Loch und führte ihn ungefähr bis zur Hälfte durch. Dann stellte sie ihn quer und drückte mit voller Kraft dagegen.

Mit einem Splittern und Krachen brach ein gut handtellergroßes Stück Holz heraus.

Das abrupte Nachlassen des Widerstandes ließ Hilde taumeln.

Sie fing sich jedoch schnell und blickte sich erschrocken um. War jemand auf ihr Tun aufmerksam geworden?

Sie stand eine ganze Weile still, rechnete mit einem »Hallo, was machen Sie denn da?« und mit sich nähernden Schritten.

Aber alles blieb still.

Sie holte Atem und werkelte weiter. Mit der Rechten griff sie durch die mehr als faustgroße Öffnung, sodass sie das Brett an der Schmalseite packen konnte, und rüttelte daran, bis es gelockert war. Dann brach sie es mit einem harten Ruck heraus und ließ es an dem noch immer geschlossenen Riegel einfach baumeln.

Die Tür schwang ganz von selbst auf.

Bevor Hilde die Hütte betrat, fragte sie sich noch, ob es nicht besser sei, die Spuren ihres Einbruchs zu beseitigen, verzichtete jedoch darauf. Das würde sie bloß Zeit kosten und ohnehin nicht wirklich gelingen.

Sie beschränkte sich darauf, die Tür halb zuzuziehen und mit einem Klötzchen am erneuten Aufschwingen zu hindern.

Drinnen sah es nicht ganz so übel aus, wie Hilde vermutet hatte. Zugegeben, das Bett war zerwühlt, der Herd ramponiert, die Fußbodenbretter brüchig. Aber der Tisch war sauber abgewischt, und auf den Sitzflächen der Stühle lagen sogar Kissen. Anständig gespülte Tassen und Teller standen auf der Ablage einer Kommode. An der rückwärtigen Wand gab es ein schmales, ordentlich eingeräumtes Bücherregal.

Hilde trat näher und sah sich die Buchrücken an. »Westernreiten – Praxiswissen«, »Reiten wie ein Cowboy«, »Ranch-Pferde trainieren«. Rodeo Jim hatte seine Rolle offenbar ernst genommen.

Auf dem untersten Regalbrett lag ein Packen Schriftstücke. Sie trug ihn zum Tisch, um sich die einzelnen Blätter genauer ansehen zu können.

Die Tür klapperte gegen den Rahmen, und Hilde erwog, sie ganz zu schließen und irgendwie festzumachen. Als ihr klar wurde, dass dann durch den Eingang kein Licht mehr einfallen würde, ließ sie es bleiben. Die beiden winzigen Fenster erhellten den Raum viel zu wenig, als dass sie bei geschlossener Tür hätte lesen können.

Sie stellte sich mit dem Rücken zur Türöffnung, sodass der Lichtschein über ihre Schulter fiel.

Rodeo Jims schriftliche Unterlagen bestanden hauptsächlich aus Rechnungen, Mahnungen und etlichen Anschreiben vom Verwaltungsbüro Pullman City. In einer Klarsichthülle befand sich der Pachtvertrag für seine Parzelle im Authentikbereich. Ansonsten gab es Broschüren, Flyer und Versandkataloge, die ausschließlich Wildwestartikel anboten.

Hilde war mit der Durchsicht des Papierstapels fast fertig, als sie ganz zuunterst eine abgegriffene schweinslederne Brieftasche entdeckte. Sie zog sie heraus und begann, die einzelnen Fächer zu inspizieren. In einem befanden sich Euroscheine, in einem andern Dollarnoten – alles in allem kein großer Betrag.

Hilde fand einen Führerschein mit Rodeo Jims Bild, ausgestellt auf den Namen Stefan Weigl, sowie den dazugehörigen Personalausweis. In einem Seitenfach steckte eine EC-Karte und dahinter eine zusammengefaltete Geburtsurkunde. Hilde wollte sie schon drinlassen, nahm sie aber dann doch heraus und sah sie sich an.

Sie hatte fest damit gerechnet, das Dokument würde für jenen Stefan Weigl ausgestellt sein, der Rodeo Jim offensichtlich in Wirklichkeit war. Mit einem Ausruf der Überraschung las sie jedoch einen ganz anderen Namen. »Alfred-Emmanuel Hilz«. Neugierig geworden sah sie sich die Namen der Eltern an. »Mutter: Sabine Hilz. Vater: unbekannt«. Geboren hatte Sabine Hilz ihren Sohn am 30. September 1988.

Wozu hatte Rodeo Jim die Geburtsurkunde dieses Mannes in seiner Brieftasche aufbewahrt?

Hilde wollte sie eben wieder zurückstecken, da entdeckte sie das Foto. Es hatte sich teilweise unters Futter geschoben, sodass es nicht gleich zu sehen gewesen war.

Sie pflückte es vorsichtig heraus, erkannte einen Mann und eine Frau darauf und bedauerte, ihre Brille fürs Kleingedruckte nicht eingesteckt zu haben.

Der Mann war groß und schlank, hatte ein kindliches Gesicht mit vollen Lippen, das ihr irgendwie bekannt vorkam, und lockige braune Haare. Hilde starrte ihn eine Weile an und kam schließlich zu der Einsicht, dass sie sich täuschen musste. Sie kannte definitiv niemanden mit solchen Haaren.

Die Frau war kleiner, ebenfalls sehr schlank, hatte glatte lange Haare und ein dreieckiges Gesicht. Hilde war sich sicher, sie noch nie gesehen zu haben.

Die beiden mochten Mitte zwanzig sein. Ein Pärchen? Vielleicht. Geschwister? Möglich. Geschwister von Rodeo Jim? Wahrscheinlich. Warum sonst sollte er das Bild aufbewahrt haben?

Hilde drehte sich um und machte einen Schritt auf die halb offene Tür zu, um sich die Gesichtszüge des Mannes im hellen Tageslicht genauer anzusehen.

»Herrgott noch mal«, murmelte sie. »Ich würde meinen Skalp darauf wetten, dass ich den schon mal gesehen habe.« Aber sie kam nicht drauf, wo und wann das gewesen sein könnte.

Als sie wieder ins Zimmer zurücktrat, schlug die Tür erneut gegen den Rahmen.

Hilde zuckte zusammen. Hatte sie draußen nicht auch Schritte gehört?

»Blödsinn«, wollte sie gerade rufen, um sich Mut zu machen, als sie an einem der Fenster ein Klopfen vernahm.

Poch, poch, poch. Gleichförmig und eindringlich.

War sie aufgeflogen? Aber warum kam derjenige, der sie ertappt hatte, nicht zur Tür herein und stellte sie zur Rede?

Wollte er sie bloß erschrecken?

Vorsichtig schlich sie auf das linke Fenster zu, spähte hinaus, konnte durch die blinde Scheibe jedoch nur Silhouetten wogender Zweige erkennen. Als sie sich abwandte, um einen Blick durch das rechte Fenster zu werfen, wurde ihr bewusst, dass das Klopfen aufgehört hatte.

Warum so plötzlich?

Weil überhaupt niemand da ist, versuchte sie sich zu beruhigen. Das Geräusch musste eine andere Ursache gehabt haben.

An so einer Bruchbude konnte sich alles Mögliche lockern und dadurch ein Pochen, Klopfen oder Klappern auslösen.

Sie wollte sich gerade umdrehen und zum Tisch zurückkehren, als sie hinter sich das Knarren eines Bodenbrettes hörte. Sie wirbelte herum, aber es war zu spät.

Der Schlag traf sie an der Schläfe.

Hilde ging zu Boden.

13

Gleichzeitig am Goldwash Camp

Himmelmutter! Hilde war schon wieder weg. Erst vor ein paar Minuten hatte Wally es geschafft, sie einzuholen, und jetzt war sie nirgendwo zu sehen. Ohne ein Wort hatte sie sie mit Marshal Otis und Trapper Joe hier zurückgelassen. Wally unterdrückte einen Seufzer. Was hatte Hilde denn nun wieder vor? Vorhin war sie wie ein Häscher hinter Marshal Otis her gewesen, und jetzt das. Wer oder was hatte sie von Otis abgelenkt?

Der Marshal war Theklas Hauptverdächtiger. Aber als Wally sich auf die Gründe besinnen wollte, die Thekla dafür aufgezählt hatte, wollte ihr kein einziger mehr einfallen.

Vielleicht machte ihn ja allein schon die Tatsache verdächtig, dass er von früh bis spät durch die Stadt streifte. Sogar vergangene Nacht war er offenbar unterwegs gewesen und hatte zwischendurch im Marshal Office ein Schläfchen gehalten. Oder hatte er das nur vorgetäuscht? War sein Schnarchen gar nicht echt gewesen?

Trapper Joe unterbrach ihre Überlegungen. »Wussten Sie, dass unser Marshal Otis mit dem Lasso Kunststücke fertigbringt, die ihm so leicht keiner nachmacht? Er hat sogar den Texas Skip drauf und kann —«

»Du hast doch nicht etwa wieder das Bezahlen vergessen?« Otis' Stimme schnitt Joe das Wort ab.

Erstaunt drehte Wally sich zu ihm um und sah, dass der Marshal Frank Kidney im Visier hatte.

Kidney schlurfte mit einer Kiepe voll Feuerholz vom Holzlager her. Als er bei ihnen angelangt war, blieb er stehen. »*Ich hab das Bezahlen noch nie vergessen. Hör auf, ehrliche Leute zu verdächtigen, und schau lieber den wirklichen Spitzbuben* auf die Finger.« Er blickte sich misstrauisch um, als lauerten die »wirklichen Spitzbuben« in nächster Nähe. Aber außer einem älteren Ehepaar, das mit seinen Enkeln auf das Kassenhäuschen des Goldwash Camps zusteuerte, war niemand zu sehen. Wally musterte Frank Kidney mit argwöhnischen Blicken. Er war ihr heute so wenig geheuer wie gestern und erschien ihr noch ungepflegter als tags zuvor.

Die Erinnerung an das nächtliche Abenteuer, das an seiner Hütte geendet hatte, stürmte auf sie ein, und bevor sie es verhindern konnte, waren ihr die Worte entschlüpft: »Was haben Sie denn heute Nacht auf Ihrem Grundstück verbuddelt?«

Frank Kidney erstarrte. Dann begann er sich unter Marshal Otis' fragendem Blick zu winden, stellte die Kiepe ab und kratzte sich am Bauch. Doch plötzlich wurde sein Blick verschlagen. »Das geht niemanden was an.«

»Falsch«, sagte Otis. »Ganz falsch, mein Lieber. Das geht die ganze Authentikgemeinde was an.«

Kidney schluckte, trat von einem Fuß auf den andern, kratzte sich erneut. Schließlich sagte er: »Leck mich.« Damit nahm er die Kiepe wieder auf und setzte sich ohne einen Blick zurück in Bewegung.

Marshal Otis war einen Augenblick lang sprachlos, dann rief er ihm nach: »Ich werd rauskriegen, was du getrieben hast! Darauf kannst du Gift nehmen.«

Kidney trottete störrisch davon.

»Vielleicht ist er ja so gescheit gewesen und hat sein Plumpsklo beseitigt«, sagte Trapper Joe. »Jetzt, wo die Sache auf dem Tisch ist, muss er die Regeln endlich einhalten oder …«

»Oder die Parzelle räumen«, beendete Marshal Otis den Satz.

»Ich frag mich sowieso, warum die beiden nicht längst aufgegeben haben. Ein Farmerleben anno dazumal in der Prärie«, Trapper Joe schüttelte den Kopf, »das ist doch nichts für jemanden wie Betty, die kaum noch laufen kann.«

Otis lachte freudlos. »Wenn mich nicht alles täuscht, würde Betty die Kidney-Hütte, ja den ganzen Authentikbereich am liebsten abfackeln. Sie ist von Anfang an nicht gern hier gewesen.«

Frank war immer die treibende Kraft. Er …« Otis verstummte, nahm den Texashut ab, strich sich das schüttere Haar zurück, setzte ihn wieder auf und sagte dann mit leiser Stimme: »Es bringt ihn um, wenn er gehen muss.« Ohne ein Wort des Abschieds wandte er sich zum Gehen.

Trapper Joe berührte Wallys Arm. »Was hat die reizende Lady denn jetzt vor?«

Wally kicherte, weil sie das bei Komplimenten – ob ernst gemeint oder nicht – immer tat, obwohl ihr im Augenblick ganz und gar nicht danach zumute war.

Hilde war auf und davon. Thekla hatte den »Black Bison Saloon« wohl längst verlassen und war wer weiß wo. Marshal Otis war seiner Wege gegangen, und Trapper Joe würde gleich dasselbe tun.

»See you«, sagte er auch schon und war dann ebenfalls fort.

Und was sollte nun aus ihr werden?

Wally trödelte am Goldwash Camp herum. Schaute den Kindern zu, die im Wasser herumwateten, Sand und Kiesel siebten, Jubelschreie oder Enttäuschungsrufe ausstießen. Beobachtete eine Familie, die gemächlich vorbeispazierte. Wurde irgendwann auf ein älteres Ehepaar aufmerksam, das offenbar eine Meinungsverschiedenheit austrug.

Die sich streitenden Eheleute lenkten Wallys Gedanken heim nach Scheuerbach zu ihrem Mann, der ihr wahrscheinlich gerade die Pest an den Hals wünschte.

Daran zu denken, wie der Empfang zu Hause ausfallen würde, falls es Heinrich nicht gelungen war, die Wogen zu glätten, wagte sie nicht.

Thekla hat Glück gehabt, dachte sie stattdessen. Heinrich ist ein Goldstück, auch wenn Hilde ihn am liebsten auf den Mond schießen würde.

Dieser Gedanke brachte sie zurück zu Hilde. Wohin war sie bloß gegangen?

Wally hatte zuvor nicht einmal mitbekommen, welche Richtung Hilde eingeschlagen hatte: in die Stadt oder den Pfad hinunter zum Authentikbereich?

Vielleicht hat sie ja zu den Kidneys gewollt, sagte sie sich und entschied, sich im Authentikbereich nach ihr umzusehen, obwohl sie sich viel lieber auf einem Bänkchen niedergelassen und die Augen zugemacht hätte.

Eine Sekunde lang war Wally nahe daran, es tatsächlich zu tun, doch dann setzte sie sich schwerfällig in Bewegung. Hin und wieder legte sie eine Pause ein, zottelte irgendwann weiter, gelangte zum Authentikbereich und wanderte ziellos dort herum, weil sich der Weg zu den Kidneys irgendwie nicht finden ließ.

Erneut fragte sie sich, was diese Hobbyisten dazu bewog, in solch armseligen Hütten zu hausen.

Wie dieser da zum Beispiel, dachte sie und blieb vor einer besonders lausigen stehen.

Wer wohl darin wohnen mochte?

Wally sah sich nach dem Namensschild um und fand es an einen Baum genagelt.

Rodeo Jim.

Sie war bei der Hütte des verletzten Cowboys gelandet.

Was für eine Bruchbude.

Falls Trapper Joe tatsächlich hier einziehen wollte, würde er einiges instand setzen müssen.

Müßig, weil sie sowieso nicht wusste, wohin sie sich wenden sollte, ließ Wally den Blick über das Gerümpel schweifen, das überall herumlag, über das moosige Hüttendach, über die Vorderfront aus groben Brettern, die Eingangstür ... Seltsam. Wieso hatte Rodeo Jim quer über den Rahmen ein Brett genagelt?

Das war doch verrückt. Damit hatte er sich ja den Durchgang versperrt, hatte nicht mehr rein- und nicht mehr rausgehen können.

Ohne selbst zu wissen, warum sie es tat, stieg Wally über ein weggebrochenes Zaunsegment und bewegte sich langsam auf die Hütte zu.

Als sie vor dem Eingang stand, wurde ihr klar, wozu das quer genagelte Brett diente. Sie inspizierte die Beschädigungen an Tür und Rahmen und gelangte – als Ehefrau eines Schreinermeisters hatte sie schließlich auch selbst einige Kenntnisse vorzuweisen –

zu der Gewissheit, dass die Tür aufgebrochen und später mit ebendiesem Brett notdürftig gesichert worden sein musste.

Die Einbruchsspuren, erkannte Wally auf einen zweiten, schärferen Blick fachmännisch, waren noch ganz frisch.

Nachdenklich begann sie, die Hütte zu umkreisen.

An der Westseite kam sie an zwei kleinen Fenstern vorbei, versuchte vergeblich, durch die Scheibe zu schauen, ging weiter, bog um die nächste Ecke.

Plötzlich hörte sie von drinnen ein Krachen wie das Splittern von Holz, das sie zusammenzucken ließ.

Wally blieb stocksteif stehen, horchte, aber alles war schon wieder still.

Du musst dich getäuscht haben, sagte sie sich. Deine Phantasie hat dir einen Streich gespielt.

Der Lärm konnte unmöglich von drinnen gekommen sein.

Wenn da jemand wäre, dachte Wally folgerichtig, dann müsste der ja eingeschlossen sein.

Diese Erkenntnis gefiel ihr nicht besonders.

Was, wenn es sich tatsächlich so verhielt?

Dann sollte ich besser nachsehen, dachte Wally, und das gefiel ihr noch viel weniger.

Also fortgehen und die Sache auf sich beruhen lassen.

Das wäre einfach und bequem.

Aber auch feige.

»Gottserbärmlich feige«, würde Hilde sagen, sollte sie je davon erfahren. Und was würde sie an Wallys Stelle tun?

Die Antwort darauf war klar: Hilde würde sich ein geeignetes Werkzeug schnappen, die beiden Nägel herausziehen, das Brett auf den Boden pfeffern und in die Hütte stürmen.

Wally schluckte. Sachbeschädigung und Hausfriedensbruch. Sie dachte an das County Jail und schüttelte sich. Einen Aufenthalt dort wollte sie ganz bestimmt nicht riskieren.

Muss ich auch nicht, dachte sie. Soll doch einer der Marshals hier nach dem Rechten sehen.

Sie wollte sich gerade davonschleichen, als sie von drinnen ein Trampeln und gedämpfte Schreie hörte.

Die Stimme, die diese Schreie ausstieß, klang vertraut. Genau genommen klang sie, als käme sie von Hilde. Weshalb aber sollte Hilde sich in Rodeo Jims Hütte befinden? Das ergab doch überhaupt keinen Sinn. Ein neuerlicher, seltsam gepresster Schrei riss Wally aus ihren fruchtlosen Überlegungen und brachte sie auf Trab.

Sie rannte zurück zur Vorderseite der Hütte, griff sich, ohne lang haltzumachen, einen angerosteten Meißel, der auf einem Hackstock lag, und kam hechelnd vor der Eingangstür zu stehen.

Sie holte ein paarmal tief Luft, um für ihr Vorhaben gewappnet zu sein, dann trieb sie den Meißel unter das Brett, hebelte ihn hoch, trieb ihn weiter drunter, hebelte erneut. Irgendwann löste sich das Brett mit einem Krächzen und fiel zu Boden. Die beiden Nägel standen heraus wie Fanghaken.

Die Tür schwang auf.

Wally holte vorsichtshalber noch einmal Luft, dann trat sie ein.

Die Tür schwang zurück, blieb aber halb offen.

Im ersten Moment konnte Wally kaum etwas sehen, musste blinzeln und sich orientieren. Als sie ein leises Scharren vernahm, ging sie dem Geräusch nach.

Ihre Augen hatten sich nun so weit an das trübe Licht gewöhnt, dass sie einen umgekippten Stuhl mit zersplitterter Lehne erkennen konnte, der ihr im Weg lag. Sie schob ihn beiseite. Dahinter entdeckte sie ein verschnürtes Bündel mit einem Kissenbezug über dem Kopf. Es bäumte sich auf und gab gepresste Laute von sich.

»Hilde!« Wally ließ sich neben sie auf die Knie fallen. »Hilde, was um Gottes willen ist denn passiert?«

Die Laute gewannen eine neue Färbung. Ärgerlich. Drängend. Das Bündel, zu dem Hilde verschnürt worden war, begann sich zu winden, hob die zusammengebundenen Beine und knallte die Fersen mit einem Poltern auf den Boden. Das Geräusch erinnerte Wally an das Trampeln, das sie von draußen gehört hatte. Begleitet war es von einem ungeduldigen Heulton.

Wally sprang auf. »Ich mach ja schon, Hilde. Gleich bist du frei. Ich muss nur noch ein Messer finden. Wo könnte ich bloß ...«

»Gwmm«, machte Hilde und drehte den Kopf nach links, wo eine Kommode stand.

Wally trat auf das Möbelstück zu, öffnete die oberste Schublade und fand, wonach sie suchte.

Obwohl das kleine Jagdmesser eine scharfe Klinge besaß, dauerte es einige Zeit, bis sämtliche Fesseln durchgeschnitten waren und sie Hilde den Kissenbezug vom Kopf ziehen konnte. Der Täter hatte ein Lasso benutzt und sie von Kopf bis Fuß damit umwickelt.

Hilde rang nach Atem, als sie endlich frei war. »Herrgott noch mal, Wally. Was schleichst du eine Ewigkeit draußen herum, wenn ich hier ...« Sie musste abbrechen, musste ein- und ausatmen.

Wally half ihr aufzustehen. »Bist du verletzt?«

Hilde griff sich seitlich an den Kopf, tastete eine Weile dort herum. »Fette Beule. Und ein paar kleinere.«

Wally sah sie besorgt an. »Du könntest eine Gehirnerschütterung haben. Damit ist gar nicht zu spaßen.«

Hilde schüttelte Wallys Hand ab, die immer noch ihren Arm umklammert hielt. »Quatsch, mir geht's gut. Und der Kerl —«

»Wer war es denn?«, fiel Wally ihr ins Wort. »Wer hat dich gefesselt und hier eingesperrt?«

Hilde stieß ein ärgerliches Zischen aus. »Ich weiß es nicht! Das Schwein hat mir von hinten eins übergebraten und mir dann dieses Ding da verpasst.« Mit der Fußspitze schnippte sie den Kissenbezug weg, der am Boden lag. »Durch den Stoff habe ich nicht viel erkennen können. Konturen, mehr nicht.«

Der Kissenbezug war neben der Kommode gelandet, unter der etwas Glänzendes hervorlugte.

Hilde bückte sich, sah, dass es sich um das Foto handelte, das sie in der Hand gehalten hatte, als sie überfallen worden war, und hob es auf. Sie drehte es ein paarmal unschlüssig hin und her, wusste nicht recht, wohin damit, und steckte es schließlich ein.

»Wie bist du eigentlich in die Hütte hereingekommen?«, fragte Wally, erhielt jedoch keine Antwort darauf.

Eine männliche Stimme ließ Hilde und sie erschrocken hochfahren.

»Was machen Sie in Rodeo Jims Hütte?«, rief Marshal Otis. »Und wieso ist die Tür aufgebrochen?«

Hilde zupfte ein paar Überreste des zerschnittenen Lassos von ihren Handgelenken. »Sie kommen gerade richtig, Sheriff.«

14

Einige Zeit zuvor im »Black Bison Saloon«

Lächelnd beendete Thekla ihr Telefongespräch mit Heinrich. Obwohl er alles andere als ein Freund ihrer detektivischen Ermittlungen war und sich nun wieder weitgehend im Hintergrund hielt, zeigte er sich als der sprichwörtliche Fels in der Brandung. Er glättete die Wogen, die Sepp Maibier aufwallen ließ, hielt die Verbindung zu Ali, zog dort und da ein paar Fäden, hatte ein wachsames Auge auf Thekla, Hilde und Wally.

Einen besseren Beschützer könnte ich mir nicht wünschen, dachte Thekla erneut lächelnd.

Dann rief sie sich hastig zur Ordnung. Sie konnte hier doch nicht träumend herumbummeln, während Hilde und Wally … Was machten sie eigentlich? Höchste Zeit, auf die Suche nach ihnen zu gehen.

Als sie die Mainstreet hinunterlief, überlegte sie, wo Hilde und Wally sich wohl aufhalten mochten. Vergebens hielt sie Ausschau.

Beim Marshal Office blieb sie kurz stehen und beobachtete, wie die Kramers mit Marshal Sam eine sehr einseitige Unterhaltung führten. Sie schienen ihm Fragen zu stellen, er aber zuckte ein ums andere Mal die Schultern. Thekla taten Manuels Eltern in tiefster Seele leid. Die Ungewissheit, die auf ihnen lastete, musste furchtbar sein. Sie fand es nur zu verständlich, dass die beiden es nicht aushielten, stillschweigend abzuwarten, was geschehen oder eben nicht geschehen würde.

Ihr war so, als habe sie die Kramers noch etwas fragen wollen, aber was, fiel ihr im Moment einfach nicht ein.

Man sollte keine Ermittlungen durchführen, wenn man langsam, aber sicher verkalkt, dachte sie bitter.

»Hallo, Thekla«, rief eine Kinderstimme.

Thekla schrak zusammen und schaute sich um.

»Hier bin ich.« Egon hockte auf der Außentreppe, die in die erste Etage von »Scarlett's Restaurant« hinaufführte, und sah aus wie ein Maulwurf, der soeben den größten Hügel seines Maulwurflebens aufgeworfen hatte.

»Was hast du denn gemacht?«, fragte Thekla belustigt.

»Mich herumgetrieben«, gab Egon zu. »Und deshalb weiß ich jetzt, was Frank Kidney heute Nacht auf seinem Grundstück getan hat.«

»Nämlich?«, ermunterte ihn Thekla.

»Willst du es dir ansehen?«

Thekla schnitt ein Gesicht. Um dann so auszusehen wie Egon und sich schon wieder neu einkleiden zu müssen? Bestimmt nicht.

»Erzähl's mir einfach«, sagte sie.

Egon klopfte einladend auf die Treppenstufe. Seufzend ließ Thekla sich neben ihm nieder.

»Weißt du über die Sache mit dem Plumpsklo Bescheid?«, fragte er als Einleitung.

Thekla nickte. »Wenn Frank es nicht wieder abreißt, werden die Kidneys aus der Authentikgemeinde ausgeschlossen.«

»Hat er gestern nach der Show gemacht«, sagte Egon. »Er hat Bretter über das Loch gelegt und Grasbrocken drauf verteilt. Nix mehr zu sehen von dem Plumpsklo. Man meint, dass nie eins da gewesen ist.«

Thekla wartete auf die Pointe.

Nie im Leben hätte Egon hier nach ihr Ausschau gehalten, um ihr etwas zu erzählen, das sicher längst publik war. Sie kannte den Jungen inzwischen gut genug, um zu wissen, dass er noch etwas in petto haben musste. Etwas, das nicht gleich jedem ins Auge fiel.

»Frank Kidney lässt es so aussehen, als hätte er nachgegeben«, fuhr Egon fort. »Aber er bescheißt sie. Er benutzt das Loch immer noch.«

»Hast du nicht gerade verkündet, Kidney hätte die Sickergrube stillgelegt?«

Egon hob seinen schmutzigen Zeigefinger und ließ ihn vor Theklas Nase hin- und herwackeln. »Er hat Bretter drübergelegt, habe ich gesagt. Die Sickergrube, wie du das Loch nennst, ist noch da, und an einer Seite führt jetzt ein Rohr hinein.« Egon schwenkte den Zeigefinger nach links und malte damit eine gut sichtbare bräunliche Linie an die weiß getünchte Wand von »Scarlett's Restaurant«. »Frank Kidney hat heute Nacht einen Kanal von seiner Hütte zur Sickergrube angelegt. Als wir dazugekommen sind, hat er gerade Erde auf das Rohr geschaufelt, damit keiner was merkt.«

Endlich begriff auch Thekla, wie Frank Kidney sich aus der Affäre zu ziehen beabsichtigte. Der Stein des Anstoßes war beseitigt, niemand würde nachbohren. Außer Rote Feder vielleicht, aber der war ja verschwunden.

»Du bist ein richtiger Schlaukopf«, sagte sie anerkennend und verzichtete wohlweislich darauf zu fragen, wie er das alles herausgefunden hatte.

Egon grinste breit und streckte ihr seine Handfläche entgegen. »Give me five.«

Thekla blieb nichts anderes übrig, als einzuschlagen.

»Und was machen wir als Nächstes?«, fragte Egon.

Thekla musterte ihn von Kopf bis Fuß. »*Du*, denke ich, gehst ins Badhaus, stellst dich unter die Dusche, und danach ziehst du dir saubere Sachen an.«

Egon schüttelte den Kopf. »Das geht nicht. Meine Mom hat gesagt, wenn ich ihr noch mal dreckig unter die Augen komme, wird auf der Stelle gepackt und heimgefahren.« Seine Miene wurde bittend. »Außerdem kannst du mich doch nicht ins Badhaus schicken, wo alles gerade so spannend ist.«

Thekla machte einen halbherzigen Versuch, ihn loszuwerden. »Was *ich* gerade tue, ist überhaupt nicht spannend. Ich bin nur auf der Suche nach meinen Freundinnen.«

»Die sind beide mit Marshal Otis in der Hütte von Rodeo Jim«, teilte Egon ihr eilfertig mit und erhob sich flink. »Ich bring dich hin.«

Wie hätte sie dieses Angebot ablehnen können? Egon würde

sie so prompt hinführen, wie nur Rodeo Jim selbst es gekonnt hätte.

Als Thekla sich von der Treppenstufe erheben wollte, merkte sie, wie steif sie durch das unbequeme Sitzen geworden war. Leise stöhnend stemmte sie beim Aufrichten beide Hände ins Kreuz. »Das wird gleich wieder, wenn du in Bewegung kommst«, sagte Egon altklug. »Meine Oma läuft auch immer unrund, bis sie auf Touren ist.«

Thekla musste lachen. »Unrund«. Im Moment lief wohl alles ziemlich »unrund«.

»Hier lang.« Egon zeigte auf einen handbreiten Trampelpfad. »Das ist der kürzeste Weg.

Thekla hätte lieber einen längeren, dafür bequemeren genommen, aber Egon war bereits ein halbes Dutzend Schritte voraus. Er hüpfte vor ihr her, wobei er eine Spur kleiner Erdklumpen und welker Grashalme zurückließ, bis sie den Eingang zum Authentikbereich erreichten.

Dort wartete er, ließ sie aufholen und blieb dann an ihrer Seite. »Die Eltern von Rote Feder sind heute gekommen. Sie reden mit allen Leuten, und vorhin waren sie beim Erdhaus.« Daraufhin verfiel er in einen geradezu schleppenden Schritt und sah Thekla betrübt an. »Die machen sich Sorgen, stimmt's? Die haben Angst, dass Rote Feder was passiert ist. Glaubst du auch, dass ihm was passiert ist? Könnte er tot sein?«

Thekla wünschte sich, sie hätte einen Sohn wie Egon gehabt. Klug, unerschrocken, sensibel. Es freute sie, dass er sie duzte. Vermutlich tat er es ganz unbewusst. Freunde duzte man eben.

Was aber sollte sie ihm antworten? Dass Rote Feder mit hoher Wahrscheinlichkeit tot war? Sollte sie dem Jungen einfach eine Hochrechnung präsentieren: *In achtzig Prozent der Fälle sind Vermisste, die länger als vier Tage nicht wieder* ...

Sie rief sich scharf zur Ordnung, mahnte sich zu mehr Zartgefühl, denn Egon hatte eine vernünftige und zugleich einfühlsame Antwort verdient.

Die sich in Theklas Kopf nicht einstellen wollte.

Schließlich sagte sie: »Was immer mit Rote Feder passiert ist, wir werden es ganz bestimmt herausfinden.«

»Da müssen wir uns aber höllisch beeilen«, erwiderte Egon nüchtern. »Meine Eltern haben ›Jesse James‹ bloß bis Sonntag gebucht.« Damit beschleunigte er den Schritt wieder.

Als sie Rodeo Jims Parzelle erreichten, sahen sie Marshal Otis über den maroden Zaun steigen und den Pfad betreten.

Thekla fiel Otis' finsteres Gesicht auf, und sie registrierte seine angespannte Haltung.

Bevor sie ihn ansprechen konnte, bog er so hastig in die nächste Quergasse ein, als wolle er ein Zusammentreffen mit ihr absichtlich vermeiden.

Betroffen schaute Thekla ihm nach.

»Sind schon weg.« Egon kam von der Hütte her angepest.

Thekla hatte gar nicht mitbekommen, dass er hingelaufen war, um nachzusehen, ob Hilde und Wally sich noch darin aufhielten.

Flink kletterte er nun auf einen Felsblock am Wegrand, reckte den Hals und drehte ruckartig den Kopf hin und her.

Thekla musste sich ein Lachen verbeißen. Äugend und spähend auf diesem Stein wirkte Egon wie ein Erdmännchen vor seinem Bau.

Plötzlich schoss sein Finger vorwärts. »Da sind sie. Die holen wir locker ein.« Er sprang zurück auf den Weg. »Aber wir müssen ein Stück rennen.«

»Rennen ist nicht drin.« Thekla deutete auf ihren Rock, in den sie sich erbarmungslos verheddern würde, wenn sie es versuchte. »Lauf du ihnen nach und sag ihnen, sie sollen auf mich warten.«

Mit einem Nicken flitzte Egon davon.

Wenige Augenblicke später hatte er Hilde und Wally den Weg abgeschnitten.

Hilde war offenbar nicht in der Stimmung für lange Unterhaltungen. Sie speiste Thekla mit ein paar Brocken über die Geschehnisse in Rodeo Jims Hütte ab, dann marschierte sie miesepetrig weiter.

»Wo willst du denn hin?«, fragte Thekla.

Hilde kickte einen Stein weg. »Was weiß denn ich? Derjenige, der Bescheid weiß, ist uns ja immer einen Schritt voraus und würgt uns die Luft ab.« Sie ließ den Blick über die Hütten der Hobbyisten wandern. »Frank Kidney können wir übrigens als Verdächtigen streichen. Was Otis vor einer halben Stunde herausgefunden hat, macht sein Motiv zunichte.«

Otis war also bereits hinter die Sache mit dem Kanal gekommen. Kein Wunder, dass er verärgert wirkte. Wer ließ sich schon gern zum Narren halten?

Aber wieso glaubte Hilde, Kidneys Gaunerei würde ihn von dem Verdacht befreien, etwas mit Rote Feders Verschwinden zu tun zu haben?

Sie fragte sie danach.

Hilde machte halt und lehnte sich an den Zaun einer Parzelle, die laut Beschriftung der Familie Mac Bowie gehörte. »Als Kidneys Motiv hatten wir den Streit ums Plumpsklo angesetzt, schon vergessen?«

Thekla sparte sich die Antwort, sah Hilde nur abwartend an.

Hilde versetzte der nächstbesten Zaunlatte einen Tritt. »Warum hätte der Gartenscheißer Rote Feder beseitigen sollen, um das Klohäuschen später dann doch abzureißen?«

»Weil Rote Feder als Erster herausgefunden hätte, was für einen Schwindel sich die Kidneys ausgedacht hatten«, entgegnete Thekla.

Hilde trat mit Wucht gegen die Zaunlatte. »Ich finde, hier stinkt nicht nur Kidneys albernes Klohäuschen, hier stinkt einfach alles.«

»Die Fallgrube ist noch offen«, sagte Egon. »Was, wenn da wieder jemand reinstolpert?« Er war auf den Zaun geklettert, der noch unter Hildes Tritten schwankte, und deutete über seine Schulter.

Erst jetzt merkte Thekla, dass sie sich in nächster Nähe von Rote Feders Erdhaus befanden. Ihr Blick glitt zum Waldrand hinüber, wo Wally – hatte sich das wirklich erst gestern abgespielt? – in der Erdhöhle gefangen gewesen war.

»Wieso Fallgrube?«, hörte sie Hilde sagen.

Egon machte ein Gesicht, als hätte sie ihn gefragt, weshalb er einen Tisch als Tisch bezeichnete, ließ sich jedoch zu einer Erklärung herab. »Ihr wisst doch, dass Rote Feder ein großer Krieger und Jäger vom Stamm der Pawnee ist. Nur wenn die Jäger genug Beute machen, kann der Stamm überleben. Sie jagen mit Pfeil und Bogen, werfen die Angel aus, stellen Fallen —«

»... und buddeln Löcher, in denen man sich die Knochen brechen kann«, fuhr Hilde dazwischen.

Egon wirkte zutiefst getroffen.

In Thekla flammte Ärger auf. So frustriert Hilde wegen ihres gemeinsamen Versagens auch sein mochte, es ging nicht an, die schlechte Laune ausgerechnet an Egon auszulassen, der das am allerwenigsten verdient hatte.

Thekla wandte sich ihm zu. »Hilde versteht nicht, wozu Rote Feder auf seiner Parzelle eine Fallgrube angelegt hat. Und mir geht es ehrlich gesagt nicht anders. Hier gibt es doch keine wilden Tiere, die ...«

Egons Blick ließ sie verstummen. Bitte, schien dieser Blick zu sagen, enttäusch mich jetzt nicht. Ich habe dich für klüger gehalten.

Unvermutet sprang Wally ein. »Rote Feder wollte den Kindern, die sich dafür interessieren, ganz genau zeigen, wie die Indianer und die Trapper früher gejagt haben, stimmt's?«

Egon nickte fast erleichtert.

»Dafür hat er die Fallgrube angelegt«, fuhr Wally fort. »Dafür hat er auch Angelruten gebastelt, Pfeile geschnitzt ...« Aber schon war es aus mit Wallys Kenntnissen über die Jagdmethoden im Wilden Westen.

Ihr Verständnis hatte jedoch genügt, Egons Vertrauen wiederherzustellen.

»Rote Feder hat uns sogar gezeigt, wie man mit einem Tellereisen umgeht und wie man Schlingen legt«, sagte er, dann sprang er plötzlich vom Zaun und lief in Richtung Waldrand davon.

»Wo rennst du denn jetzt wieder hin?«, rief Thekla ihm nach.

»Die Grube zudecken«, gab er über die Schulter zurück.

»Das schaffst du doch nicht allein.«

Egon hob den Arm und machte damit eine Bewegung, als wolle er Hühner vom Hof scheuchen.

Thekla atmete hörbar aus. »Langsam wird mir die Sache zu anstrengend.«

Sie ging den Pfad hinunter, bis sie die kleine Pforte erreichte, die auf Rote Feders Parzelle führte, öffnete sie und betrat das Grundstück. Als sie sie wieder schließen wollte, sah sie, dass ihr Hilde und Wally gefolgt waren.

Egon hatte neben der Fallgrube auf sie gewartet und empfing sie mit strenger Miene. »Seht ihr die Bretter da? Die sind zum Abdecken der Grube vorgesehen. Sie passen genau. Ihr müsst aber darauf achten, dass sie sauber einrasten, damit sie nicht verrutschen können.« Er deutete auf Hilde und Wally. »Ihr packt auf der anderen Seite an.«

Eine ganze Weile werkelten sie schweigend, holten ein Brett nach dem andern und passten es ein.

Thekla musste zugeben, dass Rote Feder gute Arbeit geleistet hatte. Um den oberen Rand der Grube verlief eine Metallschiene, die die Bretter an Ort und Stelle hielt, sodass man gefahrlos drüberlaufen konnte.

Als sie fertig waren, stampfte Egon auf die Abdeckung. »Hält bombensicher.«

»Aber wie konnte ich dann da hineinfallen?«, fragte Wally verdutzt.

Egon sah sie einen Moment lang entgeistert an, dann sagte er wie zu einem begriffsstutzigen Schüler. »Weil sie nicht abgedeckt gewesen ist.«

Wally schüttelte vehement den Kopf. »Dann hätte ich die Grube doch gesehen.«

»Gesehen hättest du sie nur dann, wenn sie offen gewesen wäre, so wie vorhin. Hineingetappt bist du, weil sie getarnt war.« Wally machte verwirrte Krötenaugen, was Egon bewog, fortzufahren: »Die Grube wird nur dann zu einer richtigen Falle, wenn sie so geschickt abgedeckt ist, dass man sie nicht sieht, die Abdeckung aber einbricht, sobald einer drauftritt.« Er zeigte auf eine Anzahl dünner Stangen, die an einen Baum gelehnt waren, und auf einen Korb voll belaubter Zweige. »Wir mussten natürlich alles wegtun, damit wir dich rausholen konnten.« Thekla erinnerte sich, wie sie das ganze Zeug hektisch beiseitegeräumt hatten.

»Und warum«, fragte Hilde, »glaubst du, war die Fallgrube für die Pirsch vorbereitet, als Wally hier zugange gewesen ist?« Egon zuckte die Schultern, während er nach einem letzten Brett griff, das noch neben der Grube lag. Es war etwas länger als die anderen, und Thekla vermutete, dass es zur zusätzlichen Stabilisation diagonal gelegt werden musste. Sie bückte sich, um mit anzupacken, hob das Ende des Brettes hoch und sah etwas Hellschimmerndes darunterliegen.

Thekla ließ das Brett wieder fallen, klaubte den schimmernden Gegenstand auf und begutachtete ihn. Es handelte sich um eines der aus Perlen gefertigten Armbänder nach indianischem Muster, wie sie in der Westernstadt en masse angeboten wurden. Egon hatte das Brett inzwischen mit Hildes Unterstützung verlegt, sich vergewissert, dass es festsaß, und trat nun zu Thekla, um sich ihren Fund anzusehen.

Thekla hatte das Armband auf ihre Handfläche gelegt und hielt es Egon vor die Nase. »Die gibt es zu Tausenden in dem Shop mit den Traumfängern.«

Egon runzelte die Stirn. »Das hier nicht.« Er tippte mit der schmutzigen Fingerspitze auf den Verschluss. »So einen macht nur Silberquell. Das ist ihr Markenzeichen.«

»Du meinst, das Armband gehört Silberquell?«, fragte Thekla interessiert.

»Nicht unbedingt.« Egons Fingerspitze fuhr das Muster nach. »Herzen und nach jedem ein M. So eines hat Lisa vorgestern im Big Tipi für ihre Mom gemacht. Silberquell hilft den Mädchen, die so was basteln wollen, und zeigt ihnen, wie der Verschluss geht.«

»Wer bitte ist Lisa?«, fragte Hilde.

»Lisa ist zehn und wohnt mit ihrer Mom im ›Old Stone‹«, erklärte Egon bereitwillig. »Das ist die ganz alte Hütte am Rand vom Camp. Man kann sie billiger mieten als eine von den neueren.«

Offenbar musste Lisas Mom sparen.

Als hätte Thekla es laut ausgesprochen, fuhr Egon fort: »Lisa sagt, irgendwann einmal pachten sie und ihre Mom im Authentikbereich ein Erdhaus. Und dann nennt Lisa sich Schöne Blume, und ihre Mom nennt sich Schlanker Halm.«

Während Egon sprach, spiegelte seine Miene widersprüchliche Gefühle wider: Bewunderung, gepaart mit Skepsis. Verständnis, gepaart mit Begehren.

Thekla konnte es ihm nachfühlen. Ein Erdhaus wie Rote Feder hätte Egon sicherlich gern haben wollen.

»Ihre Mom hat schon eine Tunika für Lisa genäht und für sich selbst auch«, erzählte Egon weiter. »Die Sachen sehen genauso aus wie die von Silberquell. Hat Lisas Mom sich einfach abgeschaut und nachgema—« Er unterbrach sich, presste die Hand auf den Mund und riss erschrocken die Augen auf. »Mist. Ich hätte gar nichts darüber sagen dürfen. Das alles ist nämlich noch ein großes Geheimnis. Ich habe Lisa das Indianerehrenwort geben müssen, dass ich dichthalte.« Er blickte geradezu flehentlich in die Runde. »Ihr müsst das unbedingt für euch behalten.«

»Tun wir«, versicherte ihm Hilde. »Aber wir sollten mehr darüber wissen.«

Egons Blick wurde misstrauisch.

Bevor Thekla ihm erklären konnte, wie bedeutsam die Informationen, die er von Lisa hatte, möglicherweise waren, meldete sich Wally zu Wort.

»Hat Lisas Mom ein Tattoo auf dem rechten Handrücken?«, fragte sie atemlos.

Egon sah sie verdutzt an.

»Bitte, Egon, es könnte wichtig sein«, setzte Wally hinzu. »Ich weiß, jeder hat heutzutage ein Tattoo. Aber versuch dich trotzdem zu erinnern, ob Lisas Mom eines auf dem Handrücken hat.«

Egon ließ sich im Schneidersitz am Boden nieder, verschränkte die Arme, kniff die Augen zu und dachte eine Ewigkeit nach.

Man hätte meinen können, er sei schockgefrostet.

Thekla erwog bereits, ihn vorsichtig anzutippen, da ließ er endlich die Arme sinken, richtete sich auf und öffnete die Augen.

»Auf dem Handrücken hat sie nichts. Aber sie hat eine gezackte Sonne oberhalb vom Fußknöchel.«

»Auf dem Handrücken hat sie nichts«, wiederholte Wally erregt. »Dann könnte Lisas Mom in ihrem Indianerkostüm bei Trapper Joe gewesen sein, als ich in die Grube gefallen bin.«

Hilde winkte ab. »Ja und? Vielleicht hat sie es ihm vorführen wollen.«

Thekla fragte sich, ob man das so einfach abtun sollte, sah sich jedoch am Nachdenken darüber gehindert.

Wally hatte auf die geschlossene Grube gestarrt und eingeschüchtert geschwiegen, jetzt sagte sie halb zu sich selbst: »Wer sie wohl aufgedeckt hat?«

Hilde fuhr wie elektrisiert hoch. Wortlos zeigte sie auf das Perlenarmband, das an Theklas Finger baumelte, dann auf die Stelle, wo Egon es gefunden hatte. Sie schluckte, brachte aber kein Wort heraus.

Thekla wusste, was sie sagen wollte. Das Armband war ein Indiz dafür, dass diejenige Person, der es gehörte, das oberste Brett von der geschlossenen Grube genommen und es zur Seite gelegt hatte. Dabei hatte sie das Armband versehentlich abgestreift, wobei es daruntergeraten und liegen geblieben war.

Laut Egon gehörte es Lisas Mutter, die sich exakt so kleidete wie Silberquell.

Sie hatte wohl tatsächlich Trapper Joe einen Besuch abgestattet. Aber viel bedeutsamer als das erschien Thekla eine Aussage von Betty Kidney, von der Wally irgendwann erzählt hatte.

Betty hatte entgegen Silberquells Angaben behauptet, Silberquell und Rote Feder hätten sich kurz vor seinem Verschwinden im Freisitz gegenübergesessen und sich gestritten.

Was, wenn Betty sich getäuscht hatte? Wenn nicht Silberquell mit ihm gestritten hatte, sondern Lisas Mutter alias Schlanker Halm?

Angeblich hatte Betty die beiden von einem Fenster ihrer

Hütte aus beobachtet. Thekla schätzte die Entfernung auf gut zehn Meter.

Betty wird sowieso nicht besonders scharf hingesehen haben, dachte sie, weil sie davon überzeugt gewesen ist, Silberquell vor sich zu haben. Wie hätte sie auch auf den Gedanken kommen können, dass sich anstelle von Silberquell eine ihr unbekannte Indianerin in Rote Feders Gesellschaft befand?

Thekla machte den Mund auf, um den anderen ihre Überlegungen mitzuteilen.

»Betty Kidney —«, begann sie, doch weiter kam sie nicht.

»Achtung!«, warnte Egon. Er rollte die Augen und schielte dann bezeichnend zum Nachbargrundstück hinüber.

Eine dicke Frau, anscheinend Betty, war, ohne dass Thekla es bemerkt hatte, an den Zaun gekommen.

»Was treibt ihr denn dahinten?«, rief sie laut.

Thekla ging auf sie zu, um ihr in normaler Lautstärke antworten zu können. »Der Junge hat uns die Fallgrube vorgeführt. Er hat uns gezeigt, wie man sie benutzt und wie man sie sichert.«

Betty verzog das Gesicht. »Ich habe dieses ganze Indianer-Cowboy-Trapper-Getue so dermaßen satt.«

In Thekla regte sich Mitleid mit dieser Frau, die ihrem Mann zuliebe so viele Jahre lang ein ihr verhasstes Hobby mitgemacht hatte.

Doch plötzlich erschien ein triumphierendes Lächeln auf Bettys Gesicht. »Aber jetzt ist es damit vorbei. Schluss, Ende, aus. Frank hat endlich eingesehen, dass wir nicht weitermachen können. Die Auseinandersetzung mit Otis vorhin hat ihm den Rest gegeben. Unsere Hütte geht an Otis' Freund Sam. Der hat schon lang ein Auge drauf.«

»Das freut mich aber für Sie«, sagte Thekla und meinte es ehrlich. Nach kurzem Überlegen ergriff sie dann die Gelegenheit und sprach Betty Kidney auf den Streit an, den Rote Feder und Silberquell am vergangenen Samstagnachmittag angeblich hatten.

»Könnte es nicht doch so sein, dass Sie Silberquell mit jemandem verwechselt —?«, setzte sie an.

»Das wollte mir Ihre Freundin schon einreden. Natürlich

nicht. Mit wem denn?«, fiel Betty ihr schroff ins Wort. »Mit einem der Bisons von Hunting Wolfe vielleicht?«

Thekla unterdrückte einen Seufzer. Es hatte anscheinend keinen Sinn, mit Betty Kidney zu debattieren. Sie verabschiedete sich mit einem Nicken und wandte sich zum Gehen.

Während sie die kurze Strecke zur Grube zurücklegte, sagte sie sich, dass die Kidneys – unleidlich oder nicht – mit Rote Feders Verschwinden wohl doch nichts zu tun hatten. Wenn sie so viel riskiert hätten, um bleiben zu können, würden sie ihre Hütte jetzt nicht Marshal Sam überlassen.

Egon machte gerade einen Handstand.

Als Thekla näher kam, sprang er wieder auf die Füße und sagte zu Hilde: »Hast du gesehen? Auch wenn ich mich auf den Kopf stelle, kommt nix raus. Weil halt nicht mehr darüber drin ist.«

Hilfesuchend wandte er sich an Thekla. »Wie oft soll ich ihr denn noch erklären, dass alles ein großes Geheimnis ist? Lisa weiß ja selbst nicht viel. Ihre Mom will nicht mit ihr drüber reden. Sie hat ihr bloß das gesagt, was ich euch eh schon erzählt hab.«

»Aber Lisa hat bestimmt trotzdem eine Menge mitgekriegt, vielleicht hat sie ja mal gelauscht.« Thekla wusste selbst nicht, woher sie die Gewissheit hatte, dass es sich so verhielt.

Egon sah sie respektvoll an. »Du bist echt nicht blöd.«

»Und«, fragte Hilde unwirsch, »was hat Lisa alles mitgekriegt?«

Egon ignorierte sie und wandte sich wieder an Thekla. »Sie hat kaum was verstanden. Deswegen sind wir auch nicht schlau geworden aus der Geschichte.«

»Worum ging's denn so ungefähr?«, fragte Thekla behutsam.

»Um eine Erbschaft, sagt Lisa«, antwortete Egon entschieden. Dann machte er dicht.

Das Indianerehrenwort schien seine Lippen zu versiegeln.

Thekla hielt es für abträglich, ihn zu sehr zu bedrängen. Sie spielte mit dem Armband, das sie noch immer in der Hand hatte. Ms und Herzchen wechselten sich darauf ab. Wofür die Ms wohl standen? Maria? Konnte Lisas Mutter jene Maria sein, mit der Manuel vor Jahren zusammen gewesen war? Warum nicht? Das würde einerseits begreiflich machen, warum sie Silberquell imitierte, anderseits ergäbe ein Streit zwischen ihr und Manuel Sinn. Aber da war ja noch Lisa. Maria hätte damals schon ein Kind haben müssen.

»Wo ist denn Lisas Papa?«, fragte sie Egon.

Der Junge hatte vor sich hin gebrütet, jetzt schreckte er auf, sah sie verwirrt an. »Lisas Papa? Keine Ahnung. Hier in Pullman ist er jedenfalls nicht.«

Thekla setzte sich auf einen Baumstumpf und begann eine Hypothese durchzuspielen: Mal angenommen, Lisas Mutter hätte Rote Feder nach all den Jahren mit der Behauptung konfrontiert, er sei Lisas Vater. Dann wäre Ärger wohl vorprogrammiert gewesen. Aber wieso hätte sie das tun sollen? Thekla konnte sich keine geeignete Erklärung dafür denken. Doch selbst wenn es eine gab, warum hätte Rote Feder deswegen entführt werden sollen?

Dass er untergetaucht war, fand Thekla, lag in diesem Kontext näher.

Hildes Stimme stoppte ihren Gedankenfluss. »Worüber sinnierst du nach?«

Thekla schaute sie grüblerisch an. »Vaterschaftsklagen, DNA-Tests ...«

Sie verstummte, weil Egon auf einmal ein völlig schockiertes Gesicht machte. »Was hast du gerade gesagt?«

»DNA-Test«, wiederholte Hilde an Theklas Stelle.

Egon begann auf seinem Daumen zu kauen.

»Ging es darum?«, fragte ihn Thekla sanft. »Hat Lisa mitgekriegt, dass ein DNA-Test gemacht werden sollte?«

»Na, wenn du es schon weißt.«

Also doch. Aber ergab es irgendeinen Sinn? Sie beschloss, noch mal von vorn anzufangen.

»Wozu braucht man einen DNA-Test?«, fragte sie laut.

Hilde hatte sich offenbar dieselbe Frage gestellt. »Um Spuren von einem Tatort mit einer Person zu vergleichen. Um die Abstammung einer Person nachzuweisen.«

»Spurenvergleich ...«, sagte Thekla nachdenklich.

Hilde tat es mit einer Handbewegung ab. »Dann wäre Rote Feder von der Polizei vorgeladen worden. Oder entführen die heutzutage ihre Delinquenten?

Blieb der Abstammungsnachweis. Aber die Theorie, Lisa könne Rote Feders Tochter sein, wurde davon nicht stimmiger. Sie war ja offenbar in der Zeit geboren worden, als er noch mit Maria zusammen gewesen war. Aus welchem Grund sollte nicht schon damals die Vaterschaft geklärt worden sein?

»Ich bin der Meinung, der DNA-Ansatz führt zu nichts«, sagte Hilde. »Alles bloß Kindergeschwätz.«

Egon warf ihr einen bitterbösen Blick zu.

Mit Recht, fand Thekla. Hatte Egon nicht laufend bewiesen, wie verlässlich er war?

Außerdem hatten sie auf ganzer Linie nichts Handfestes, da konnten sie ebenso gut nach diesem Strohhalm greifen, der ihnen zwei Begriffe lieferte: »Erbschaft« und »DNA-Test«.

Ein DNA-Test, um die biologische Herkunft einer Person zu klären, ergänzte Thekla in Gedanken.

Diese Person musste nicht zwangsläufig Lisa sein.

Rote Feder? Vielleicht stammte er ja von Sitting Bull und Calamity Jane ab oder von Winnetou und Königin Victoria.

»Thekla«, beschwerte sich Hilde. »Warum hast du ein Grinsen im Gesicht, als wärst du komplett meschugge?«

Thekla achtete nicht auf sie. Ihr war eine Geschichte in den Sinn gekommen, die vor Jahrzehnten durch die Presse gegangen war: Eine Frau hatte behauptet, sie sei die Zarentochter Anastasia. Und der Fall war irgendwann durch einen DNA-Vergleich geklärt worden.

»Ob es wohl manchmal vorkommt, dass Erbschaftsangelegenheiten durch DNA-Vergleiche geregelt werden?«, fragte sie niemand Besonderen, weil sie ohnehin keine Antwort darauf erwartete.

Als sie in die Runde blickte, stellte sie fest, dass sich auch Hilde und Wally auf Baumstümpfen niedergelassen hatten. Egon hockte auf dem Boden.

Hilde war unvermittelt in Schweigen versunken. Ihre Stirn

hatte sich in nachdenkliche Falten gelegt, ihr Blick haftete wie der einer Blinden auf Egons erdverkrusteten Schuhen.

Thekla sah sie verwundert an. Auch Egon war auf sie aufmerksam geworden. »Warum schaut deine Freundin auf einmal aus wie ein Zombie?«, fragte er.

Der Vergleich passte, fand Thekla. Aber was hatte Hilde urplötzlich in eine Untote verwandelt?

»Hilde?«

»Wir hatten neulich so einen merkwürdigen Fall.« Hildes Blick wurde wieder klar. »Rudolf hat vor einiger Zeit im Seniorenstift ›Schöne Au‹ eine Leiche abgeholt. Männlich. Sollte am Granzbacher Friedhof beerdigt werden. Rudolf muss oft im Seniorenstift eine Leiche abholen. Deswegen kennen ihn dort alle, die ganze Belegschaft. Und weil er regelmäßig einen Kasten Apfelschorle spendiert, mögen sie ihn, und entsprechend gut ist er unterrichtet.«

Thekla fragte sich, weshalb Hilde so ausholte. Normalerweise fackelte sie nicht lang, knallte Fakten wie Handkantenschläge auf den Tisch.

»Der Mann«, fuhr Hilde fort, »hatte ein Testament hinterlassen, in dem er seinen unehelichen Sohn als Erben benannt hat.«

»Ja und weiter?«, fragte Thekla ungeduldig. »Was hat das mit unserem Fall zu tun?«

Hilde atmete zweimal durch. »Das Interessante an der Sache ist, dass der Verstorbene diesen Sohn nie gesehen hat, seinen Namen nicht kannte und auch sonst nichts von ihm wusste, außer dass es ihn gibt. Besser gesagt geben müsste.«

Thekla stützte das Kinn auf die Hand und runzelte die Stirn. Worauf Herrgott noch mal wollte Hilde hinaus?

»Der Verstorbene hat verfügt«, sagte die, »dass nach seinem Sohn gesucht werden soll. Die Unkosten, die dafür anfallen, sollten aus der Hinterlassenschaft bestritten werden, die offenbar ganz beachtlich ist. Würde der Sohn gefunden werden, dann müsste ein DNA-Vergleich bestätigen, dass er tatsächlich das leibliche Kind und nicht irgendein Erbschleicher ist.«

Langsam ging Thekla ein Licht auf. Ja, theoretisch schien es vorstellbar, dass Rote Feder dieser Erbe war. Herr Kramer, der im Moment Fragen nach dem Verbleib von Manuel stellte, musste nicht zwangsläufig sein leiblicher Vater sein.

Sogar ein Motiv für Rote Feders Verschwinden trat zutage: Der rechtmäßige Erbe hatte beseitigt werden sollen.

So weit, so gut. Aber konnte es so einfach sein? Konnte es der Zufall wollen, dass die Lösung des Falles im Bestattungsinstitut Westhöll im Kühlkatafalk lag?

Darüber brütete Thekla eine ganze Weile.

Warum von Zufall reden?, fragte sie sich schließlich. Westhöll ist das größte Bestattungsinstitut in der Gegend. Hildes Neffe bedient so gut wie alle Seniorenheime im Umkreis.

Falls die ganze Theorie nicht blanker Unsinn war, konnte sich Manuels leiblicher Vater durchaus in Rudolfs Kühlkatafalk befinden.

Aber lohnte es sich wirklich, der Sache nachzugehen? Mit nichts als ein paar Spekulationen und der vagen Aussage eines Kindes in der Hand?

Dennoch. Es war eine Fährte. Was hatten sie schon zu verlieren, wenn sie ihr folgten?

»Ruf deinen Neffen an«, sagte Thekla. »Frag ihn nach dem Namen dieses Verstorbenen und ob er sonst noch was über die Sache weiß.«

Hilde blies die Backen auf und ließ die Luft mit einem Pfeifton entweichen. »Das werde ich garantiert nicht tun. Rudolf wird als Erstes wissen wollen, warum ich mich dafür interessiere, mir tausend Fragen stellen und dann doch mit nichts rausrücken. Ich fahre hin.«

Thekla kapierte nicht, was damit gewonnen sein sollte. »Willst du die Informationen aus ihm rausprügeln?«

»Zur Not«, antwortete Hilde trocken. »Aber es gibt noch andere Möglichkeiten. Rudolfs pedantisch geführte Unterlagen zum Beispiel. Darin finde ich nicht nur den Namen des Verstorbenen, sondern auch alles, was Rudolf sonst noch über ihn weiß. Informationen lässt mein lieber Neffe nämlich nicht verkommen, die speichert er. Seine Datenbank …« Sie unterbrach sich kurz.

»… tut nichts zur Sache.« Dann straffte sie sich und verfiel in den Kommandoton, den Thekla so an ihr hasste. »Ich fahre auf der Stelle los. Ihr bleibt hier, stöbert Lisas Mutter auf und fühlt ihr auf den Zahn.« Sie sah auf ihre Armbanduhr. »In gut zwei Stunden, so um halb vier rum, kann ich wieder zurück sein.« Damit rauschte sie davon.

Thekla, Wally und Egon sahen ihr verdattert nach.

»Die möchte ich nicht als Großmutter haben«, sagte Egon nach einiger Zeit.

Thekla gab ihm einen leichten Klaps. »Und sie nicht so einen Schmutzfinken wie dich als Enkel.«

Egon machte ein beleidigtes Gesicht.

»Was hältst du von folgendem Deal?«, fragte Thekla einlenkend. »Du gehst dich jetzt waschen und ziehst dir was halbwegs Sauberes an. In zwanzig Minuten treffen wir uns am ›Black Bison Saloon‹. Da spendiere ich dir einen doppelten Hamburger. Danach besuchen wir Lisa.«

»Gebongt«, antwortete Egon mit einem riesigen Grinsen.

15

Bald darauf im Landkreis Deggendorf

Hilde raste über die A 3 nach Norden, scherte sich um keine Geschwindigkeitsbegrenzung und bog schon fünfunddreißig Minuten später in den Innenhof des Bestattungsinstituts Westhöll ein.

Herrgott, lass meinen Neffen auf dem Weg ins Krematorium oder sonst wohin sein, dachte sie.

Das Schlimmste, was ihr im Augenblick widerfahren konnte, war, dass Rudolf sich in seinem Büro aufhielt. In diesem Fall würde sie warten müssen, bis er zu einem Termin (Überführung, Beerdigung, Exhumierung, was auch immer) aufbrechen musste.

Eilig stieg sie aus, schlug die Wagentür zu und wollte gerade die Büroräume stürmen, als sie an sich hinunterblickte und mit Schrecken sah, was sie trug.

Verdammt, erst musste sie noch diesen Folklore-Fummel loswerden.

Fluchend rannte sie über die Hintertreppe zu ihrer Wohnung hinauf, hastete ins Schlafzimmer, tauschte Bluse und Rock gegen Hose und T-Shirt, wollte gerade wieder gehen, besann sich jedoch und griff nach ihrer Reisetasche. Sie warf das Folklore-Outfit hinein und füllte dann den verbleibenden Raum mit Kleidung, die sie wahllos aus dem Schrank riss. Thekla würde sicher etwas davon passen. Wally wohl eher nicht.

Schwein gehabt, frohlockte Hilde, als sie die Büroräume betrat und feststellte, dass nicht Rudolf selbst, sondern seine Frau Lore am Schreibtisch saß, wo sie eine Rechnung zum Ausdrucken fertig machte.

Hilde stellte sich hinter sie, linste über ihre Schulter auf den Monitor und versuchte sich nebenbei an Small Talk.

Bei Rudolf wäre sie umgehend abgeblitzt, aber Lore ließ sich wie immer gern auf eine Plauderei ein. »Rudolf hat sich den Nachmittag freigenommen«, erzählte sie vertrauensselig. »Sein ältester Freund ist fünfzig geworden, das muss gefeiert werden.« Während sie sprach, schloss sie den Ordner und öffnete einen neuen.

Ein unerwartetes Auftauchen Rudolfs war also nicht zu befürchten. Das verschaffte Hilde zumindest Zeit, machte das Vorhaben jedoch nicht einfacher.

Schließlich gelang es ihr, das Gespräch auf den Toten aus dem Seniorenstift zu bringen.

»Josef Duschl, Seniorenstift Schöne Au«, sagte Lore. »Den haben wir kürzlich beerdigt.«

»Nein«, antwortete sie auf Hildes Frage. »Über die Erbschaftsangelegenheit habe ich nichts mehr gehört.« Sie klickte eine Datei an. »Ich wollte gerade die Rechnung fertig machen.«

Hilde konnte ihr Glück kaum fassen. Da stand der Name, den sie benötigte. Darunter fanden sich einige Angaben zur Person: Geburts- und Sterbedatum, Geburtsort und so weiter. Dann folgten die einzelnen Posten, die in Rechnung gestellt wurden: Totenkleidung, Sarg, Dekoration und, und, und. Nichts, was von Interesse war. Die Informationen, die sie haben wollte, würden in dieser Datei nicht zu finden sein. Soweit sie wusste, legte Rudolf für seine privaten Notizen eine gesonderte an, die er allerdings im selben Ordner speicherte.

Zwischen Hilde und dieser Datei hockte Lore.

Sie muss weg, beschloss Hilde. Wenigstens für ein paar Minuten.

Warum zum Teufel kam nicht wenigstens ein Anruf, der sie ablenken würde? Sonst läutete doch ständig das Telefon.

Heute grade nicht.

Gut, dachte Hilde, dann muss eben nachgeholfen werden.

Sie eilte in den angrenzenden Büroraum, schloss die Tür und wählte Alis Nummer. Zu ihrem Glück hob er sofort ab.

Als er sich meldete, hielt sie sich nicht mit Vorreden auf. »Du machst jetzt Folgendes, Ali: Du rufst umgehend die Nummer an, die du auf dem Display siehst. Eine Frauenstimme wird sich mit

›Bestattungsinstitut Westhöll‹ melden. Du hältst die Dame eine Zeit lang auf. Stell ihr Fragen über Vorsorgeregelungen, über Bestattungsarten – über Seebestattung meinetwegen. Aber von mir aus kannst du ihr auch Brandschutzbestimmungen vorlesen. Hauptsache, du hältst sie auf.«

Ohne Alis Antwort abzuwarten, beendete sie das Gespräch und kehrte in Rudolfs Büro zurück.

Ali lieferte prompt.

Hilde hatte noch die Klinke in der Hand, als nebenan das Telefon klingelte.

Lore erhob sich.

Hilde hielt ihr zuvorkommend die Tür auf und drückte sie dann hinter ihr fest ins Schloss.

Zufrieden eilte sie auf den Schreibtisch zu, nahm Lores Platz ein und beugte sich über die Tastatur.

Wie sie es sich gedacht hatte, enthielt der Ordner eine zweite Datei, die »Duschl_Anmerkungen« benannt war. Hilde öffnete sie und scrollte Zeile für Zeile nach unten.

Was sie las, bestätigte ihr, dass sie richtiggelegen hatte. Josef Duschl hatte tatsächlich seinen ihm unbekannten unehelichen Sohn als Erben eingesetzt, ließ posthum nach ihm suchen und verlangte als Beweis des Verwandtschaftsverhältnisses einen DNA-Vergleich.

Einen kurzen Augenblick beschäftigte sich Hilde mit der Frage, was diesen Josef Duschl dazu veranlasst haben mochte, jemanden als Erben einzusetzen, der womöglich nie gefunden werden würde, schob den Versuch, sie zu beantworten, dann aber für später beiseite.

Sie warf einen letzten Blick auf Rudolfs persönliche Notizen, wollte die Datei schon schließen, hielt jedoch plötzlich inne. Sicherlich würde sie keine Gelegenheit bekommen, einen zweiten Blick darauf zu werfen. Aber was, wenn sie in der Eile etwas übersehen hatte, das irgendwann wichtig werden könnte?

Man müsste Rudolfs Anmerkungen genauer studieren, dachte sie. Doch das würde mehr Zeit kosten, als Ali ihr verschaffen konnte.

Der Gedanke, die Datei auszudrucken, kam blitzartig. Hilde peilte bereits das Druckersymbol an, als ihr klar wurde, dass das Geräusch des Druckens nebenan zu hören sein würde.

Verdammt. Sie wollte diese Notizen zur Verfügung haben. Aber wie konnte sie an sie rankommen?

Per Mail. Sie schlug sich an die Stirn. Warum hatte sie nicht gleich daran gedacht? Erst vor Kurzem hatte sie sich ein Smartphone zugelegt, mit dem sie E-Mails empfangen konnte.

Hastig klickte sie Rudolfs Datei mit der rechten Maustaste an, wählte die Option »Senden an E-Mail-Empfänger«, gab ihre Adresse ein und schickte die Mail ab. Dann schloss sie den Vorgang und holte die Rechnungsposten wieder auf den Bildschirm.

Damit war alles erledigt.

Hilde sah keinen Grund, sich auch nur eine Minute länger im Bestattungsinstitut aufzuhalten.

Als sie den Flur hinunterging, hörte sie Lore sagen: »... und sobald Sie eine Vorsorgeregelung getroffen haben, gelten Ihre Anweisungen natürlich über Ihren Tod hinaus ...«

Hilde grinste. Ali machte seine Sache gut.

Wenige Minuten später bretterte sie bereits wieder die A 3 entlang, setzte jedoch an der Ausfahrt Hengersberg den Blinker, weil sie sich spontan dazu entschlossen hatte, dem Seniorenstift »Schöne Au« einen kurzen Besuch abzustatten.

Das weiß getünchte Gebäude lag in einem kleinen Park, und Hilde musste zugeben, dass die Anlage friedlich und einladend wirkte.

Trotzdem graute ihr davor, einzutreten, denn im Geist sah sie bereits sabbernde Greise in knarzenden Rollstühlen vor sich, grantige Pflegerinnen und vierschrötige Pfleger.

Sie wappnete sich gegen das ihr bevorstehende Entsetzen, trat hoch aufgerichtet ins Foyer, begab sich an den Empfangstresen und teilte der Dame dahinter mit, sie käme vom Bestattungsinstitut Westhöll und habe noch Fragen bezüglich des verstorbenen Herrn Josef Duschl, die vernünftigerweise vom Pflegepersonal beantwortet werden sollten. Die Empfangsdame sah offenbar keinen Grund, Hildes Ersuchen abzulehnen, und wies ihr den Weg in den zweiten Stock. Hilde stapfte die Treppe hinauf.

Auf der zweiten Etage war vom Pflegepersonal niemand zu sehen, aber es roch intensiv nach Kaffee, woraus Hilde schloss, dass die Herrschaften Pause machten. Trotzdem mussten sie ja irgendwo aufzutreiben sein.

Sie lief an geschlossenen Türen entlang, die nummeriert waren, und sagte sich gerade, dass es wohl keinen Sinn hatte, einfach an eine zu klopfen, als sich rechts unvermutet ein Durchgang auftat.

Hilde blieb stehen, äugte in die Nische dahinter und entdeckte einen kleinen, recht gemütlich wirkenden Aufenthaltsraum. Um einen niedrigen Tisch saßen drei Senioren in Polsterstühlen. Sie hatten Kaffeetassen und leer gegessene Kuchenteller vor sich. Alle drei sahen recht rüstig aus, keiner sabberte, kein Rollstuhl weit und breit.

Kurz entschlossen trat Hilde ein, zog sich eine Sitzgelegenheit heran und ließ sich darauf nieder.

»Neu hier?«, fragte eine weißhaarige Dame, die winzige Muscheln als Ohrstecker trug.

Hilde war kurz davor, mit »Ja« zu antworten, überlegte es sich jedoch anders und verneinte. »Ich bin wegen Josef Duschl da. Kannten Sie ihn?«

Zögerndes Nicken ringsum. Misstrauische Blicke.

Sie hatte es falsch angefangen.

»Wir haben Schach zusammen gespielt«, erklärte der mindestens Achtzigjährige schließlich, der eine kalte Pfeife in der Hand hielt.

Dann kehrte wieder Schweigen ein, als sei damit alles gesagt.

Vergebens bemühte Hilde sich, ein Gespräch in Gang zu bringen. Antworten auf ihre Fragen kamen kurz und knapp und eher vage.

Ja, Josef war ein angenehmer Mensch gewesen. Nein, Besuch

hatte er nie bekommen. Ja, man kannte sich eine Zeit lang. Nein, Josef war nicht überraschend gestorben.

Hilde hatte bald genug davon, den drei alten Stockfischen belangloses Zeug aus der Nase zu ziehen. Sie beschloss, endlich jemanden vom Pflegepersonal ausfindig zu machen.

Doch bevor sie ihre Absicht in die Tat umsetzte, zeigte sie aus einem Impuls heraus auf die Pfeife. »Drei Dinge braucht der Mann. Feuer, Pfeife, Stanwell. Hieß es nicht so in den Siebzigern?«

Der alte Herr lachte. »Kulenkampff, Peter Alexander, Caterina Valente. Das waren Zeiten.«

Unversehens war der Bann gebrochen, und auf einmal kam die Sache in Schwung.

Josef Duschl war lange Zeit der Vierte in ihrer Runde gewesen, bis ihn ein Schlaganfall lähmte.

»War schlimm für ihn, dass er nicht mehr gehen konnte«, sagte die Muschel-Dame, »ja, nicht einmal mehr richtig sitzen, nicht mehr gesittet essen.«

»Aber geistig hat ihm gar nichts gefehlt«, fügte der Herr mit der Pfeife hinzu. »Schachspielen hat noch hervorragend geklappt.«

Nach und nach kam heraus, dass Josef Duschl weder Ehefrau noch Kinder gehabt hatte. Er war sehr gut betucht gewesen, hatte sich aber bis zu seinem Schlaganfall nie darum gekümmert, wer ihn beerben würde. Doch dann war ihm die Frage auf einmal wichtig geworden, und er hatte angefangen, von einem unehelichen Sohn zu sprechen, der aus einer späten und recht kurzen Beziehung hervorgegangen sei.

Der Herr mit der Pfeife gestand ein, dass es daraufhin eine Zeit lang Zweifel gab, ob Josef Duschl nicht doch geistig angeschlagen war, aber als sich ansonsten keinerlei Anzeichen für ein Defizit zeigten, begann man, ihm zu glauben. Insbesondere seinen Lieblingspfleger, Max Holler, konnte Josef von der Sache überzeugen, und der versprach ihm, nach diesem unehelichen Sohn zu fahnden.

Unglücklicherweise hatte Duschl so gut wie nichts zu bieten, was dabei hilfreich sein konnte. Das einzig Handfeste war ein alter Zeitungsausschnitt, aus dem hervorging, dass die Mutter des Jungen bei einem Unfall ums Leben gekommen war und man den Unfallverursacher dafür eingesperrt hatte. Namen waren in dem Artikel natürlich nicht abgedruckt, nur Initialen.

Die des Unfallverursachers waren S.W., erinnerte sich die Muschel-Dame.

Noch bevor Hollers Bemühungen irgendwelche Früchte zeitigten, spürte Josef sein Ende nahen und beeilte sich, im Beisein seiner drei Freunde ein Testament aufzusetzen.

»Glücklicherweise war sein Schreibarm noch brauchbar«, sagte der Pfeifenraucher, »sonst hätten wir einen Notar hinzuziehen müssen.«

»Hannes ist Anwalt gewesen«, erklärte die Muschel-Dame mit einem Nicken zu dem Herrn hinüber. »Er hat Josef beraten und dafür gesorgt, dass alles seine Richtigkeit und Gültigkeit hatte.«

Hannes nickte. »Josefs letztwillige Verfügung war ein schreckliches Gekrakel, aber lesbar und vor allen Dingen eindeutig. Es lässt sich nicht daran rütteln.«

»Was passiert denn, wenn Duschls rechtmäßiger Erbe nicht gefunden werden kann?«, wollte Hilde daraufhin wissen.

Auch diesem Umstand war im Testament Rechnung getragen worden.

»Wenn der Erbe innerhalb von zwei Jahren nicht feststeht, geht Josefs Vermögen an die Kinderkrebshilfe.«

»Und wie kommt Holler voran?«, fragte Hilde.

Die drei zuckten die Schultern. Seit Josefs Tod hatten sie Holler nicht mehr gesehen. Es hieß, er habe sich beurlauben lassen. Weshalb, wusste offenbar keiner.

Damit war alles gesagt. Widerstrebend stand Hilde auf.

Fast eine Stunde hatte sie sich mit den drei Senioren unterhalten. Höchste Zeit, aufzubrechen. Erstaunlicherweise bedauerte sie es, gehen zu müssen.

Die drei winkten ihr nach, als sie den Durchgang passierte.

Sie winkte zurück.

Aber schon im nächsten Moment strebte sie eilig den Flur

hinunter, wo ihr auf halber Höhe eine Pflegerin begegnete. Hilde verzichtete darauf, sie anzusprechen. Was hätte ihr die Frau denn noch sagen können, was sie nicht schon erfahren hatte?

Ah, eines vielleicht doch.

Hilde kehrte um, eilte ihr nach und fragte sie nach der Adresse von Max Holler. Die Pflegerin dachte gar nicht daran, sie ihr zu verraten und verschwand hinter der nächsten Tür.

Hilde nahm sich vor, ihr Glück bei der Empfangsdame zu versuchen. Sie stiefelte die Treppe hinunter und durchquerte gerade das Foyer, als ihr in einer Nische eine Art Pinnwand mit Fotos ins Auge fiel. Vielleicht würde sich ein Blick darauf lohnen. Hilde trat näher und fand sich der gesamten Belegschaft des Seniorenstifts gegenüber.

In der zweiten Reihe von unten stieß sie auf Max Holler. Irgendwie kam er ihr bekannt vor. Aber vermutlich täuschte sie sich. Sie war noch nie gut darin gewesen, Gesichter einzuordnen. Der Kerl ganz unten beispielsweise schien ihr Rodeo Jim ähnlich zu sehen. Aber natürlich war er es nicht. Rodeo Jim hieß ja mit richtigem Namen Stefan Weigl, während der hier … Mist, ausgerechnet der Namensaufdruck war durch die Halterung verdeckt.

Beim Gedanken an Rodeo Jim fiel ihr das Foto ein, das sie in seiner Hütte gefunden hatte.

Der Mann darauf schien Holler ähnlich gesehen zu haben. Dieselben lockigen braunen Haare, dieselben runden Wangen. Im Gegensatz zu dem Kerl auf dem Foto aus der Hütte trug Max Holler allerdings eine Hornbrille. Sie würde die beiden Bilder miteinander vergleichen müssen, um feststellen zu können, wie weit die Ähnlichkeit reichte. Das aus der Hütte hatte sie doch …

Verdammt. Es steckte noch in dem Rock, den sie in der Westernstadt getragen hatte.

Hilde starrte auf Max Hollers Konterfei und fragte sich, ob sie ihm in Pullman City über den Weg gelaufen sein konnte. Auszuschließen, dachte sie, ist es nicht, aber ebenso wenig ist es gewiss.

»Das liegt an dieser saublöden Kostümierung«, begann sie leise vor sich hin zu schimpfen. »Die verfälscht alles so dermaßen, dass man seine besten Freunde kaum noch erkennt.«

Und ja, verdammt, sie hatte sich Gesichter noch nie merken können. Sobald sich jemand, den sie eigentlich ganz gut kannte, auch nur ein klein wenig veränderte, war es schon vorbei mit dem Wiedererkennen. Und ja, zur Hölle, ihre Augen waren auch nicht mehr die besten.

Sie starrte Max Holler an, versuchte, ihn sich als Cowboy vorzustellen, als Marshal, als Indianer und gab schließlich auf.

Mir wäre schon geholfen, dachte sie, wenn ich sicher sein könnte, dass er mehr oder weniger regelmäßig in der Western-stadt anzutreffen ist.

Sie überlegte eine Weile hin und her, wie sich das herausfin-den ließe, und kam auf den Gedanken, es mit einem Bluff zu probieren.

Kurzerhand trat sie an den Tresen der Empfangsdame, gab ein paar nichtssagende Abschiedsworte von sich, tat, als wolle sie gehen, drehte sich jedoch noch einmal um. »Eigentlich wollte ich ja mit Max Holler sprechen. Zu Hause ist er nicht, hier ist er nicht. Ich sollte wohl in Pullman City nach ihm suchen.«

Die Empfangsdame lächelte. »Da könnten Sie Glück haben.«

Also doch.

Wie angekündigt, kam Hilde gegen halb vier in die Westernstadt zurück. Die knappe Stunde, die sie in das Gespräch mit den drei Senioren investiert hatte, hatte sie durch permanent überhöhte Geschwindigkeit fast wettgemacht.

Sie durchschritt das Eingangstor, kaufte zähneknirschend eine neue Tageskarte und eilte dann am Palisadenzaun von Fort Pullman entlang auf den Stadtkern zu. Dem beflaggten Fort schenkte sie ebenso wenig Beachtung wie den Blockhütten, die es umringten. Sie ließ »Big Al's Schießanlage« hinter sich, gönnte »Ice Cream, Crêpes & Chocolate Fruits« keinen Blick, blieb aber abrupt vor dem »Black Bison Saloon« stehen.

Hatte sie sich hier wieder mit Thekla und Wally treffen wollen oder woanders? Hatten sie überhaupt einen Treffpunkt ausgemacht?

Verdammt. Hilde konnte sich nicht erinnern, wie sie mit den beiden vor ihrer Abfahrt verblieben war. Sie versuchte, die beiden anzurufen, was natürlich wieder einmal nicht klappte. »Haut ja nie hin«, mäkelte sie. »Abgeschaltet, Akku leer, Funkloch ... irgendwas ist doch immer.« Sie ging ein paar Minuten lang auf und ab, warf einen Blick in den Saloon, spähte die Mainstreet hinunter – und verlor die Geduld.

In den vergangenen Tagen hatten sie öfter nacheinander gesucht als nach dem verschwundenen Manuel Kramer alias Rote Feder! Damit würde sie jetzt keine Zeit mehr vertrödeln.

Sie beschloss, als Erstes ihre Reisetasche ins Hotel zu bringen, die Kleidung auszupacken und das Foto aus der Rocktasche zu nehmen.

Dann würde sie mit dem Bild zu Marshal Otis ins Office gehen. Er musste den Kerl kennen und ihr sagen können, wen er in der Westernstadt darstellte: Indianer, Trapper, Farmer, Marshal? Max Holler konnte schließlich kein Phantom sein.

16

Etwas früher im »Black Bison Saloon«

»Meine Mom hat gesagt, wenn ich bis zum Dunkelwerden mein Zeug nicht gepackt hab, dann war das unser letzter Urlaub in Pullman City«, verkündete Egon. Er hatte einen enormen Hamburger vor sich stehen, in den er jetzt herzhaft hineinbiss. Wally lächelte ihm zu. »Bis dahin ist ja noch viel Zeit. Vor acht, halb neun wird es im August nicht dunkel.« Sie schaute auf ihre Armbanduhr. »Also hast du noch mindestens sechs Stunden.« »Ich werd ein Weilchen brauchen, bis ich alles zusammengesucht hab«, gestand Egon kauend. »Aber eine Stunde müsste eigentlich reichen«, fügte er munter hinzu.

»Bleiben fünf«, rechnete Wally aus. »Willst du mit Lisa was unternehmen, während wir mit ihrer Mom reden?«

Egon legte den Hamburger, in den er soeben wieder beißen wollte, zurück auf den Teller. »Lisa und ihre Mom sind gar nicht da. Ich hab auf dem Herweg extra bei ihnen vorbeigeschaut, damit ihr den Weg nicht umsonst machen müsst. Hab ich mir nämlich gleich gedacht, dass sie mit den Pferden weg sind.«

»Haben Lisa und ihre Mom eigene Pferde?«, fragte Thekla.

Egon schüttelte den Kopf, sprechen konnte er nicht, weil er einen Riesenbiss getan hatte. Nachdem er den größten Teil davon hinuntergeschluckt hatte, sagte er: »Kann man fich leihen.«

»Vielleicht kommen sie ja bald zurück«, meinte Wally.

Erneutes Kopfschütteln. »Tun sie nicht. Wenn Lisas Mom ein Pferd unter den Hintern kriegt ...« Er machte eine Bewegung, als würde Lisas Mom dann abheben wie ein Düsenjet.

Wally seufzte. Aus einer Unterhaltung mit Lisas Mutter würde also nichts werden. Sollten sie nun einfach hier sitzen bleiben und auf Hildes Rückkehr warten?

Es blieb still am Tisch, bis Egon den Rest seines Hamburgers verdrückt hatte.

Wally schaute unruhig zu Thekla hinüber. Sie dachte wohl gerade über etwas nach, denn sie starrte unverwandt auf Egons inzwischen leeren Teller.

Plötzlich richtete sie sich auf. »Wie wäre es mit Nachtisch, Egon?«

Er war sichtlich überrascht, dann grinste er und nickte.

Thekla griff nach der Karte. »Muffin, Pancake ...«

»Darf ich mir als Nachtisch was anderes aussuchen?«, fragte Egon.

Thekla zog fragend eine Braue hoch.

»Bogenschießen.«

Wally sah ihn verdattert an, selbst Thekla brauchte offenbar einen Moment, um das zu verdauen.

»In ›Big Al's Schießanlage‹«, erklärte Egon. »Wir machen einen Wettkampf.«

Thekla lachte. »Wenn du mir zuvor erklärst, wie es geht und mir ein, zwei Übungsschüsse zugestehst – okay.«

Wally hörte nicht, was Egon darauf antwortete. Bogenschießen. Himmelmutter. Sie würde sich zum Gespött machen, und wie. Und was würde Hilde sagen, wenn sie erfuhr, dass Thekla und sie nichts Besseres zu tun gefunden hatten, als mit Egon einen Wettkampf auszutragen?

Hilde würde ... Wally wollte es sich gar nicht vorstellen.

Plötzlich fiel ihr auf, dass Thekla und Egon sie aufmerksam beobachteten.

»Du hast Angst, dass euer Feldwebel deswegen ausflippt«, sagte Egon nüchtern.

Thekla brach in lautes Gelächter aus.

Wally lächelte gequält. Wie hatte der Bub sie nur so durchschauen können? Er hielt sie für feige, und das mit Recht. Und er befürchtete, dass sie die Sache nun abblasen würde.

Das konnte sie ihm nicht antun.

Unversehens kam ihr der rettende Einfall.

Wally legte die eine Hand auf Theklas Arm, die andere auf Egons Schulter. »Wir machen das so: Ihr zwei geht Bogenschießen, und ich versuche in der Zwischenzeit, Trapper Joe aufzutreiben. Er muss ja schließlich wissen, ob er gestern Besuch von Lisas Mom bekommen hat oder nicht.«

Thekla schien unschlüssig, ob sie zustimmen sollte, aber Wally sandte ihr einen bittenden Blick, sodass sie es schließlich tat. Egon sprang auf, als hätte er auf einer Sprungfeder gesessen. »Ich stell mich schon mal an. Bei Big Al stehen sie nämlich immer Schlange.« Damit schoss er davon.

»Ich lass dich nur ungern gehen«, sagte Thekla, als sie und Wally das Restaurant verließen. »Mittlerweile ist viel zu viel vorgefallen, als dass wir uns auch nur halbwegs sicher fühlen könnten. Ich mache mir Sorgen, wenn du allein losziehst. Willst du es dir nicht noch mal überlegen?«

Wally dachte, dass es nicht viel Schlimmeres geben könne, als sich beim Bogenschießen zu blamieren und damit auch noch eine Gardinenpredigt von Hilde zu riskieren. Sie versuchte, Thekla zu beruhigen. »Was soll mir denn schon passieren am helllichten Tag? Die Stadt ist voller Leute. Da kann mir doch niemand was antun, ohne dass es auffällt.«

Thekla zögerte noch ein paar Sekunden, dann gab sie endgültig nach. »Gut. Treffen wir uns in eineinhalb Stunden wieder hier. Bis dahin könnte Hilde zurück sein.«

Wally schlenderte durch die Mainstreet und fragte sich fast belustigt, wie oft sie das in den vergangenen vierundzwanzig Stunden schon getan hatte. Mittlerweile konnte sie die Namen der Geschäfte, Bars und Restaurants, die sie säumten, auswendig hersagen:»Pinacolada Bar«, »Coffee & Ice«, »La Piazza«, »Longhorn Steakhouse« …

Otis saß in seinem Schaukelstuhl vor dem Marshal Office und winkte ihr zu.

Wally ging zu ihm hin und fragte ihn nach Trapper Joe.

»Der ist mir nicht mehr unter die Augen gekommen«, antwortete er. »Denke, er hat viel mit dem Neubau zu tun. Langsam scheint ihm die Zeit davonzulaufen. Soviel ich gesehen habe, liegt noch ein Haufen Material herum. Das muss alles verarbeitet werden.«

Wally fasste sich an den Kopf. »Ja natürlich, er muss ja mit dem Bau fertig werden. Dass ich da nicht selbst draufgekommen bin.«

Otis lachte. Dann sagte er zwinkernd: »Sie wollen doch nicht hingehen und Joe von der Arbeit abhalten?«

Das wollte Wally bestimmt nicht, aber sie musste dringend mit Joe reden.

Bevor sie sich von Otis verabschieden konnte, klopfte er auf die Sitzfläche eines Korbstuhls, der neben seinem Schaukelstuhl stand, und sagte schmeichelnd: »Warum setzen Sie sich nicht lieber ein bisschen zu mir? Die Veranda vor dem Marshal Office ist das unterhaltsamste Plätzchen in der ganzen Stadt. Jeder kommt irgendwann mal hier vorbei, und ich kenne fast alle. Sogar viele von auswärts, von weiter her. Heute zum Beispiel ist Wade mit seiner Frau hier. Die beiden sind mehr als einen Blick wert. Wade stellt einen reichen Pflanzer aus den Südstaaten dar. Dort drüben, schauen Sie.« Er zeigte diskret über die Straße.

Wallys Blick glitt an der Front eines Geschäftes entlang, über dem ein Schild mit der Aufschrift »Stitchery« hing. Sie hatte bereits herausgefunden, dass man hier Kleidungsstücke mit selbst gewählten Motiven besticken lassen konnte.

Als sie neben einem Drehständer das von Otis beschriebene Paar entdeckte, stieß sie ein überwältigtes »Oh« aus.

Wade und seine Frau waren nicht mehr jung, Ende fünfzig, schätzte Wally. Aber gerade das ließ sie umso eindrucksvoller wirken. Wade trug einen langen weißen Staubmantel mit einem runden Kragen, der bis über die Schultern reichte. Ein breitkrempiger schwarzer Hut beließ das Gesicht im Schatten, konnte die vorspringende Nase und das markante Kinn jedoch nicht verbergen. Ein Gewehr mit abgeknicktem Lauf hing lässig über seiner Schulter. Seine Frau trug einen Traum aus Taft, Spitze und Tüll in Weiß und Hellblau. Auf ihrem schon ergrauten Haar saß ein reizendes Gebilde aus weißem Gespinst.

»Sie wirken wie … wie eine Komposition«, flüsterte Wally.

Otis nickte ihr anerkennend zu. »Das haben Sie aber schön ausgedrückt. Wade und seine Frau sind allerdings nicht die einzig sehenswerten Besucher heute.« Erneut klopfte er auf die Sitzfläche des Korbstuhls. »Setzen Sie sich, setzen Sie sich. Sie werden es nicht bereuen.«

Doch, das würde sie. Hilde würde es ihr nicht verzeihen, wenn sie derart die Zeit vertrödelte. Sogar Thekla würde unwillig reagieren, obwohl sie selbst …

Wally verscheuchte den Gedanken und wandte sich lächelnd an Otis. »Ich muss kurz mit Trapper Joe reden. In einer Viertelstunde bin ich zurück, und falls Ihre Einladung dann noch gilt …«

»Für Sie immer«, antwortete Otis galant. »Und wenn Sie wollen, kann ich Sie später auch mit Wade und seiner Frau bekannt machen.«

Wally versicherte ihm, dass es sie ungemein freuen würde, das Paar kennenzulernen. Dann eilte sie davon.

Im Authentikbereich herrschte auffallende Stille. Die meisten der Hobbyisten schienen ausgeflogen zu sein. Viele machten es wohl wie Wade und seine Frau, spazierten durch die Stadt und führten ihre durchaus beachtenswerte Garderobe vor.

Nicht einmal die Kidneys ließen sich sehen. Ihre Hütte lag seltsam verlassen da.

Als Wally lauschend stehen blieb, konnte sie von Trapper Joes Parzelle ein Hämmern hören. Wie Otis vermutet hatte, schien er eifrig an der Arbeit zu sein.

Wally suchte sich gegenüber dem Neubau einen Platz am Zaun, von dem sie freie Sicht auf die Baustelle hatte, und fragte sich, ob sie einfach hineinspazieren oder sich vorher bemerkbar machen sollte.

Mit Kennerblick musterte sie einen Stapel Bretter neben dem Eingang, befand das Holz für zu wenig durchgetrocknet und zu schlecht gehobelt.

Wo hatte Trapper Joe sich nur so miese Ware andrehen lassen? Ihr Mann würde solche Bretter nicht einmal zu Obstkisten verarbeiten wollen.

Auf einmal merkte sie, dass das Hämmern aufgehört hatte.

Im nächsten Moment trat Trapper Joe ins Freie. Als er Wally entdeckte, winkte er ihr freundlich zu, machte jedoch Anstalten, mit einem Brett unter dem Arm in den Neubau zurückzukehren.

Sie musste ihn aufhalten.

Die Überlegung, wie sie ihn anreden sollte, ließ sie kurz zögern, sodass Joe schon fast außer Sicht war, als sie rief:»Mister Joe. Darf ich Sie was fragen?«

Er blieb stehen, wandte sich zu ihr um und schien einen Moment lang unschlüssig. Dann nickte er und lehnte das Brett an die Wand.»Kommen Sie. Setzen wir uns in die Hütte. Ich wollte sowieso mal Pause machen.«

Als Wally am Neubau vorbeiging, warf sie einen schnellen Blick hinein und stellte fest, dass Joe offenbar gerade dabei war, Bodenbretter zu verlegen. Das vordere Drittel des Raums war bereits fertig. Das mittlere Drittel war mit Plastikplanen abgedeckt. Im hinteren Teil sah Wally blanken Erdboden.

Ihr Fuß stockte. Wie konnte Joe so ungeschickt sein, mit dem Verlegen am Eingang zu beginnen? Das war doch verrückt. Man musste gewiss nicht Sepp Maibiers Ehefrau sein, um zu wissen, von wo nach wo Bodenbretter in einem Raum verlegt werden mussten.

»Kommen Sie. Wo bleiben Sie denn?«, rief Joe aus der Hüttentür.

Eilig folgte Wally seiner Aufforderung.

Das Innere der Hütte überraschte sie sehr.

Nie hätte sie für möglich gehalten, dass ein männliches Wesen einen Raum so ansprechend, ordentlich und gleichzeitig behaglich gestalten konnte.

Auf sämtlichen Stühlen und Bänken lagen dicke Felle, die dazu einluden, sich hineinzukuscheln. An den beiden Fenstern hingen fröhlich karierte Vorhänge, und auf dem Esstisch, der darunterstand, lag mittig eine kleine, auf indianische Art bestickte Tischdecke.

Trapper Joe bot Wally einen Stuhl am Tisch an, setzte sich ihr gegenüber und sah sie auffordernd an.»Sie wollten was fragen?«

Ja, dachte Wally. Aber was war es nur gewesen? Joes unsinnige Vorgehensweise beim Bodenverlegen und die Verblüffung über das Innere der Hütte hatten sie ganz konfus gemacht.

Joe lachte auf. »Kann nichts wirklich Wichtiges gewesen sein, wenn es Ihnen schon nicht mehr einfällt.« Während er sprach, beugte er sich vor und schloss eine Aktenmappe, die aufgeschlagen auf dem Tisch gelegen hatte.

Dabei geriet sein Handrücken in Wallys Blickfeld.

Das half ihrem Gedächtnis auf die Sprünge. Aber vor lauter Erleichterung darüber, dass sie sich wieder entsann, vergaß sie, kurz nachzudenken, wie sie ihre Frage am besten vorbringen sollte.

Unüberlegt platzte sie heraus: »Hat Lisas Mutter Sie gestern Nachmittag besucht?«

Täuschte sie sich, oder wirkte Trapper Joe auf einmal erschrocken?

Einen Augenblick später war seine Miene wieder blank. »Lisas Mutter ... Wer soll das denn sein?«

Wally hätte sich ohrfeigen mögen. Sie hatte es vermasselt. Warum war sie nicht schlauer vorgegangen, raffinierter?

Jetzt war es zu spät für Schachzüge.

»Wer hat Sie denn gestern besucht?«, fragte sie deshalb lahm.

»Alle möglichen Leute sind vorbeigekommen«, erwiderte Trapper Joe mit einer Grimasse.

Wally unterdrückte einen Seufzer. Sie hatte die Sache so sehr vermasselt, dass sie vermutlich überhaupt nichts Wissenswertes erfahren würde.

Himmelmutter, könntest du vielleicht ... bitte.

»Marshal Otis hat vorbeigeschaut«, begann Joe aufzuzählen, »Frank Kidney ist herübergekommen, Schlauer Biber war kurz da ...«

»Und eine Indianerin«, hakte Wally ein.

Joes Augenbrauen hoben sich. »Das kann nur Silberquell gewesen sein. Wir haben uns in letzter Zeit öfter miteinander unterhalten.« Er öffnete die Tischschublade und schob die Aktenmappe hinein. »Silberquell weiß doch im Augenblick überhaupt nicht, woran sie ist. Fragt sich die ganze Zeit: Hat er mich sitzen lassen? Ist ihm was passiert?«

»Aber was könnte Rote Feder denn passiert sein?«, sagte Wally. »Wenn er einen Unfall gehabt hätte, was eigentlich nicht sein kann, weil sein Auto auf dem Parkplatz steht, dann hätten seine Eltern doch längst davon erfahren.«

Trapper Joe knüpfte das Tuch um seinen Kopf auf, wischte sich damit die Stirn, rubbelte durch seinen Bart, als würde er jucken, und band es dann neu. »Rote Feder ist ständig in den Wäldern rumgerannt und hat seine Indianerspiele gespielt. Jagen, Fischen, Spuren lesen und Spuren verwischen. Anschleichen ...« Er verstummte und winkte ab, womit er wohl kundtun wollte, dass er weder wusste noch wissen wollte, was Rote Feder alles getrieben hatte. Dann fuhr er fort: »Er könnte von einem Felsen gestürzt und sich dabei den Hals gebrochen haben. Ein Baum könnte ihn erschlagen haben. Morsche Bäume stehen hier viele rum. Die geben nicht bekannt, wann sie umfallen wollen.«

»Aber haben Sie mir nicht selbst erzählt, dass im ganzen Umkreis nach Rote Feder gesucht worden ist?«, wandte Wally ein.

Joe lachte trocken auf. »Ein paar von uns Hobbyisten haben geschaut, ob er verletzt irgendwo liegt. Eine Suche ohne Sinn und Plan ist das gewesen. Auf diese Weise jemanden zu finden wäre mehr als Zufall. Für ein methodisches Vorgehen hätte es eine Hundertschaft gebraucht und außerdem noch Spürhunde. Angeblich ist nichts davon genehmigt worden.«

Wally fragte sich gerade, ob man bei der Polizei nicht an der verkehrten Stelle gespart hatte, als ihr einfiel, dass sie eine ganz andere Sache zu klären hatte.

»Aber gestern Nachmittag war nicht Silberquell bei Ihnen«, entfuhr es ihr. »Es muss eine andere Indianerin gewesen sein.«

Trapper Joe sah aus, als wolle er sie fragen, ob sie noch alle Tassen im Schrank habe.

So weit sollte es nun doch nicht kommen. Zugegeben, sie hatte im Gespräch mit Joe nicht unbedingt ein kriminalistisches Händchen bewiesen, aber unzurechnungsfähig war sie noch lange nicht. Das konnte sie sogar belegen. »Silberquell hat ein

Tattoo am rechten Handrücken, die andere Indianerin hatte dort keins.«

Mit Trapper Joes Reaktion hatte Wally allerdings nicht gerechnet.

»Was soll der ganze Quatsch?«, rief er zornig. »Nur weil Sie ein Tattoo gesehen oder nicht gesehen haben, kommen Sie hierher, halten mich von der Arbeit ab und nerven mich. Warum interessiert es Sie überhaupt, wer gestern hier gewesen ist?«

Diesmal dachte Wally nach, bevor sie den Mund aufmachte. »Weil wir uns von Lisas Mutter ein paar Informationen erhoffen. Wir wollten mit ihr reden, aber sie ist ausgeritten. Sie scheint Silberquell nachzuahmen, aber sie hat *kein* Tattoo auf dem Handrücken. Ihre Besucherin gestern hatte wie gesagt auch keins. Deshalb bin ich davon ausgegangen, dass Lisas Mutter hier war und Sie mit ihr bekannt sein müssen.«

»Bin ich nicht«, sagte Trapper Joe knapp.

Wally hatte, während sie sprach, den Saum der Tischdecke durch die Finger gleiten lassen und auf der Unterseite einen Schriftzug entdeckt, der mit Tintenstift dort angebracht worden war. Jetzt sah sie ihn sich genauer an. »Lisa Biller«. Daneben stand das Datum vom vergangenen Freitag. »Aber mit Lisa sind Sie schon bekannt«, sagte sie entschieden und hielt ihm die Kennzeichnung vor die Nase. »Warum lügen Sie mich an? Warum soll niemand wissen, dass Sie mit den beiden in Kontakt stehen? Und warum«, fügte sie völlig zusammenhanglos hinzu, »verlegen Sie den Boden im Nebengebäude so unprofessionell?«

Trapper Joe ließ den Kopf auf die Hände sinken und barg das Gesicht darin. Als er wieder aufsah, wirkte er verändert.

Er schien plötzlich alt, verbraucht und müde. Doch seine Augen hatten einen harten Glanz.

Schweigend erhob er sich, ging zu einem Schrank, öffnete ihn und machte sich darin zu schaffen.

Wally verstand sein Verhalten als Rauswurf, legte den Saum des Deckchens zurück auf den Tisch, glättete ihn und achtete nicht weiter auf Joe.

»Sie hätten nicht herkommen sollen.«

Ich geh ja schon, dachte Wally und wollte aufstehen, kam jedoch nicht mehr dazu. Etwas Weiches hüllte ihren Kopf ein, im nächsten Moment traf sie ein Schlag in die Halsgrube. Wally kippte vornüber, rang nach Luft. Bevor sie mit der Stirn auf die Tischkante aufschlagen konnte, wurde sie festgehalten und gegen die Stuhllehne gedrückt. Der Stoff über ihrem Gesicht straffte sich. Eine Schnur wand sich um ihren Hals, wurde festgezurrt.

Wally konnte kaum noch atmen. Sie riss den Mund weit auf, um Luft zu bekommen; gleichzeitig öffnete sie die Augen, die sie, als der Angriff kam, ganz unbewusst zugekniffen hatte.

Überrascht stellte sie fest, dass sie durch die Stoffschicht die lichten Vierecke der Fenster erkennen konnte und die dunklen Konturen der Möbel.

Der dünne Stoff auf ihrem Gesicht fühlte sich weich und glatt an. Joe musste ihr einen Kissenbezug übergestülpt haben.

Aber was spielte das für eine Rolle? Die dringlicheren Fragen waren wohl, warum hatte er das getan und was hatte er mit ihr vor?

Nichts Gutes, war sich Wally sicher.

Joe band ihre Handgelenke zusammen, dann versetzte er ihr einen Schlag auf den linken Wangenknochen, der sie Sterne sehen ließ und ganz benommen machte. Schließlich zog er sie vom Stuhl hoch und schleppte sie mit sich.

Wally fühlte sich gestoßen, gezerrt, geschubst, ab und zu auch gebremst und letztendlich über eine Art Stiege hinunterbugsiert.

Als das Schütteln und Rempeln schließlich aufhörte, fühlte sie sich völlig kraftlos und sackte zusammen. Sehen konnte sie nun nichts mehr. Offenbar hatte Joe sie in einen dunklen Raum gebracht.

In einen *dunklen, kalten und feuchten* Raum, flüsterten Wallys Gedanken entsetzt.

Unversehens wurde sie von dem Kissenbezug um ihren Kopf befreit. Sie blinzelte, konnte noch immer nichts sehen, hörte jedoch ein Tapsen.

Zögernd drehte sie sich in die Richtung, aus der das Geräusch zu kommen schien, und entdeckte ein helles Quadrat auf dem Fußboden. Instinktiv hob sie den Blick, um nach der Lichtquelle Ausschau zu halten, und fand eine etwa sechzig mal sechzig Zentimeter große Öffnung in der Decke ihres Verlieses. Eine roh zusammengezimmerte Treppe – mehr eine Leiter – führte hinauf. Trapper Joe stieg sie soeben hoch. Einen Moment später war er durch den Ausstieg verschwunden. Wally hörte noch ein Schaben und Scharren, dann war es völlig dunkel.

Wally hockte auf dem Boden, schauderte, schniefte, begann zu schluchzen.

Plötzlich erschien schräg vor ihr ein schwacher kleiner Lichtkegel, der ihr ein kleines bisschen Mut machte. Sie saß doch nicht in völliger Dunkelheit! Sobald sich ihre Augen angepasst hatten, würde sie Einzelheiten unterscheiden können, würde herausfinden, wo Trapper Joe sie hingebracht hatte.

Erschöpft lehnte sie sich an die unebene Wand in ihrem Rücken, fühlte, wie Kühle und Feuchtigkeit durch ihre Bluse drangen, beugte sich hastig wieder vor und wollte sich mit den Händen auf dem Boden abstützen. Dabei stellte sie fest, dass ihre Handgelenke, wenn auch locker, noch immer zusammengebunden waren. Doch darum konnte sie sich später kümmern. Zuerst musste sie wissen, wo sie war.

Als sie sich aufrichtete, zeigten sich endlich die Umrisse ihres Verlieses.

Was Wally jetzt sah, bestätigte etwas, das sie längst geahnt hatte.

Sie befand sich in einer Höhle, einem Erdloch, einer Grube ähnlich derjenigen, in der sie gestern gesteckt hatte.

Handelte es sich um dieselbe? Bestimmt nicht. Diese hier war viel größer und tiefer.

Ihr blieb keine Zeit, länger über ihren Aufenthaltsort nachzudenken, denn der kleine Lichtkegel bewegte sich auf einmal und ließ eine seltsame Form in der Ecke erkennen. Groß, unförmig und irgendwie lebendig.

Ja, tatsächlich, das Ding regte sich, machte raschelnde, scharrende Geräusche.

Ratten. Wally schrie auf. Trapper Joe hatte sie in eine Höhle mit einem Rattennest gesperrt.

Sie schrie und schrie, konnte nicht mehr aufhören, krallte die Fingernägel in die Wand aus verbackener Erde und versuchte, sich hochzuziehen.

»Sie müssen sich beruhigen«, sagte eine besorgte Stimme, die Wally zunächst nicht beachtete.

»Sie vergeuden doch bloß Ihre Kraft«, fuhr die Stimme fort. »Hier kommt man nicht raus. Und hören wird Sie sowieso niemand.«

Diesmal nahm Wally Notiz von der Stimme, glaubte sie jedoch in ihrem Kopf. Sie hielt sie für eine Meldung klarsichtiger Gedanken, die sie zur Vernunft bringen wollten.

Aber warum siezten sie sie?

Erneutes Rascheln ließ sie aufkreischen. »Die Ratten ... Sie werden mich auffressen ...«

»Was für Ratten?«, sagte die Stimme laut und deutlich. »Ratten gibt es hier keine.«

Wally wurde still, drehte sich zögernd um. Hatte sie sich das Rattennest bloß eingebildet?

Verblüfft stellte sie fest, dass es inzwischen in die Höhe gewachsen war. Es hatte ... Ja, es hatte menschliche Gestalt angenommen, mit Kopf, Hals und Armen, Beinen, allem, was dazugehörte, und es hielt eine kleine Taschenlampe in der Hand.

Aus Wallys Kehle kam erneut ein Schrei, dann ein ersticktes Gurgeln.

»Sie müssen sich beruhigen«, wiederholte die Stimme. »Hier sind keine Ratten, wirklich nicht.«

Wallys Atem ging heftig, während ihre Gedanken rasten. Das unförmige Ding, das sie für ein Rattennest gehalten hatte, war ein Mensch.

Warum war hier ein Mensch? Was für ein Mensch?

»Hier sind nur wir beide«, sagte der Mensch. »Ich bin Manuel Kramer. In der Westernstadt kennt man mich unter dem Namen Rote Feder.«

Rote Feder! Sie hatte Rote Feder gefunden.

Einen Augenblick lang fühlte Wally sich geradezu euphorisch. Nachdem Hilde, Thekla und sie so lange erfolglos nach einer Spur von Rote Feder gesucht hatten, war *sie* ihm quasi vor die Füße gefallen! Ihr Hochgefühl hielt jedoch nur einen Augenblick lang an. Dann fiel ihr ein, dass Rote Feder und sie in diesem Loch gefangen waren, aus dem es kein Entrinnen gab.

Mit Sicherheit gibt es nicht die kleinste Chance auf ein Entkommen, dachte sie, denn sonst wäre er längst nicht mehr hier.

»Wer sind Sie?«, fragte die Stimme, die – Wally musste das erst richtig verarbeiten – Rote Feder gehörte.

»Ich ...«, sie mühte sich ab, ihre Gedanken zu ordnen, »ich bin Wally Maibier ...«

Nach einer Pause begann sie stockend zu berichten.

Sie erzählte, was sie nach Pullman City geführt hatte und wie sie zu guter Letzt in diesem Erdloch gelandet war, in dem er, der so angestrengt Gesuchte, bereits gefangen saß.

»Trapper Joe muss verrückt geworden sein«, sagte Rote Feder, als sie verstummte. »Seit Tagen zerbreche ich mir den Kopf darüber, warum er mich hier eingesperrt hat, und komme auf keine vernünftige Antwort.«

Wally hustete. Das Reden hatte sie angestrengt, die wunden Stellen am Hals und ganz besonders die am Wangenknochen, wo Trapper Joes Schläge sie getroffen hatten, schmerzten.

»Ich fürchte, er weiß ganz genau, was er tut«, krächzte sie.

Rote Feder reichte ihr eine noch halb volle Plastikflasche, die er vorsichtig zwischen ihre zusammengebundenen Hände schob.

Wally nahm die Flasche ebenso vorsichtig entgegen, setzte sie an die Lippen und trank durstig. Auf einmal hielt sie so abrupt inne, dass sie sich verschluckte. Wie konnte sie so gewissenlos sein und Rote Feder das bisschen Wasser wegtrinken, das Trapper Joe ihm zugestand?

Rote Feder schien ihr Verhalten richtig zu interpretieren. »Trinken Sie nur. Er versorgt mich gar nicht so schlecht. Zu essen und zu trinken bekomme ich genug.«

Während Wally die Flasche leer trank, versank Rote Feder in Gedanken.

Schließlich sagte er: »Ihre Freundin Thekla weiß also, dass Sie zu Trapper Joe wollten.«

»Marshal Otis weiß es auch«, teilte ihm Wally eifrig mit.

»Sie werden herkommen und nach Ihnen fragen«, sagte Rote Feder.

Wally nickte frenetisch.

Rote Feder seufzte. »Er wird sagen, dass Sie da gewesen und bald wieder gegangen sind. Und damit wird die Sache erledigt sein.«

»Wir könnten uns bemerkbar machen«, versetzte Wally. »Rufen, klopfen ...«

»Haben Sie die die schwere Planke, die noch extra schallgedämmt ist, nicht gesehen?«, fragte Rote Feder.«

Wally verneinte.

Daraufhin verfielen beide in Schweigen, bis er sagte: »Und Sie haben genauso wenig Ahnung wie ich, warum Joe mich hier gefangen hält – falls er nicht doch einfach verrückt geworden ist?«

Himmelmutter, betete Wally. Bitte hilf mir jetzt denken.

Doch, sie hatte eine vage Ahnung. In Worte fassen ließ sie sich allerdings nicht, sie war ja im Moment nicht einmal in Gedanken zu greifen.

Wo kam diese Ahnung eigentlich her?

Hilde hatte etwas herausgefunden. Nein, das hatte sie nicht. Aber sie hatte einen Einfall gehabt, wie etwas herauszufinden wäre. Deshalb war sie weggefahren.

Wally versuchte, sich mit aller Macht daran zu erinnern, was Hilde vor ihrer Abfahrt gesagt hatte. Wo wollte sie überhaupt hin?

Das fiel ihr jetzt wieder ein. Hilde hatte zum Bestattungsinstitut ihres Neffen Rudolf fahren wollen. Der Grund dafür konnte eigentlich nur im Zusammenhang mit einem Verstorbenen stehen.

Damit war Wally wieder am Ende. Himmelmutter, es ist schrecklich kompliziert.

Erneut schien Rote Feder sich in sie hineinzuversetzen. »Bitte. Sie müssen mir alles sagen, was Sie wissen.«

Wally nickte matt. Das eben war das Problem. Was wusste sie?

»Machen Sie die Augen zu und vertrauen Sie darauf, dass sich etwas zeigt«, sagte Rote Feder.

Seine Worte erstaunten Wally. Ein junger Mann, der wie ein Yogalehrer redete – sonderbar.

Doch sie befolgte seine Instruktion.

Anfangs undeutlich, dann etwas klarer kamen Erinnerungen. Lisa und ihre Mutter. Schlanker Halm und ... Der indianische Name, den Lisa gewählt hatte, wollte nicht auftauchen.

Macht nichts, flüsterte ein flinker Gedanke, weiter.

Erbschaft.

DNA-Test.

Das hatte Hilde aufhorchen lassen, hatte sie an etwas erinnert. An einen Verstorbenen, der seinen unehelichen Sohn als Erben eingesetzt hatte. Sie wollte Genaueres über die Sache wissen und war geradezu überstürzt aufgebrochen.

Richtig, das war der Stand der Dinge gewesen, als sie selbst sich zu Trapper Joe aufgemacht hatte.

So weit, so gut. Viel hatte sie Rote Feder nicht zu bieten, aber vielleicht konnte er mit diesen Angaben mehr anfangen als sie.

Wally öffnete die Augen und bemühte sich, Rote Feder möglichst klar und übersichtlich zu informieren.

Als sie zu Ende gesprochen hatte, sagte er kopfschüttelnd: »Das alles kann unmöglich etwas mit mir zu tun ha...« Unvermittelt unterbrach er sich. Sein Mund blieb offen stehen, seine Augen wurden starr.

Wally sah ihn entsetzt an. Hatte ihn der Schlag getroffen? Fünf Tage in diesem Loch, das konnte sogar einen jungen, gesunden Mann fertigmachen. Das Gehirn konnte die Funktion einstellen, das Herz versagen.

Bevor sie wusste, was sie nun tun sollte, regte sich Rote Feder wieder. »Trapper Joe hat eine Speichelprobe von mir genommen. Mit einem Wattestäbchen. Genauso, wie man es im Fernsehen sieht. Das Stäbchen hat er in eine Plastiktüte getan und eingesteckt.«

In Wallys Kopf begann sich ein Karussell zu drehen.

»Speichelproben nimmt man für DNA-Analysen«, sagte Rote Feder.

Das Karussell stockte, kam langsam zum Stillstand.

»Hält Trapper Joe etwa mich für diesen Erben?«, sagte Rote Feder verwundert.

Wallys Gedanken hinkten seinen Worten mühsam hinterher. Nach einer Weile sagte sie: »Dann müssten Sie ja dieser uneheliche Sohn sein. Was nicht möglich ist, wo ich doch heute Vormittag mit Ihren Eltern an einem Tisch gesessen habe.«

»Meine Eltern«, erwiderte Rote Feder tonlos, »haben mich vor gut fünfundzwanzig Jahren adoptiert. Sie haben es mir gesagt, als ich volljährig geworden bin.«

Wally schluckte.

»Und wer«, fragte sie dann, »sind Ihre richtigen Eltern? Wer steht in Ihrer Geburtsurkunde.«

Sie spürte sein Lächeln. »Da stehen Franz und Anna Kramer. Wenn ein Kind adoptiert wird, bekommt es eine neue Geburtsurkunde ausgestellt. Die alte gilt dann nicht mehr. Vernichtet wird sie allerdings nicht. Wer dazu berechtigt ist, kann sie einsehen. Meine Eltern haben mir eine Kopie gegeben. Ein paar Sachen von meiner leiblichen Mutter hatten sie auch für mich aufgehoben. Eine Brosche, ein Kettchen – und ein Foto von ihr.«

»Was ist mit ihr passiert?«, fragte Wally.

»Sie ist gestorben. Unfall. Ein Betrunkener hat sie überfahren. Siegfried Weigl war sein Name. Damals bin ich noch kein Jahr alt gewesen. Die Kramers haben mich in Pflege genommen und später adoptiert.«

»Und was steht ...«, begann Wally.

»Mutter: Sabine Hilz. Vater: unbekannt.«

Wallys Gedanken nahmen ihre Karussellfahrt wieder auf.

»Sie könnten dieser Sohn sein«, sagte sie schließlich.

Rote Feder nickte.

Trotz der Kälte, die in der Höhle aus den Wänden kroch,

begann Wally zu schwitzen. All die Denkarbeit strengte sie an.

»Aber was hätte Trapper Joe davon, Sie wegzusperren?«

»Meine DNA«, sagte Rote Feder trocken.

In Wally stieg ein Argwohn auf, der ihr sagen wollte, was Trapper Joe damit vorhatte. Noch bevor sie die richtige Schlussfolgerung zu fassen bekam, klärte Rote Feder sie bereits auf.

»Mit der richtigen DNA kann er beweisen, dass *er* der Erbe ist.«

»Aber er wird doch zusätzlich eine Geburtsurkunde vorlegen müssen«, wandte Wally ein.

Rote Feder gab ein Prusten von sich. »Na und. Er kann problemlos seine eigene nehmen. Selbst wenn der Name seines Vaters drinsteht, macht das nichts. Seine Mutter kann ihrem Mann das Kind ja untergeschoben haben.«

»Man wird sie fragen«, sagte Wally.

»Ich wette, sie ist schon gestorben und der Vater höchstwahrscheinlich auch.«

Wally musste sich enorme Mühe geben, das alles zu erfassen.

Trapper Joe wollte sich also als der uneheliche Sohn eines Verstorbenen ausgeben – der diesen Sohn zwar nie gekannt, ihn aber trotzdem in seinem Testament bedacht hatte – und sich dessen Erbe unter den Nagel reißen. Joe hatte Rote Feder gefangen gesetzt, weil *er* der rechtmäßige Erbe war.

Aber was hatte Trapper Joe mit Rote Feder vor?

Mit Schaudern wurde Wally klar, dass er ihn nicht davonkommen lassen konnte. Wieso hatte er ihn überhaupt so lang am Leben gelassen?

Es war geradezu gespenstisch, wie Rote Feder ihren Gedankengängen folgen konnte – oder folgte er zwangsläufig ähnlichen?

»Trapper Joe wird mich erst dann endgültig verschwinden lassen, wenn er sicher sein kann, dass er mich nicht mehr braucht: für weitere DNA-Proben oder um an bestimmte Informationen zu kommen ...« Seine Stimme versandete.

Wally fragte sich, wie viel Zeit Rote Feder noch blieb.

Die Antwort darauf kam postwendend. »Ende nächster Woche kommt sein Onkel zurück. Bis dahin ...« Erneut verstummte er.

»Sie werden uns finden, bald – noch heute«, sagte Wally mit aller Überzeugung, die sie aufbringen konnte. »Sie …«, Wally zögerte kurz, traf eine Entscheidung, »… *du* kennst Hilde nicht. Hilde gibt nicht so leicht auf. Und gerissen ist sie auch. Und Thekla ist wirklich klug.«

Von Rote Feder kam keine Antwort.

Wally spürte seine Hoffnungslosigkeit. Solange er nicht gewusst hatte, weshalb Trapper Joe ihn gefangen hielt, war er unerschrocken gewesen, kämpferisch. Nun verließ ihn der Mut. Seine Lage musste ihm aussichtslos erscheinen.

Wally dagegen fühlte Zuversicht, überließ sich einem schönen Tagtraum. Darin waren Hilde und Thekla bereits auf dem Weg zu ihr.

Sie würden Ali und Heinrich mitbringen und Marshal Otis und Silberquell und die Kramers. Gemeinsam würden sie Trapper Joe so gründlich in die Mangel nehmen, dass der ganz rasch damit herausrückte, wo er Wally und Rote Feder versteckt hielt. Dann würde Ali ihn knebeln und fesseln …

Wally schreckte auf, als sie Rote Feder leise stöhnen hörte.

Wie konnte sie nur so gefühlskalt sein? Rote Feder durchlitt Qualen, und sie überließ ihn schmählich sich selbst.

Was aber sollte sie tun? Sie hatte vorhin ja schon versucht, ihm Hoffnung zu machen, und war kläglich gescheitert. Rote Feder war viel zu vernünftig und zu intelligent, um sich von Wunschvorstellungen einlullen zu lassen.

Wally entschied, es mit Ablenkung zu versuchen. Dazu musste sie allerdings ein Gesprächsthema finden, das ihn interessierte.

Nur was sollte das sein? Sie zermarterte sich das Hirn.

Himmelmutter …

Unvermittelt fiel ihr etwas ein, das ihr erwähnenswert schien. »Kennst du Lisas Mutter?«

Rote Feder zuckte gleichgültig die Schultern. »Ich kenne nicht einmal Lisa.«

»Lisa und ihre Mutter wollen Indianerinnen darstellen und ein Erdhaus haben«, erklärte Wally.

»Warum nicht?«, erwiderte Rote Feder teilnahmslos.

»Lisas Mutter soll eine hervorragende Reiterin sein«, fuhr Wally fort. »Und sie scheint Silberquell zu bewundern, weil sie sich genauso kostümiert wie sie.«

Rote Feder fuhr hoch.

Wally wartete.

Rote Feder wischte sich mit beiden Händen über die Augen, als könne er damit ein Bild erscheinen lassen. »Am Samstag vor der Show ist eine junge Frau in einer Aufmachung bei mir aufgetaucht, die sie sich von Silberquell abgeschaut haben musste. Sie hat sich als Schlanker Halm vorgestellt und gesagt, dass sie mit ihrer Tochter auf Urlaub hier ist, dass sie beide große Pferdeliebhaberinnen wären und Ebana ein ganz wunderbares Tier sei. Dann hat sie mich gefragt, ob sie sie mal reiten dürfte.«

»Und?«, fragte Wally.

»Was und?«

»Hast du Ja gesagt?«

Rote Feder schüttelte den Kopf. »Ich habe ihr erklärt, dass Ebana noch nicht so weit ist, jeden Beliebigen aufsitzen zu lassen.«

»Dann ist sie gegangen«, riet Wally.

Erneutes Kopfschütteln. »Sie hat sich wirklich auffällig für Ebana interessiert. Hat mir Löcher in den Bauch gefragt. Wie reagiert Ebana auf Fremde, wie auf Geräusche? Spricht sie auf beruhigende Worte an, auf sanfte Berührung ...?« Er hielt inne. »Sie war so aufdringlich, dass ich richtig sauer geworden bin. Aber das hat wohl kaum etwas mit Trapper Joes niederträchtigem Plan zu tun.«

»Ich glaube schon«, erwiderte Wally.

Rote Feder schaute sie verdutzt an. »Inwiefern denn?«

Damit traf er den wunden Punkt. Wally wusste es und auch wieder nicht. »Ich muss darüber nachdenken. Ich muss ... noch mal die Augen zumachen.«

Bilder aus dem Leben und Treiben in der Westernstadt begannen, Revue zu passieren: der »Black Bison Saloon«, das Marshal Office, das Palace Hotel.

Frank Kidney, Rodeo Jim.

Rodeo Jim hatte versucht, Ebana zu reiten, und war dabei fast zu Tode gekommen.

Der Gedanke löste kein Echo aus. Also weiter.

Rodeo Jim und Anne Oakley.

Die American History Show.

Silberquell als Indianerin im großen Finale.

Rote Feder als Crazy Horse auf Ebana.

Crazy Horse. Das war es.

Wally spannte sich an. Sie musste jetzt bei der Sache bleiben. Und sie musste etwas klären. »Wann genau hat Trapper Joe dich überwältigt und verschleppt?«

Rote Feder brauchte nicht lange nachzudenken. »Das war am Samstag kurz vor dem Finale der American History Show. Ich habe mit Ebana vor den Ställen auf den Auftritt gewartet. Joe hat mich hineingerufen, sagte, er müsse mir schnell was zeigen.«

Rote Feder schwieg einen Augenblick, dann sagte er nachdenklich: »Er muss so etwas wie Chloroform benutzt haben.«

»Aber wie hat er dich von den Ställen hierhergeschafft?«, fragte Wally. »Wo sind wir hier eigentlich?«

Rote Feder deutete nach oben. »Wir sind in einer Art Schacht unter dem Nebengebäude, das Trapper Joe für seinen Onkel aufgestellt hat. Mich herzuschaffen war sicher kein Problem. Schubkarre, Decke drüber. Einfacher geht's gar nicht.«

Es stimmte also. Rote Feder hatte das Finale nicht mehr mitmachen können. Jemand anders hatte ihn ersetzt. Es war ein Rätsel gewesen, wer. Schlauer Biber und Marshal Otis, die mit Ebana zurechtkamen, waren nicht in Frage gekommen – zu groß und zu kräftig, Otis sowieso zu alt. Irgendwann war Hilde auf den Gedanken verfallen, Rodeo Jim könne als Double aufgetreten sein, war deshalb in seine Hütte eingebrochen, hatte allerdings keinerlei Beweis dafür gefunden.

Ebenso wenig gab es Beweise dafür, dass Lisas Mutter das Double gewesen war. Aber ihr Interesse an Ebana ließ sich wohl als Indiz werten, oder etwa nicht?

Wally seufzte. Wenn Thekla hier wäre, würde sie aus dem, was sie nun wussten, ein erdbebensicheres Hypothesenhaus bauen.

Rote Feder hatte Wally scharf beobachtet. »Wie hängt diese Frau mit drin?«

Wally legte ihm ihre Theorie dar.

Und damit stellte sich der gewünschte Effekt ein.

Rote Feder ließ sich ablenken.

Gemeinsam rekonstruierten sie, wie sich alles abgespielt haben konnte.

Schließlich sagte Rote Feder: »Völlig schleierhaft ist mir allerdings, wie Trapper Joe darauf gekommen ist, dass ich dieser uneheliche Sohn und Erbe sein könnte. Woher wusste er überhaupt von der ganzen Sache?«

Abermals überkam Wally das Gefühl, dass die Antwort irgendwo zu finden war. Sie würde sich noch einmal immens konzentrieren müssen, um ihr auf die Spur zu kommen. Sie fürchtete jedoch, es nicht zu schaffen. Sie war so müde, so erschöpft. Ach, wenn sie nur ein Stündchen ausruhen könnte …

Über ihren Köpfen war ein Scharren zu hören.

Wally horchte und schaute nach oben.

Das Geräusch wiederholte sich einige Male, dann wurde ein Lichtstreifen sichtbar.

Endlich.

Sie kommen!, jubelte Wallys Herz. Sie sind da. Sie holen uns hier raus. Gleich sind wir frei, und Trapper Joe sitzt in der Zelle im County Jail.

Trapper Joes hageres Gesicht erschien über ihr in einer schmalen Öffnung.

Wally erschrak. Warum hatte er die Abdeckung nicht ganz zur Seite geschoben? Hastig beruhigte sie sich damit, dass es keine Rolle spielte, warum. Ihre Retter würden die Öffnung schon so weit vergrößern, dass sie und Rote Feder durchschlüpfen konnten.

Hilde, Thekla!, wollte sie rufen. Hier sind wir!

Die Worte blieben jedoch ungesagt, weil Wally voller Erstaunen etwas herunterschweben sah und dieses Etwas als gelben Plastikeimer identifizierte.

Kaum hatte das Ding auf dem Boden aufgesetzt, verschwand

Trapper Joes Gesicht. Die Planke schrappte in ihre Halterung zurück.

»Essenzeit«, sagte Rote Feder.

Er nahm zwei Flaschen Wasser und zwei in Klarsichtfolie gewickelte Brote aus dem Eimer und reichte Wally ihre Ration. »Auch wenn Sie keinen Hunger haben. Essen Sie.«

Wally starrte den leeren Eimer an. »Ich muss ganz dringend pinkeln.«

17

Eine Stunde früher bei »Big Al's Schießanlage«

»Give me five«, sagte Egon.

Thekla klatschte ihre Hand gegen seine klebrige.

»Du hast dich echt nicht schlecht geschlagen für ...« Er stockte.

Thekla half aus. »... für eine Oma.«

Egon grinste. »Du kannst Revanche haben, wenn du möchtest.«

Thekla lachte auf. »Das könnte dir so passen. Wir haben zu tun. Du musst endlich packen und ich ...«

Sie sah auf ihre Armbanduhr. Hilde konnte durchaus schon zurück sein. Möglicherweise mit Informationen, die ihnen weiterhalfen. Wenn nicht, konnten sie ebenfalls packen. Dann würde Rote Feder womöglich nie gefunden werden. Ein peinigender Gedanke.

Ihr Blick fiel auf Egon, und sie bemerkte, dass er traurig den Kopf hängen ließ.

Bevor sie ihn darauf ansprechen konnte, sagte er: »Schade, dass du das nächste Mal, wenn wir auf Urlaub herkommen, nicht da bist. Das bist du ganz sicher nicht – oder?«

Thekla zauste ihm die verfilzten Haare. »Klar bin ich da. Ich wohne nämlich gar nicht weit von hier. Wenn du mich anrufst, komme ich her und verlange Revanche für heute.« Sie zog ihr Portemonnaie heraus und entnahm ihm eine der Visitenkarten, die Heinrich für sie hatte drucken lassen.

Das kleine Rechteck verschwand in den Tiefen einer von Egons Hosentaschen.

Thekla hielt ihre Hand hoch, damit er sie noch mal abklatschen konnte. »Und jetzt hau ab, du Schlingel.«

Egon schnitt ihr eine Grimasse und spritzte davon.

Vor dem »Black Bison Saloon« waren weder Hilde noch Wally zu sehen. Thekla schaute vorsichtshalber auch drinnen nach, aber dort fand sich ebenfalls keine Spur von den beiden.

Dabei waren sie nun schon zwanzig Minuten überfällig. Zumindest Wally. Hilde musste man eine größere Verspätung zugestehen, denn nicht nur der Verkehr auf der A 3 konnte sie aufgehalten haben.

Was aber hatte Wally daran gehindert, sich rechtzeitig am vereinbarten Treffpunkt einzufinden?

Thekla überlegte, ob sie hier noch länger auf sie warten oder lieber nach ihr suchen sollte, entschied sich, es mit einem Anruf zu probieren, und machte ihr Handy an, das sie in der Schießanlage ausgeschaltet hatte. Im nächsten Moment ertönte »Don't be cruel«.

Das Display zeigte ein Blümchen an.

Heinrich war am Apparat. »Wie kommt ihr vorwärts?«

»Augenblicklich gar nicht«, antwortete Thekla bedrückt. »Ich steh hier vor dem Saloon und warte auf Hilde und Wally. Hilde ist mit dem Wagen unterwegs, weiß der Himmel, wann sie zurückkommt. Wally sollte eigentlich da sein. Ich werde mich auf die Suche nach ihr machen müssen.«

»Tu's nicht«, sagte Heinrich eindringlich. »Ruf sie an, aber bleib, wo du bist. Ali ist auf dem Weg nach Pullman City. Anscheinend hat Hilde ihn alarmiert. Sie scheint was Wichtiges zu haben. Bitte nimm dich in Acht.«

»Kommst du auch her?«, fragte Thekla.

»Bin schon unterwegs.«

Thekla versuchte mehrmals, Wally zu erreichen, aber Wally hob nicht ab.

Inzwischen machte sie sich ernsthaft Sorgen um sie. Erst gestern war sie in eine Fallgrube gestürzt. Was mochte ihr heute widerfahren sein?

Rastlos begann Thekla auf- und abzugehen. Ihre Arme und Beine kribbelten. Das Warten fiel ihr schwer.

Wo Ali bloß so lange blieb?

Zehn Minuten später traf er ein. Kaum hatten sie sich begrüßt, war auch Heinrich da.

»Ich weiß es nicht«, antwortete Ali auf Theklas Frage, was Hilde herausgefunden habe. »Sie hat mir bloß eine SMS geschrieben: ›Beweg deinen Hintern sofort nach Pullman‹.«

Ratlos sahen sie sich an.

Plötzlich entstand ein kleiner Aufruhr vor dem Palace Hotel, wo immer mehr Leute zusammenströmten. Die American History Show sollte in Kürze beginnen, und jeder suchte nach einem Plätzchen, von dem aus er einen guten Blick auf die Vorführungen haben würde.

Der Aufruhr war allerdings nur deshalb entstanden, weil sich eine Person ungeduldig und deutlich rücksichtslos einen Weg durch die Menge bahnte.

Thekla konnte sich denken, wer.

Hilde kam auf sie zu, entdeckte sie, streckte – wie ein Fremdenführer, der seine Gruppe auf sich aufmerksam machen will – einen Arm nach oben und lief weiter.

»Was zum Teufel ...« Ali sah ihr verdattert nach.

Thekla setzte sich in Bewegung. »Schnell jetzt, ich will sie nicht aus den Augen verlieren.«

Hilde stürmte die Mainstreet entlang, die bereits geräumt und mit den üblichen Absperrungen versehen war, hinter denen sich mehr und mehr Publikum versammelte. Thekla hatte sie gut im Blick, bis sie auf einmal einen Haken schlug und bei »Scarlett's« in einem Pulk von Leuten verschwand.

»Wo will sie denn hin?«, schimpfte Ali. »Wir sind schon so nah an ihr dran gewesen.«

Thekla vermutete, dass Hilde auf die andere Seite der Mainstreet wollte. Sie ließ den Blick drüben entlangwandern und entdeckte sie beim »Western Store«.

War sie auf dem Weg zum Marshal Office? Wollte sie zu Otis? Hatte sie Beweise gegen ihn gefunden? Warum hatte sie nicht eine halbe Minute warten können, bis Ali, Heinrich und sie zu ihr aufgeschlossen hatten?

Unruhig schob sich Thekla durch die Menge. Der kleine Vorplatz beim Marshal Office war, wie immer während der Show, für Zuschauer gesperrt. Der Schaukelstuhl und die Korbsessel hatten diversen Requisiten Platz gemacht: einem kleinen Tisch, auf dem in der Kapitulationsszene die Fahne der Konföderierten zusammengefaltet werden würde, einem Postsack für den Ponyexpress, der Lautsprecheranlage.

Otis stand unter dem schmalen Vordach am Eingang zum Office. Hilde hatte ihn am Ärmel gepackt und redete auf ihn ein.

Thekla sah ihn nicken und antworten.

Hildes Reaktion auf seine Antwort erstaunte sie.

Einen Moment lang wirkte sie perplex, dann schlug sie sich an die Stirn, als wäre ihr etwas eingefallen, auf das zu besinnen ihr zuvor partout nicht gelungen war.

Mittlerweile hatten es Thekla, Heinrich und Ali bis unters Vordach geschafft.

»Da seid ihr ja endlich«, rief Hilde, warf einen Blick in die Runde und fragte alarmiert: »Und wo ist Wally?«

Thekla teilte ihr in knappen Worten mit, dass Wally – weil Lisa und ihre Mutter sich nicht in der Stadt befanden – vorgehabt hatte, mit Trapper Joe noch mal über seine gestrige Besucherin zu sprechen. »Sie sollte aber längst wieder da sein. Ich frage mich die ganze Zeit schon, wo sie so lange bleibt.«

Sie hatte kaum ausgeredet, da hörte sie Ali erschrocken sagen: »Hilde, du meine Güte, was ist denn los mit dir? Ist dir nicht gut?«

Erst da bemerkte auch Thekla, wie blass Hilde auf einmal geworden war. Sie wandte sich Ali zu und sah ihn mit flackerndem Blick an. Dann begann sie mit einem Gestammel, das Thekla mehr erschreckte, als hätte sie die Fäuste gehoben und angefangen, auf Ali einzudreschen.

»Trapper Joe … Er ist es … Wally … Wir müssen sofort … Nein, dürfen nichts überstürzen … Was, wenn ich mich irre … Trotzdem … Wally … Aber besser doch erst kontrollieren, ob meine Theorie … Nur Wally … Herrgott, er wird doch nicht …«

Thekla hatte Hilde noch nie so konfus erlebt. Ihre Besorgnis wuchs.

Ali legte Hilde den Arm um die Schultern. »Hilde, du musst …«

Alles Weitere ging im Aufbranden lauter Musik aus den Lautsprechern unter.

Auf der Mainstreet erklang der »Pullman City Stomp«.

»Hier könnt ihr nicht bleiben!«, schrie Otis. »In einer Minute fängt die Show an.«

Heinrich neigte sich ihm zu und sagte etwas, das Thekla nicht verstand.

Otis schien einen Moment darüber nachzudenken, dann gab er ihnen einen Wink, ihm zu folgen, und stapfte auf das Nachbargebäude zu, das die Aufschrift »County Bank« trug.

Thekla hatte dort noch nie jemanden aus oder ein gehen sehen.

Die Eingangstür war abgesperrt, aber Otis förderte einen altertümlichen Schlüssel zutage und schloss auf.

Drinnen roch es abgestanden, modrig und irgendwie essigsauer. Die Einrichtung zeigte sich mehr als karg, es gab jedoch einen Tisch und ein paar Stühle, sogar ein Schreibpult.

Otis rückte schweigend vier Stühle an den quadratischen Tisch und schloss das Fenster, durch das die laute Eröffnungsmusik der Show in den Raum schallte.

Dann ließ er sie allein.

Hilde ließ sich ächzend auf einen der Stühle fallen, schien auf dem kurzen Weg hierher jedoch ihre Energie und Entschlusskraft zurückgewonnen zu haben.

Sie knallte ihr eingeschaltetes Smartphone auf den Tisch, auf dessen Display ein klein gedruckter Text zu sehen war, warf ein Blatt Papier und ein Foto daneben. »Wenn meine Theorie stimmt, dann ist Trapper Joe unser Mann. Sein richtiger Name ist Max Holler. Er arbeitet im Seniorenstift ›Schöne Au‹, wo Josef Duschl untergebracht war. Duschl ist derjenige, der testamentarisch bestimmt hat, dass sein unehelicher Sohn ausfindig gemacht werden soll, um sein Erbe anzutreten.« Nach diesem Vorspann begann Hilde eine Theorie vor ihnen auszubreiten, die, wie Thekla zugeben musste, vieles, wenn nicht alles erklärte.

Als sie fertig war, sagte Ali mit einem entschiedenen Kopfschütteln:»Damit kommt der Kerl doch niemals durch.«
»Verdammt«, rief Hilde.»Wenn wir Rote Feder nicht finden,
hat er doch freie Bahn.«
»Jetzt nicht mehr«, wandte Thekla ein.»Weil wir Bescheid
wissen und seinen Plan durchkreuzen können, indem wir die
Sache publik machen.«
»Stimmt«, pflichtete ihr Ali bei.»Wir zeigen ihn an. Gehen
zur Polizei und erzählen, was wir herausgefunden haben. Mit
einer Original-DNA-Probe von ihm lässt sich beweisen, welchen
Betrug er vorhatte. Und ein Vergleich derjenigen Probe, die er
als Legitimation vorgelegt hat, mit der DNA von Manuel wird
beweisen, dass er den rechtmäßigen Erben in seiner Gewalt haben
muss.« Ali erhob sich, als wolle er sein Vorhaben auf der Stelle in
die Tat umsetzen.
Hilde zog ihn auf seinen Stuhl zurück.»Die lachen uns doch
aus bei der Polizei, wenn wir mit so einer Geschichte daherkom-
men. Außerdem hat meine Theorie noch ein paar Löcher, die
gestopft werden müssen. Ich fürchte nur, dafür können wir uns
jetzt keine Zeit nehmen.«
»Wir müssen zuerst Wally finden«, stimmte ihr Thekla zu.
»Trapper Joe ist gefährlich. Er hat ja wohl auch Rodeo Jim auf
dem Gewissen.«
»Rodeo Jim«, wiederholte Hilde gedankenverloren. Dann
schlug sie sich, wie zuvor schon, an die Stirn.»Er war's ja doch.
Sein Foto war auf der Pinnwand ganz unten am Rand. Ich hab mir
sogar noch gedacht, der Kerl darauf könnte ihm ähnlich sehen.
Aber weil ich ja voll auf Max Holler fixiert gewesen bin, habe ich
die Sache auf sich beruhen lassen.« Hastig holte sie Luft.»Holler
habe ich mit dem Foto aus Jims Hütte in Verbindung gebracht,
aber nie wäre ich auf den Gedanken gekommen …« Sie ließ das
Ende des Satzes offen und sagte stattdessen:»Erstaunlich, dass Otis
ihn auf dem Bild so schnell erkannt hat. Er muss ihn schon mal
ohne Bart gesehen haben und ohne Kopftuch.« Sie machte ein
Gesicht, als überlege sie, was sie noch hatte hinzufügen wollen.
»Rodeo Jim hat im Seniorenstift einen Hausmeisterjob gehabt.«

»Daher weht der Wind.« Thekla hielt es zwar für wichtiger, sich auf die Suche nach Wally zu machen, anstatt zu diskutieren, fuhr aber dann doch fort: »Er muss Trapper Joe auf die Masche gekommen sein.«

»Und hat ihn erpresst«, ergänzte Hilde. Sie zeigte auf das Foto. »Ich habe es wie gesagt in Jims Hütte gefunden.«

Thekla erkannte Trapper Joe nur deshalb, weil sie sich denken konnte, wen sie vor sich hatte. Ohne das Tuch, das er in der Westernstadt immer um den Kopf gewickelt trug, und ohne den dichten Bart sah er völlig anders aus. Irgendwie unreif. »Mit wem ist er denn da abgebildet?«

Hilde zuckte die Schultern. »Wir könnten ›Lisas Mom‹ in Betracht ziehen. Rodeo Jim hat außerdem noch eine Geburtsurkunde in seiner Hütte verwahrt«, fuhr sie fort, »aus der ich allerdings nicht schlau geworden bin. Sie ist auf einen Alfred-Emmanuel Hilz ausgestellt.«

Drei Augenpaare sahen sie ratlos an.

Hilde nickte in die Runde. »Klären wir später. Zuerst sehen wir nach Wally.« Sie machte nun selbst Anstalten, aufzustehen, besann sich jedoch auf einmal anders und schlug sich zum dritten Mal an die Stirn. »Holler hat ja überhaupt keinen Grund, ihr was anzutun, Wally weiß doch von nichts.«

»Sie ist hingegangen, um ihn über Lisas Mutter auszufragen«, gab Thekla zu bedenken. »Selbst wenn sie nichts herausbekommen hat, kann er sie nicht mehr laufen lassen.«

Drei Köpfe fuhren hoch. Es war höchste Zeit, etwas zu unternehmen.

Stuhlbeine scharrten, die Tür knarrte beim Öffnen. Wenig später fiel sie hinter Ali, der den Raum als Letzter verließ, ins Schloss.

»Wie gehen wir vor?«, fragte Ali.

»Wir greifen uns Trapper Joe«, beschied ihm Hilde lapidar.

Die American History Show war bis zum Jahr 1846 fortgeschritten. Auf dem Oregon Trail zogen Siedler über die Rocky Mountains in den Westen. Mit Ochsen oder Pferden bespannte

Planwagen rumpelten durch die Mainstreet. Abgerissene Gestalten mit Bündeln aus Tuch und mit Körben aus Stroh folgten ihnen zu Fuß.

Thekla, Hilde, Ali und Heinrich schlängelten sich hart an der Absperrung entlang, am »Western Store« und am »Toys & Candys Shop« vorbei auf »Scarlett's Restaurant« zu. Dort überquerten sie die breite Veranda und stiegen dann die Außentreppe hinauf, auf deren Stufen Thekla an diesem Vormittag mit Egon zusammengetroffen war.

Lag diese Begegnung tatsächlich erst ein paar Stunden zurück?

Die Treppe mündete in einen Pfad, der an der St. Josephs Church vorbei, den Boot Hill hinauf- und auf der anderen Seite wieder hinunterführte.

Sobald sie das Stadtzentrum hinter sich gelassen hatten, kamen sie gut voran. Sie passierten den Durchgang zum Authentikbereich und standen bald darauf vor Trapper Joes Parzelle.

Auf dem Grundstück rührte sich nichts.

Die Tür zur Hütte war geschlossen, der Eingang zum Neubau mit Brettern verstellt.

Hilde rief ein paarmal nach Joe, aber alles blieb still.

»Wir gehen rein«, entschied sie und packte die Klinke der kleinen, etwas windschiefen Gartenpforte.

Heinrich schien zu zögern.

Zu Recht, dachte Thekla. Wir machen uns strafbar, falls …

Ali nahm die Sache in die Hand. »Unbedingt gehen wir da jetzt rein. Trapper Joe wird Hilfe brauchen. Habt ihr den Schrei auch gehört? Er muss sich verletzt haben.«

Niemand hatte einen Schrei gehört, aber wenn Ali einen zu hören geglaubt hatte, dann war das Grund genug, Trapper Joe zu Hilfe zu eilen.

Hilde wollte das Pförtchen gerade öffnen, als eine Stimme sie innehalten ließ.

»Sucht ihr Joe?«, rief Frank Kidney von der anderen Seite des Pfades. Er war von seiner Hütte herübergekommen, trug einen Rucksack und eine vollgepackte Reisetasche. »Der ist gerade weg. Wie der Teufel davongelaufen. Ist keine Minute her.«

Hatte Trapper Joe sie kommen sehen und war getürmt? Der Weg, den er Kidneys Aussage nach genommen hatte, verlief in einer Schleife durch den Authentikbereich und führte dann geradewegs in die Stadt.

Wollte Trapper Joe zur Mainstreet? Dort in der Menge untertauchen?

Ali reagierte als Erster. Er setzte sich in Bewegung, zog Heinrich mit sich. »Wenn wir uns ranhalten, erwischen wir ihn noch.« Über die Schulter rief er zurück: »Ihr versucht inzwischen herauszufinden, wo Wally stecken könnte.«

Im nächsten Moment waren die beiden fort.

Hilde eilte zu Frank Kidney hinüber. »Hat Trapper Joe heute Nachmittag Besuch gehabt?«

Er grinste. »Die kleine Mollige ist aufgekreuzt. Muss so kurz nach zwei gewesen sein.«

»Und wann ist sie wieder gegangen?«, fragte Hilde streng.

Er zuckte die Schultern. »Hab sie nicht fortgehen sehn.«

In das entstandene Schweigen hinein sagte Thekla: »Was hat Trapper Joe denn heute Nachmittag getan?«

Frank Kidney stellte die Tasche ab und deutete auf das einzige Fenster seiner Hütte, das auf den Pfad hinausging. »Glaubt ihr, ich hab ein Fernrohr dahinter und den ganzen Tag nichts anderes zu tun, als durchzuglotzen?«

»Heißt das, Sie haben Trapper Joe den ganzen Nachmittag nicht gesehen?«, hakte Thekla nach.

Kidney bewegte seinen ausgestreckten Zeigefinger abwehrend hin und her. »Klar hab ich ihn gesehen. Er ist mit einer vollgeladenen Schublade in den Neubau rein, hat drin rumgewerkelt. Dann ist er noch ein paarmal raus- und reingegangen. Hat's wohl eilig, fertig zu werden.« Er schaute hinüber und musterte den Neubau. »Vorhin, als ich mit dem andern Gepäck vorbeigegangen bin, hat sich's so angehört, als ob er drinnen schaufeln würde. Da muss ich mich aber getäuscht haben.«

»Frank.« Das war Betty Kidneys Stimme. »Wenn du dich nicht ranhältst, kommen wir heute bestimmt nicht mehr weg.«

Kidney nahm die Tasche auf und trollte sich.

Thekla und Hilde sahen ihm nach.

»Trapper Joe könnte Wally in die Hütte gesperrt haben«, sagte Thekla, als er um die Ecke verschwunden war.

»Wozu?«, fragte Hilde. »Aber gut, vergewissern wir uns.«

Und was tun wir, wenn die Tür verriegelt ist?, dachte Thekla, während sie Hilde über den schmalen Zugang folgte, behielt den Gedanken jedoch für sich.

Ihre Sorge stellte sich ohnehin als unbegründet heraus. Als Hilde die Klinke hinunterdrückte, gab die Tür anstandslos nach.

Obwohl sie sich gründlich umschauten, brauchten Thekla und Hilde keine Minute, um festzustellen, dass sich in der Hütte niemand befand.

Hilde inspizierte sogar einen Schrank, in den Wally schwerlich gepasst hätte, und sah unter dem Bett nach. »Wo könnte er sie hingeschafft haben, Herrgott noch mal?«

»In den Neubau womöglich?«, spekulierte Thekla und machte sich auf den Weg dorthin.

Hilde krauste die Nase. »Der hat ja nicht mal eine richtige Tür. Wie soll denn Wally da eingesperrt sein?«

Thekla antwortete ihr nicht, denn sie war bereits damit beschäftigt, die Bretter wegzuschieben, die den Eingang verstellten.

Unter Protestgemurmel half Hilde ihr dabei, Platz zu schaffen.

Als sie eintraten, registrierte Thekla erstaunt, dass der vordere Teil des Nebengebäudes mit neuen Bodenbrettern ausgelegt war, während sich weiter hinten noch blanker Erdboden zeigte.

Hilde durchquerte den lang gestreckten Raum mit schnellen Schritten. »Schau, Kidney hat sich nicht getäuscht.« Sie deutete auf einen halb abgetragenen Erdhaufen, in dem noch eine Schaufel steckte.

Thekla musterte den Haufen, der wie der Rest einer angebissenen Birne aussah. »Wo Joe die Erde wohl hingeschaufelt hat?«

Hilde hatte bereits den Rückzug angetreten. »Wenn er sie nicht gefressen hat, dann muss er sie in seiner Schubkarre rausgebracht haben.«

»Wohin?«, fragte Thekla. »Draußen habe ich nichts davon gesehen. Und überhaupt.« Sie schwenkte den Arm. »Diese Baustelle macht doch keinen Sinn.«

»Ja und?«, antwortete Hilde unwirsch. »Hier drin ist Wally jedenfalls nicht. Und wie der Mann seinen Boden verlegt, kann uns verdammt noch mal egal sein.«

Thekla war vom Eingang aus langsam über den Bretterboden geschritten und stellte nun fest, dass ungefähr in der Mitte eine Platte eingelassen war. Als sie sie genauer ins Auge fasste, erkannte sie, dass am Rand Griffmulden eingearbeitet waren.

»Schau mal«, rief sie Hilde zu. »Die kann man hochheben oder wegschieben.«

Hilde kam zu Thekla zurück, sah, worauf sie deutete, runzelte die Stirn und bückte sich. »Hilf mir mal.«

Obwohl beide kräftig anpackten, schafften sie es zuerst nicht, die Platte zu bewegen.

»Das Ding ist sauschwer und muss zudem mit irgendwas verstärkt sein«, stöhnte Hilde.

»Dämmung«, versetzte Thekla ebenso stöhnend.

Sie verschnauften kurz, dann versuchten sie es erneut.

Mit äußerstem Kraftaufwand gelang es ihnen schließlich, die Platte wegzuschieben. Zentimeter für Zentimeter tat sich eine Öffnung auf.

Thekla und Hilde beugten sich gleichzeitig vor und schauten hinein.

Was sie sahen, verschlug ihnen den Atem.

Wally stand bis zu den Knien in lockerer Erde. Ihre Haare und ihre Schultern waren mit Erdklumpen bedeckt. Über ihre Wangen zogen Tränen eine dunkle Schmutzspur. Hinter ihr stand ein junger Mann auf der Erdschicht. Auch er verdreckt, schmutzbedeckt.

»Er wollte uns lebendig begraben«, schluchzte Wally.

»Großer Gott.« Hilde beugte sich weiter vor. »Schnell, klettert die Leiter hoch.«

Thekla streckte die Hand aus, um sie Wally zu reichen, sobald die weit genug oben war.

Im selben Moment traf sie ein harter Schlag in die Kniekehlen. Sie knickte ein, bekam einen Tritt ins Kreuz und stürzte über den Rand der Öffnung, die sie und Hilde freigelegt hatten. Der junge Mann hinter Wally verhinderte mit einem schnellen Griff um Theklas Oberarm, dass sie mit dem Kopf irgendwo aufschlug. Kaum hatte Thekla sich mit seiner Hilfe aufgerichtet, verdunkelte sich die Öffnung durch Hildes fallenden Körper. Erneut griff der junge Mann geistesgegenwärtig zu.

Dann standen sie dicht beieinander: Wally, Thekla, Hilde, der junge Mann. Über ihnen tauchte Trapper Joes Gesicht auf. Es hatte sich in eine grinsende Fratze verwandelt.

Er hat uns übertölpelt, dachte Thekla geschlagen. Wie hat er es bloß geschafft, von Heinrich und Ali unbemerkt hierher zurückzukommen?

»Lass uns raus, du Mistkerl!«, schrie Hilde zu ihm hoch. »Was versprichst du dir denn davon, uns hier einzusperren? Die anderen —«

Trapper Joe unterbrach sie mit einem irren Lachen. »Keiner wird euch finden. Niemals. In ein paar Minuten seid ihr verschüttet wie tote Maulwürfe.« Er begann, wie besessen Erde auf sie hinunterzuschaufeln.

»Ihr müsst versuchen, obenauf zu bleiben«, raunte ihnen der junge Mann zu, der niemand anders als Rote Feder sein konnte. »Ich habe es Frau Maibier schon zu erklären versucht, aber sie ist kaum mehr ansprechbar.« Er stieg auf einen kleinen Haufen, der sich inzwischen gebildet hatte, und trampelte darauf herum. »Ihr müsst die Erde unter euren Füßen feststampfen und zusehen, dass ihr oben bleibt. Sobald die Schicht hoch genug ist, kann ich ihn angreifen, die Schaufel packen oder seinen Fuß.«

»Warum steigst du dazu nicht einfach auf die Leiter da?«, fragte Hilde barsch.

»Dann knallt er mir postwendend die Schaufel auf den Schädel. Der Angriff muss überraschend kommen.«

Rote Feder war gewieft. Wenn er es richtig anstellte, hatten sie tatsächlich eine Chance, Joe zu überwältigen, obwohl der definitiv in der besseren Position war.

»Wenn ich zuschnappe, müsst ihr mir helfen, so gut es geht«, flüsterte ihnen Rote Feder noch zu, dann warf er einen beunruhigten Blick auf Wally, die noch immer wie einbetoniert dastand.

Hilde schob sich näher an sie heran und begann, sie zu schütteln. »Wally. Aufwachen. Füße heben. Mach schon.«

Wally rührte sich nicht. Sie wirkte, als wäre sie taub.

Von oben regnete es Erde, Kiesel und Sand.

»Wally«, flehte Thekla. Sie packte ihren linken Oberschenkel mit beiden Händen und bemühte sich, das Bein aus der Erdschicht zu ziehen.

»Wally, verdammt noch mal. Himmel, Herrgott, Sakra, Kruzifix. Ich hör nicht auf zu fluchen, bis du dich bewegst!«, rief Hilde mit kaum unterdrückter Stimme.

Damit weckte sie Wally auf. Das Bein begann zu zittern und hob sich mit Theklas Unterstützung aus der Erdschicht. Das andere Bein flutschte daraufhin von ganz allein heraus.

Rote Feders Verfahren funktionierte. Je höher die Erdschicht wuchs, desto näher kamen sie der Öffnung. Bald befand sie sich nur noch eine Handbreit über ihren Schultern.

Bei nächster Gelegenheit würde Rote Feder zupacken können. Er hatte sich bereits in Position gebracht.

Thekla spannte alle Muskeln an.

Da hörte der Hagel aus Erdklumpen und kleinen Steinen urplötzlich auf.

Ein paar Krumen rieselten noch herunter, dann war es still. So still, als hätte Trapper Joe sich in Luft aufgelöst.

War er fort?

Rote Feder wollte offenbar nicht warten, bis sich die Frage beantworten ließ. Er stand bereits auf der obersten Stufe der Leiter. Gewandt stützte er sich mit beiden Händen ab, um über den Rand der Öffnung hinwegklettern zu können.

Von irgendwoher war schwach eine Stimme zu hören.

Rote Feder hob das rechte Bein.

Im nächsten Moment schrie er qualvoll auf, rutschte herunter, krümmte sich, barg die Hände unter den Achseln. Trapper Joe musste ihm mit der Kante seiner Schaufel auf die Handrücken geschlagen haben. Thekla wurde übel. Rote Feder war verletzt. Ohne ihn würden sie es nicht schaffen, Trapper Joe zu überwältigen.

Szenen aus längst vergessenen Wildwestfilmen flammten vor ihren Augen auf: Das böse Bleichgesicht hält den schmalen Ausgang des Canyons besetzt, schlachtet einen der arglosen Indianer, die sich durchzwängen wollen, nach dem anderen ab.

Zornig grub sie die Zähne in die Unterlippe. Wie kam sie dazu, sich derart gehen zu lassen, anstatt etwas Schneid zu zeigen? Trapper Joe stand vor der Öffnung. Bald würde er wieder anfangen zu schaufeln. Rote Feders Plan konnte immer noch aufgehen. Allerdings mit dem kleinen Unterschied, dass nun sie oder Hilde angreifen mussten.

Thekla erwartete neue Schaufelladungen voll Erde, doch nichts tat sich. Stattdessen vernahm sie ein dumpfes Rollen. Zwei Sekunden später war es dunkel.

Hilde begann, lauthals um Hilfe zu rufen.

Rote Feder richtete den Strahl einer Taschenlampe auf sie. »Wenn die Dämmplatte aufliegt, kann niemand was hören.«

»Sie werden uns trotzdem finden«, keuchte Hilde.

»Lebendig vermutlich nicht«, erwiderte Rote Feder.

Er hat recht, dachte Thekla. Viel Zeit bleibt uns nicht mehr.

Wie lange der Sauerstoff für vier Personen in diesem engen Loch, das halbhoch mit Erde gefüllt war, wohl reichen würde?

Niemand sprach ein Wort. Atemluft war viel zu wertvoll, um sie zu vergeuden. Wally weinte leise vor sich hin. Keiner tröstete sie.

Die Zeit tropfte klebrig.

Hilde verlagerte ihr Gewicht, wobei sie Thekla in die Flanke stieß.

Rote Feder gab einen kaum hörbaren Seufzer von sich.

Thekla glaubte, bereits die ersten Symptome des Sauerstoffmangels zu spüren.

Sie fühlte eine Panikattacke kommen und erkannte die ersten Anzeichen dafür, dass sie gleich hyperventilieren würde. Was auf keinen Fall geschehen durfte. Ihre beschleunigte Atmung würde dem bisschen Atemluft, das ihnen noch zur Verfügung stand, viel zu viel wertvollen Sauerstoff entziehen.

Sie musste versuchen, sich zu entspannen. Muskeln, Sehnen, Nerven, alles.

Locker machen. Schlaff werden. Am besten im Stehen einschlafen.

Sie dachte an Heinrich und an Nachmittage, die sie beide am Eginger See in der Sonne verbracht hatten. Faul. Träge. Zufrieden.

Ihre Atmung beruhigte sich.

Die Zeit schlich träge.

Thekla schreckte auf, weil Rote Feder eine winzige Bewegung gemacht hatte, dann jedoch zu Stein erstarrt war.

Er schien auf etwas zu lauschen.

Thekla schärfte ihre Ohren. Da vernahm auch sie etwas.

Zweifellos handelte es sich um das Knacken, das zu hören gewesen war, als sie und Hilde die Dämmplatte angehoben hatten.

Im nächsten Moment setzte auch schon das dumpfe Rollen ein, das anzeigte, dass sie weggeschoben werden sollte.

Aber warum brach das Geräusch auf einmal ab?

Stille.

Schließlich setzte das Rollen wieder ein.

Thekla spürte, wie sich Hildes Körperspannung veränderte. Offenbar war auch sie mittlerweile aufmerksam geworden.

Die Zeit stand still.

Endlich tat sich ein schmaler Spalt über ihren Köpfen auf, wuchs, ließ helles Licht einfallen, das sie blendete.

Rote Feder ging ein wenig in die Knie und hob die Arme.

Rechnete er mit Trapper Joe? Bereitete er sich auf einen Angriff vor?

Thekla musste zugeben, dass Rote Feders Vorgehen vernünftig war. Trapper Joe dachte vermutlich, sie wären bereits erstickt, und wollte nun sein Werk vollenden, indem er sie endgültig begrub.

Doch von Sonnenlicht wie von einer Gloriole umgeben, erschien Heinrichs Kopf über ihnen.

»Himmelmutter«, stöhnte Wally.

Thekla packte Rote Feder an den Schultern und hielt ihn fest.

»Wo bleibt ihr denn, verdammt noch mal!«, bellte Hilde. »Wir sind schon kurz vorm Abkratzen.«

18

Bald darauf im Herzen der Westernstadt

Nachdem Rote Feder als Letzter aus dem Loch geklettert war, erfuhren sie, dass Ali noch immer hinter Trapper Joe herjagte, den er und Heinrich nicht hatten aufspüren können.

Noch ehe die beiden über den Pfad, den Frank Kidney ihnen benannt hatte, die Mainstreet erreicht hatten, war ihnen der Verdacht gekommen, sie könnten an ihm vorbeigelaufen sein. Deshalb beschlossen sie, zurückzugehen und hinter jedem Busch und jeder Zaunlatte nachzusehen. Irgendwo musste er sich ja versteckt haben. Aber sie konnten ihn nicht finden.

Sie beratschlagten eine Weile, was zu tun sei – Ali wollte die Suche fortsetzen, Heinrich wollte lieber zu Thekla und Hilde zurückkehren –, und einigten sich schließlich darauf, sich aufzuteilen.

»Und da bin ich«, sagte Heinrich.

Thekla drückte dankbar seinen Arm. Ohne ihn wären sie jetzt tot.

Wie gewöhnlich hielt Hilde von Dankesbezeugungen und Freudenausbrüchen überhaupt nichts. »Der Kerl läuft also immer noch frei herum, falls Ali inzwischen nicht zufällig über ihn gestolpert ist. Warum stehen wir dann hier und palavern? Der macht sich vom Acker, wenn niemand ihn aufhält.«

Noch während sie sprach, stürmte Hilde aus dem Gebäude. Die anderen folgten ihr hastig.

Draußen beeilte sich Thekla, Hilde einzuholen, erwischte sie am Ärmel und zwang sie, stehen zu bleiben. »Wally ist fix und fertig. Sie kann nicht –«

Eine schrille Stimme von der anderen Seite des Pfades unterbrach sie. »Habe ich es nicht gesagt?«, rief Betty Kidney herüber. »Dass die zwei Frauen rein sind, aber nicht wieder raus. Sehen Sie, sie waren drin.«

Thekla wurde klar, dass Betty mit Heinrich sprach.

»Und *Sie* wollten mir zuerst nicht glauben«, fügte Betty noch vorwurfsvoll hinzu.

Heinrich lief zu ihr hinüber und redete auf sie ein.

»Was palavert er denn jetzt wieder?«, schimpfte Hilde.

Bevor sie weitergranteln konnte, war Heinrich zurück.»Wally, du kannst bei Betty in der Hütte bleiben.« Wally sah aus, als hätte der Leibhaftige sie zu sich in die Hölle eingeladen. Schließlich straffte sie sich, holte tief Luft und sagte mit fester Stimme:»Ich werde mit euch zusammen Trapper Joe jagen.«

»Dann können wir uns ja endlich auf die Socken machen«, verkündete Hilde und stürmte erneut voran.

In der Mainstreet lief gerade das große Finale.

Thekla musste sich nicht lange umsehen, um zu dem Schluss zu kommen, dass es aussichtslos war, in dem Gewimmel eine einzelne Person ausfindig machen zu wollen.

Auch Heinrich schien verzagt. Sogar Hilde wirkte auf einmal entmutigt.

Wally deutete mit zitternden Fingern auf den Balkon des Palace Hotels.»Wir haben doch immer noch ein Zimmer da oben. Aus dem Fenster hätten wir den besten Überblick – oder direkt vom Balkon.«

Hilde zögerte, dann sagte sie:»Vielleicht ist die Idee ja gar nicht so schlecht.«

Wenige Minuten später standen sie aufgereiht wie die Zielscheiben in»Big Al's Schießstand« am Balkongeländer und schauten sich die Augen aus.

Von Trapper Joe keine Spur. Auch Ali war nirgends zu sehen.

Wäre ja auch zu einfach gewesen, dachte Thekla.

Joe konnte mittlerweile überall sein. Er konnte bereits in seinem Auto sitzen und in Richtung Linz oder Pilsen brausen.

Und Ali? Schlimmstenfalls hatte Joe ihn außer Gefecht gesetzt. Bestenfalls irrte er auf der Suche nach ihm in irgendwelchen Gassen oder auf verlassenen Hinterhöfen von Pullman City herum.

Höchste Zeit, die Polizei einzuschalten, dachte Thekla. Wenn sie jetzt ihre Aussagen machten, konnten sie jedes Wort beweisen. Der beeindruckendste Beweis stand hier neben ihnen am Geländer.

Thekla warf einen frohen, zutiefst erleichterten Blick zu Rote Feder hinüber. Sie hatten ihn retten können. Der Fall, der sich so verzwickt und vertrackt gezeigt hatte, war gelö...

Ihr Gedankengang stockte jäh. Verdattert beobachtete sie, wie Rote Feder sich übers Balkongeländer schwang, sich an der Außenseite ein Stück daran hinunterließ und auf die Straße sprang.

Mit einem Ruck beugte Thekla sich vor, um nachzusehen, ob er das Manöver heil überstanden hatte, und stellte fest, dass er auf allen vieren auf dem geschlossenen Dach der Hochzeitskutsche gelandet war, die das Ende der Schlussparade bildete.

Rote Feder schwankte, konnte sich nicht halten, rutschte ab.

Als er mit den Füßen am Boden aufkam, ging er kurz in die Knie, fand schnell das Gleichgewicht, warf sich mit Schwung herum und rannte der Kutsche nach.

Thekla fragte sich, was er mit der Aktion bezweckte. Soweit sie wusste, durften Paare, die in der St. Josephs Church vom Friedensrichter getraut worden waren, beim Finale der American History Show in der Hochzeitskutsche mitfahren. Sie hatte nicht erkennen können, ob heute jemand drinsaß, und es spielte ja auch keine Rolle.

Für Rote Feder offenbar schon.

Er war nun auf gleicher Höhe mit dem Gefährt, drehte sich seitwärts und riss den linken Schlag auf.

Das Publikum vermutete offenbar eine allerletzte Showeinlage, lachte und klatschte.

Auf einmal dämmerte Thekla, wen Rote Feder in der Kutsche vermutete. Falls er recht behielt, benötigte er Hilfe.

Sie wandte sich um und wollte Heinrich auf das Geschehen aufmerksam machen, doch der war bereits fort.

Schnell richtete sie den Blick wieder auf die Straße. Wenn es an diesem Tag in Pullman City kein Hochzeitspaar gegeben hatte, musste die Kutsche leer gewesen sein, was Trapper Joe die Möglichkeit bot, sich darin zu verstecken.

Wie war Rote Feder nur darauf gekommen? Hatte er ihn

entdeckt? Oder war er einfach einer Eingebung gefolgt? Möglicherweise war alles ein großer Irrtum und Trapper Joe befand sich gar nicht in der Kutsche.

Doch. Und er verteidigte sich heftig.

Anscheinend schlug er mit einer Waffe – einem Knüppel oder Eisenrohr – auf Rote Feder ein, denn der stürzte nun mit blutendem Kopf rücklings auf die Straße und blieb dort liegen.

Das Publikum klatschte und johlte.

Inzwischen hatte Heinrich die Kutsche erreicht, kam aber aus der falschen Richtung. Auf dieser Seite würde er den Schlag erst öffnen müssen und Trapper Joe damit die Chance geben, sich wieder in Verteidigungsstellung zu bringen.

Thekla packte nackte Angst. Gleich würde auch Heinrich blutend im Straßendreck liegen.

Er hatte die Hand bereits am Griff.

Plötzlich entstand auf der anderen Seite Bewegung in der Zuschauermenge. Da schien sich jemand durchzuboxen.

Ali.

Heinrich hatte die Unruhe bemerkt, wirkte kurz abgelenkt.

Ali erreichte die Kutsche, deren linker Schlag noch offen stand, nahm Anlauf und sprang hinein.

Heinrich war es unterdessen gelungen, den rechten Schlag aufzureißen. Er wollte sich hineinschwingen, kippte jedoch aus einem nicht ersichtlichen Grund nach hinten. Verbissen klammerte er sich am Rahmen fest.

Die Kutsche schlingerte. Heinrich verlor den Halt. Als er fiel, erschien ein Knäuel aus zwei ineinander verkeilten Körpern in der Türöffnung, kugelte aus der Kutsche und nagelte ihn am Boden fest.

Einige Zuschauer klatschten, andere schienen zunehmend verstört.

Vom Marshal Office löste sich eine Gestalt, rannte auf das – nun durch Heinrich verstärkte – Knäuel zu und vermischte sich mit ihm.

Marshal Otis.

Beine strampelten, Arme ruderten.

Plötzlich kam einer der Männer frei. Er sprang auf die Füße und stürmte davon.

»Herrgott noch mal. Das ist unglaublich.« Die Stimme gehörte Hilde. »Ist denn der Kerl mit dem Teufel im Bund?« Trapper Joe hatte die Richtung zum »Black Bison Saloon« eingeschlagen. Das brachte ihm allerdings den Nachteil, dass er gegen einen Menschenstrom anrennen musste. Etliche Besucher waren unter der Absperrung durchgeschlüpft und folgten der Hochzeitskutsche, zwischen ihnen befanden sich noch ein paar hinterherdümpelnde Hobbyisten.

Joe kam dennoch erstaunlich gut voran, schlängelte sich geschickt durch die Entgegenkommenden.

Thekla warf einen besorgten Blick zurück zur Kutsche, die ungerührt weitergeholpert war. Heinrich, Ali und Otis sortierten soeben ihre Gliedmaßen. Erleichtert registrierte sie, dass offenbar keinem von ihnen etwas Gravierendes geschehen war. Auf der anderen Straßenseite richtete Rote Feder sich langsam auf. Thekla hoffte, dass seine Kopfverletzung nicht schwerwiegend war.

»Das Schwein schafft es«, hörte sie Hilde plötzlich ächzen.

Rasch flog ihr Blick wieder die Straße hinauf, dem flüchtenden Trapper Joe hinterher.

Hilde hatte recht. Der Kerl war drauf und dran, zu entkommen. Nur noch eine Handvoll Leute kam ihm entgegen: ein älteres Paar – er in einem weiten weißen Mantel, sie in einer Komposition aus Hellblau und Weiß –, ein abgerissener Goldsucher, der auf einem Handkarren zwei beängstigend wacklige Blecheimer zog, ein Südstaatensoldat und ein kleiner Indianer. Sobald Trapper Joe an ihnen vorbei war, wäre sein Weg frei.

Plötzlich spannte der Indianer – offensichtlich ein Kind – seine Schleuder und schoss einen Stein ab, der einen der Blecheimer so gezielt traf, dass er umkippte. Sein Inhalt, eine undefinierbare schmierige braune Brühe, ergoss sich vor Trapper Joes Füße.

Der rutschte darauf aus, schwankte, kippte nach vorn und fiel in die Arme des älteren Mannes. Der weite weiße Mantel wickelte sich wie ein Kokon um die dürre Gestalt.

Epilog

Die Gruppe im »Black Bison Saloon« war beachtlich. Vierzehn Erwachsene und ein zwölfjähriger Junge saßen um einen riesigen runden Tisch. Egon hatte einen doppelstöckigen Hamburger und eine Cola vor sich stehen – die Belohnung für seinen Meisterschuss. Sämtliche Erwachsene tranken Whiskey. Die Kramers wollten eine zweite Runde ausgeben. Rote Feder winkte ab. »Für mich nichts mehr. Zumindest keinen Alkohol.« Er hatte einen Verband um den Kopf und war blass im Gesicht, schien aber ansonsten wohlauf zu sein.

Alle anderen nahmen das Angebot an und prosteten sich zu. Außer Thekla, Hilde und Wally, Ali, Heinrich und Marshal Otis waren auch Marshal Sam, die Hamiltons (die Kramers hatten Wade angeboten, seinen Mantel in die Reinigung zu bringen, aber er hatte eine Einladung zum Abendessen im »Black Bison Saloon« vorgezogen) und Schlauer Biber mit von der Partie. Und natürlich Silberquell und die Kramers.

Wally machte verschreckte Krötenaugen. »Was, wenn Trapper Joe den Polizisten entkommt?«

Thekla fand ihre Befürchtung nur zu verständlich. Wenn Egon, der schlaue Bursche, den Eimer mit der schmierigen Pampe nicht umgeschossen hätte, wäre ihnen Trapper Joe durch die Lappen gegangen, obwohl sich drei gestandene Mannsbilder auf ihn gestürzt hatten.

Die hatten nun eine Menge Spott zu ertragen. Besonders Hilde schenkte ihnen nichts.

Meistens jedoch drehte sich das Gespräch um Trapper Joes niederträchtigen Plan und um die Übeltaten, die er begangen hatte, vor allem das, was er Rote Feder angetan hatte, der seine Gefangenschaft zum Glück ohne größere Blessuren überlebt hatte.

»Wie kann er es nur geschafft haben, dass Ebana stieg, als ich vor der offenen Boxentür stand?«, überlegte Hilde irgendwann laut. »Er war doch gar nicht in der Nähe. Oder ist der Knall Zufall gewesen?«

»Wegen einem Knall ist Ebana sowieso nicht gestiegen. Damit kann sie längst umgehen«, sagte Rote Feder.

»Wegen was dann?«, fragte Hilde.

Otis rieb sich das Kinn. »Ebana hat eine Paddockbox. Der kleine Auslauf ist nur durch ein paar Planken vom öffentlichen Weg abgetrennt. Nichts leichter, als sich da reinzuschleichen und dem Pferd von hinten eins überzuziehen, wenn es in der Box steht.«

»Und Rodeo Jim«, sagte Hilde. »Wie hat Trapper Joe es geschafft, dass Ebana ihn abwarf? Wieso ist Jim überhaupt auf dieses Pferd gestiegen?«

Otis zuckte die Schultern. »Da kann man nur raten.«

»Ebana ist verletzt«, sagte Rote Feder, der offenbar schon bei seiner Stute im Stall gewesen war. »Sie hat einen Schnitt in der Flanke, kaum zu sehen, aber tief. Ich gehe davon aus, dass Trapper Joe sie irgendwohin geführt, dann so getan hat, als habe er sie eingefangen und Jim gebeten hat, sie zurückzubringen. Jim ist aufgesessen und langsam mit ihr zum Stall geritten. Joe ist ihm gefolgt und hat ihr kurz vor dem Ziel den Stich beigebracht. Jedes Pferd wäre durchgegangen, wenn man es so verletzt hätte.«

Alle am Tisch nickten verständig.

Später kam man auf das Thema Lisa Biller und ihre Mutter Mona zu sprechen. Mona, da war man sich einig, musste Trapper Joes Freundin und in alles eingeweiht gewesen sein. Sie hatte Ebana als Crazy Horse bei der Schlussparade an Rote Feders Stelle geritten und danach im Stall versorgt. Beim Abhalftern waren ihr die kleinen Fehler unterlaufen, die Marshal Otis aufgefallen waren.

»Ich frage mich«, sagte Hilde nach einer weiteren Runde Whiskey, »wie dieses Perlenarmband, das Lisa für ihre Mutter gemacht hat, neben die Fallgrube kam.«

Darüber musste Rote Feder eine Weile nachdenken, bis er schließlich sagte: »Als ich am Samstagvormittag angekommen bin, war die Grube abgedeckt und als Falle hergerichtet. Joe und

Mona müssen das gewesen sein. Dabei wird sie das Armband verloren haben. Ich habe alles gelassen, wie es war, weil ich die Fallgrube nach der Show sowieso den Kindern vorführen wollte. Dazu bin ich aber dann nicht mehr gekommen.«
»Warum sie das wohl getan haben?«, sagte Hilde halb zu sich selbst. Keiner konnte ihr eine Antwort darauf geben.
»Oh«, machte Wally plötzlich. »Hast du das etwa verloren, als du bei der Grube gewesen bist?« Sie streckte Rote Feder ihre Handfläche hin, auf der eine pflaumengroße silberne Scheibe lag, in die kleine Symbole eingeritzt waren, die an Kinderzeichnungen erinnerten.
Rote Feder nahm sie und wandte sich lächelnd an Silberquell.
»Ich wollte sie für dich aufbewahren und habe sie dann anscheinend verloren. Sie kehrt aber immer wieder zurück. Du wirst sie nun doch behalten müssen.
Thekla fragte sich, was das zu bedeuten hatte, bis sie Otis sagen hörte: »Und wir dachten schon, sie hätte dir den Verlobungsring vor die Füße geschmissen.«
Silberquell drehte die Scheibe zwischen den Fingern. »Seltsam. Das erste Mal habe ich sie vor dem Eingang zur St. Josephs Church gefunden und sie neben das Weihwasserbecken gelegt. Das ist jetzt schon ein paar Wochen her. Das zweite Mal tauchte sie im Big Tipi auf, wo ich sie auf einem Bord deponiert habe. Einen Tag später lag sie mitten auf der Mainstreet. Ich habe sie aufgehoben, habe sie dir gezeigt«, sie sah Rote Feder an, »und dann auf den Boden geworfen, weil ich mit Aberglauben nichts zu tun haben mag. Aber du hast sie genommen und gesagt, dass eine Totemscheibe nur ein Sinnbild für die Verbindung von Mensch und Natur wäre, und hast sie eingesteckt.« Entschlossen befestigte sie die Scheibe an ihrem Armband.
Ungeklärt blieb die Frage, wer mit der Steinschleuder auf Egon geschossen hatte. Die Mehrheit der Anwesenden favorisierte die Ansicht, es müsse sich um ein Versehen gehandelt haben. Irgendjemand hatte damit geübt …
»… und prompt getroffen«, sagte Egon. Dann brachte er das Thema »Strumpfband« aufs Tapet.

»Ich hatte von Anfang an ein blaues«, sagte Marshal Otis. Er hatte auch nichts davon gehört, dass einer der Marshals ein rosafarbenes verloren hätte. »Vielleicht stammt es von da, wo es seiner Natur nach hingehört«, meinte er.

»Und wie ist es vor den Eingang zu Rote Feders Erdhaus gekommen?«, wollte Egon wissen.

Der Marshal feixte. »Vom Winde verweht ...«

»Was hat es mit diesen Dingern eigentlich auf sich?«, fragte Hilde. »Und warum haben Sie eins um? Heute war doch gar keine Hochzeit.«

Otis wand sich auf seinem Stuhl.

Wollte er sich um die Antwort drücken? Weshalb?

Plötzlich entspannte er sich. »Dass die Marshals nur dann Strumpfbänder tragen, wenn eine Hochzeit ansteht, stimmt nicht. Das eine hat mit dem andern nichts zu tun.« Daraufhin lehnte er sich zurück und verschränkte die Arme vor der Brust, als wäre damit alles gesagt.

Doch Hilde ließ ihn nicht davonkommen. »Und womit haben die Strumpfbänder zu tun?«

Otis warf ihr einen gequälten Blick zu, schien aber einzusehen, dass er Farbe bekennen musste. »Ein Marshal, der ein Strumpfband um den Oberarm trägt, tut damit kund, dass er eine Herzensdame hat.«

»Die aber mitnichten seine Angetraute ist«, mutmaßte Hilde.

Otis seufzte. »Soll vorkommen.«

Manuels Mutter kehrte immer wieder zu der Frage zurück, wie Trapper Joe hatte herausfinden können, dass Rote Feder Duschls unehelicher Sohn war.

Sie bekam es geduldig erklärt: »Er hat als Max Holler in diesem Seniorenheim gearbeitet, hat Duschl monatelang gepflegt und genügend Zeit gehabt, sich alle Informationen zu beschaffen.«

»Aber wie ist er geradewegs auf Manuel gekommen?«, insistierte Frau Kramer.

Da konnte man nur spekulieren. Allerdings gab es Anhaltspunkte, die in eine bestimmte Richtung wiesen.

»Aus dem Zeitungsausschnitt scheint hervorgegangen zu sein, dass der Unfallverursacher zu einer Haftstrafe verurteilt worden ist«, sagte Hilde. »Es kann nicht besonders schwer gewesen sein, seinen Namen zu ermitteln. Und der lautete, wie wir ja inzwischen alle wissen, Siegfried Weigl. Ich denke, wir können davon ausgehen, dass er Rodeo Jims Vater ist.«

»Vermutlich«, stimmten die anderen zu. »Höchstwahrscheinlich sogar, und damit hatte Holler eine Spur.«

»Aber warum hat Duschl nicht selbst –«

»Er war wohl schon zu hinfällig, um Recherchen anstellen zu können«, erklärte Hilde, bevor Frau Kramer den Satz beenden konnte. »Duschl scheint ja halb gelähmt gewesen zu sein.«

Auch Wally hatte noch nicht alles auf die Reihe gebracht. »Mit wem hat Rote Feder denn nun gestritten, als Betty Kidney ihn mit einer Indianerin beobachtet hat?«

Rote Feder antwortete belustigt: »Betty übertreibt gern mal. Es war kein Streit. Obwohl ich zugeben muss, dass das Gespräch mit Mona Biller zum Schluss ein wenig harsch verlief. Sie hat einfach nicht aufgehört zu nerven. Wollte unbedingt, dass ich sie Ebana reiten lasse. Das konnte ich ihr natürlich nicht zugestehen, auch wenn sie eine hervorragende Reiterin zu sein schien.«

»Über was wolltest du vergangene Woche eigentlich so dringend mit mir reden?«, fragte Ali aus heiterem Himmel.

Darüber musste Rote Feder eine Weile nachdenken. Plötzlich lachte er auf. »Ich wollte fragen, ob wir als Trauzeuge auf dich zählen können.«

Ali lächelte erleichtert und sichtlich geschmeichelt. »Klar könnt ihr das.« Er schlug Rote Feder kameradschaftlich auf die Schulter.

Als er den Arm sinken ließ, verblasste das Lächeln, und auf einmal wirkte er völlig erschöpft. »Ich kann unmöglich heute noch nach Hause fahren.«

Hilde grinste fies. »Kein Problem. Otis lässt dich bestimmt im County Jail übernachten.«

So ging es weiter, Stunde um Stunde. Runde um Runde.

Wally fand ein halbes Dutzend Candy Bars in ihrer Tasche. Wer wollte, durfte sich bedienen. Einer blieb für sie selbst übrig. Sie packte ihn aus und biss hinein.

»Lecker, diese Füllung. Aber ein bisschen zäh. Es geht doch nichts über unsere gute alte Buttercreme.«

Mit Schaudern dachte Thekla an die Schüssel, die noch immer zu Hause in ihrem Kühlschrank stand.

Danksagung

Der Vorschlag, Pullman City als Schauplatz zu wählen, kam von meinem Mann. Wenn es nach ihm ginge, würden wir beide längst in einer Hütte im Authentikbereich wohnen. Für wertvolle Auskünfte über die Westernstadt, über Pferde im Allgemeinen und Westernreiten im Besonderen danke ich Mascha Hacker. Während sie versuchte, meinen verstauchten linken Knöchel zu kurieren, hat sie mir mit Begeisterung von ihrer Hochzeit in der St. Josephs Church erzählt und von vielen anderen Erlebnissen in Pullman City.

Ich danke Ursula Max – Lady Jill – für die Zeit, die sie geopfert hat, um meine Fragen zu beantworten, und Marina für die Einladung in ihre Hütte.

Den beiden Geschäftsführern der »PC Westernstadt GmbH & Co. KG«, Ernst Grünberger und Claus Six, danke ich für ihre Kooperation.

Und wie immer an dieser Stelle danke ich auch dem Emons-Team, ganz besonders meiner Lektorin Stefanie Rahnfeld. Und last, but not least Herrn Dr. Matthias Auer von der Aulo Literaturagentur.

Lust auf mehr? Laden Sie sich die »LChoice«-App runter, scannen Sie den QR-Code und bestellen Sie weitere Bücher direkt in Ihrer Buchhandlung.

Die Erfolgsserie der Bestsellerautorin Jutta Mehler:

Alle Titel sind auch als eBook erhältlich.

Krimis mit Fanni-Rot

Saure Milch
ISBN 978-3-89705-688-6

Honigmilch
ISBN 978-3-89705-784-5

Milchschaum
ISBN 978-3-89705-803-3

Magermilch
ISBN 978-3-89705-898-9

Milchrahmstrudel
ISBN 978-3-89705-963-4

Eselsmilch
ISBN 978-3-95451-006-1

Milchbart
ISBN 978-3-95451-285-0

Wolfsmilch
ISBN 978-3-95451-532-5

Milchlinge
ISBN 978-3-95451-804-3

Milchreis
ISBN 978-3-7408-0067-3

www.emons-verlag.de

Krimis mit Hilde, Thekla und Wally

Mord und Mandelbaiser
ISBN 978-3-95451-168-6

Mord mit Streusel
ISBN 978-3-95451-396-3

Mord mit Marzipan
ISBN 978-3-95451-664-3

Mord mit Schokoguss
ISBN 978-3-95451-998-9

Weitere Titel

Moldaukind
ISBN 978-3-89705-452-3

Am seidenen Faden
ISBN 978-3-89705-504-9

Schadenfeuer
ISBN 978-3-89705-580-3

Der kleine Flüchtling
ISBN 978-3-95451-090-0

www.emons-verlag.de